VENGANZA

kristin harte

VENGANZA

kristin harte

Prólogo

En el oeste de los Estados Unidos, el escarabajo trajo una plaga a los bosques. Este escarabajo produce un hongo que mata los pinos y deja una distintiva mancha azul ahumada en la madera. Algunos ven esto feo, pero hay momentos en nuestras vidas en los que debemos tomar lo negativo y convertirlo en positivo.

Bienvenido a Justice, Colorado, donde un aserradero de un pequeño pueblo ha hecho precisamente eso.

Tenemos un problema, jefe.

Si todavía no estaba de un humor de perros, esas palabras me habrían puesto de ese humor.

—¿Qué sucede ahora?

—Se vio a una pandilla de motociclistas en Widow's Ridge.

Camden Reese, nacido y criado en Justice, amigo de mi hermano menor, y sargento formado en la Marina, se lanzó a un discurso sobre su equipo tras haberse encontrado con algunos motociclistas por la propiedad Hansen. Recientemente habíamos firmado un contrato con la señorita Hansen para cosechar ochenta acres de pino Ponderosa muerto en esa colina, por lo que cualquier cosa que se interpusiera en nuestro camino sería definitivamente un problema. Uno grande.

Cuando Camden expuso los sucesos del altercado, revisé las imágenes satelitales del área en mi escritorio, tomando notas y marcando ubicaciones. Una estrella en la casa hacia el oeste donde todavía vivía la anciana Hansen; otra hacia el este en la parcela de tierra donde había un remolque, completamente solo. Las dos únicas residencias en ese largo y áspero tramo de la carretera que conducía a una bajada en el extremo oeste.

Ese rocoso pedazo de tierra se encontraba a las afueras de los límites del pueblo, por lo que las cosas como el mantenimiento de las carreteras fueron olvidadas a menos que los dos residentes llamaran mi atención. Ningún motociclista podría conducir intencionalmente por un camino de grava tan lleno de baches sin un motivo, demasiado duro para las motocicletas y para los rostros que estuvieran en busca de alguien.

—Él trató de pedir la ayuda de Finn, pero aplasté esa mierda —dijo Camden, asegurando toda mi atención por el momento. Finn, mi segundo hermano menor, uno de un par de gemelos, y el único Kennard que había pasado tiempo en la cárcel. También era un adicto en recuperación, y le juré a mi padre que lo mantendría recuperado y no lo dejaría reincidir. Eso fue hace diez años, y todavía me preocupaba mantener esa promesa cada maldito día.

—¿Qué demonios estaba haciendo Finn en un trabajo? —Mi hermano no trabajaba para mí excepto en algún proyecto ocasional, y sabía a ciencia cierta que no fue asignado al trabajo en Hansen.

—Él me acompañó para ver cómo estaba la señorita Hansen. Sin embargo, nunca lo logramos, porque nos encontramos con los motociclistas en el camino. Un hombre dijo algo sobre los días de drogas de Finn, cómo lo extrañaban en el club de *striptease* en Rock Falls.

Jesús.

—¿Tienes un nombre?

—El parche en su chaleco decía Spark.

—Spark. —Me recosté, balanceando mi silla sobre dos piernas—. ¿Como una bujía?

Camden parpadeó, una sonrisa arrogante apareció en su rostro.

—Sí, como una bujía. No vi el nombre del otro tipo.

—Así que Spark conoce a Finn de... ¿diez, doce años atrás? ¿Te parece familiar?

Cam negó con la cabeza.

—Nunca lo vi en la ciudad.

Eso me llamó la atención. Justice era una pequeña ciudad plantada directamente entre dos ciudades un poco más grandes, todas en medio de la maldita nada. Las personas no entraban en Justice; venían aquí por una razón.

Y si esa *razón* se llamaba Finn Kennard, Spark y su amigo debían ser atendidos y rápido.

—¿Cómo manejó mi hermano el encuentro?

—Finn ignoró las tonterías de Spark. Yo no estaba tan restringido. No es sorprendente. Cam siempre tuvo un poco de temperamento.

—Si el alguacil te llama de nuevo...

Camden hizo una seña como cortando la conversación.

—Le patee las piernas y lo tiré al suelo. Ni siquiera dejé marcas, no creo. Pero demostré mi punto.

—¿Y qué punto fue ese? —No que necesitara preguntar.

—Que Aserradero Kennard estaría cosechando la madera en ese lado de la colina, y sería mejor que su club no tuviera ningún negocio allí. Se marcharon después de que Spark se levantó de la tierra y el otro dijo algo sobre peces más gordos. —Camden frunció el ceño—. Reconocí al otro tipo.

—¿Local? —No podía pensar en nadie en Justice que viajara con un club de motociclistas pero podría haberme perdido de alguien. Más de trescientas personas eran muchas para hacer un seguimiento.

—No. Llegó a la parada de camiones una noche cuando Leah y yo estábamos allí para cenar. —Dejó escapar un suspiro y cambió su peso. Un gesto casi inconsciente, pero que se destacó. Normalmente confiado, Cam de repente parecía nervioso, lo que significaba que no me apetecería lo que tenía que decir.

—¿Sí? —insistí, preguntándome cómo una noche con su esposa me cabrearía.

—Leah notó que algo estaba pasando cuando fue al baño y vino a buscarme. El imbécil tenía a Shye acorralada en un pasillo trasero y no la dejaba pasar.

El chasquido del lápiz que estaba sosteniendo cuando se rompió en dos también podría haber sido un disparo.

—¿Y lo dejaste ir?

—Tenía a Leah y a Shye mirando. Tuve que hacerlo.

Imaginando a la pequeña y perfecta Shye —por lo menos diez años más joven que yo, y tan malditamente dulce que cada una de sus sonrisas me causaría un dolor de muelas—, observando mientras yo pateaba a un imbécil era tan poco atractivo como el pensamiento de ello. Probablemente hubiera querido hacer lo mismo que Camden y dejar que el chico se marchase con una advertencia si hubiera estado allí. No lo habría hecho, pero hubiera querido. Porque yo la *deseaba*, y la idea de que Shye se asustara de mí hacia que mis entrañas se hundieran como una roca.

Necesitaba dejar de pensar en Shye Anderson. Una imposibilidad últimamente, que se correlacionaba directamente con por qué mi estado de ánimo había estado tan mal todo el día.

Suspiré, frotándome la frente y sentándome más profundo en mi silla, llevando las cuatro patas al suelo.

—Está bien. Así que se marcharon después de que derribaste a Spark al suelo.

¿Alguna indicación de que seguirán molestándote o volverán por Finn? Se encogió de hombros.

—En realidad no, aunque nunca se sabe con este tipo de hombres.

Sin ley, como de clan, arrogante. Sí. Nunca se sabía ni una maldita cosa con ellos.

—¿Reconociste el logo del club?

—Definitivamente, eran los Soul Suckers.

Por supuesto. Escuché que habían agregado una casa club no muy lejos de la línea del condado hacia el oeste. Probablemente no lo pensaría dos veces si hubiera visto las motocicletas en la carretera que atraviesa la ciudad o en dirección hacia el nuevo restaurante en la calle principal. Aunque ahora lo haría.

—Podría ser el momento de ponerles en claro a los del club lo que pueden y no pueden hacer mientras atraviesan Justice. Hablaré con Deacon, a ver si conoce a alguien. Regresa a la colina y trabaja la parcela de Hansen para que podamos comenzar a cruzar y marcar árboles. Esta podría ser nuestra última gran cosecha antes de que lleguen las lluvias, y quiero aprovechar el clima de verano mientras lo tengamos.

—Lo tendremos listo.

—Bien. Y si ves a Bishop en la planta baja del aserradero, haz que me llame.

Camden asintió, luego se fue sin ninguna otra palabra, dejándome darle vueltas a este nuevo desastre.

Parecía que últimamente había desastres por todos lados.

Observé las imágenes del satélite nuevamente, trazando las carreteras y entrando en los caminos que había conocido toda mi vida. Acres de bosques de pino de Widow's Ridge me regresaron la mirada, un paisaje marrón y verde. La mitad de los árboles estaban muertos o moribundos, un signo de que la montaña tenía una infestación de bichos que casi llevó a la bancarrota a mi difunto padre y casi destruyó Aserradero Kennard. Pero el insecto que casi nos mató nos había dejado, en su lugar, con mucho trabajo y llenos de dinero. Las sequías no detuvieron este aserradero, el colapso de la industria tampoco lo hizo y la puta plaga de escarabajos que mataban los bosques a nuestro alrededor en realidad fue una bendición, en lugar de una sentencia de muerte. Todos en Justice disfrutaban de bonos que superaban nuestros planes de ventas cada mes, y ningún jodido *motociclista* nos haría cortar esa racha. Tenía un pueblo al que darle trabajo.

Pero Justice, en Colorado, era más que *un pueblo* para mí, era mi responsabilidad. El lugar donde mis ancestros echaron raíces. Donde atendieron a todos y cada uno de los residentes a lo largo de los años, dándoles tiempo a las familias para que crecieran con buenas raíces y fuertes. Los hombres Kennard habían manejado Justice como una hacienda durante casi dos siglos con el aserradero como el negocio central que alimentaba todo lo demás, y estaría a la altura del legado que tenía ante mí como el mayor Kennard vivo. Eso significaba asegurarme de que la gente tuviera trabajo, comida, refugio y que se sintiera protegida.

Era otra cosa que los motociclistas no nos quitarían, a pesar de que parecía como si estuvieran intentándolo.

Una molesta canción robótica interrumpió mis pensamientos. Las palabras «Bishop Kennard» —nombre de mi hermano más cercano, y quien también era mi vicepresidente de ventas y mercadotecnia— aparecieron en la pantalla de mi móvil mientras escuchaba esa estúpida canción nuevamente. Me di la vuelta para responder y me llevé el dispositivo a la oreja.

—Bishop.

—Camden dijo que querías que me comunicara contigo —dijo sin molestarse en saludar.

—Tenemos problemas en Widow's Ridge.

—Lo he oído. ¿Finn, sin duda? —Porque, como segundo hermano mayor Kennard, nuestra familia sería lo primero en la mente de Bishop. Como debería ser.

—Camden cree que sí. Sin embargo, vamos al bar esta noche para estar seguros. Y necesitaré que veas a la señorita Hansen, asegúrate de que esté bien por ahí.

—Suena bien. Llamaré tan pronto como colguemos. ¿Algo más?

—Vende un poco de madera, Bishop.

—Estoy en eso, jefe. Estaré listo a las seis.

Arrojé el móvil de nuevo al escritorio y los mapas volvieron a llamarme la atención. Un lugar en particular, en realidad, y no era el de la señorita Hansen. Pasé un dedo por el lado este de la colina, dando vueltas alrededor del pequeño remolque ubicado sobre una roca estéril y plana. Estaba justo en las afueras de los límites del pueblo, y técnicamente estaba más allá de mi red de protección, pero Shye Anderson vivía en ese remolque. Una chica nueva en el pueblo, quien hacía solo tres años se había mudado a la zona, camarera en la parada de camiones en Rock Falls, y la única mujer que conocía que me podía volver loco de frustración y deseo al mismo tiempo.

Era muy consciente de Shye desde que la conocí. Estaba ligeramente obsesionado con ella, en verdad. La chica me cautivaba; me robaba toda la atención con su dulce sonrisa y nunca dejé de pensar en ella. No me dolía que pareciera un ángel: largo cabello rubio y grandes ojos oscuros, y un diminuto cuerpo en el que quería poner las manos más que cualquier otra cosa. Dulce como la miel, ella estaba a la altura de su nombre. Se sonrojaba y tartamudeaba a mi alrededor, evitaba mis ojos cuando intentaba captar su mirada. Pero si presionaba demasiado, huiría, así que me contenía. Solo me mostraba accesible, esperando a que viniera a por mí.

Así fue como terminé comiendo en la parada de camiones cinco noches a la semana, siempre en los turnos de Shye. Tuve que aumentar mis entrenamientos para evitar ponerme flácido por tanta ingesta de grasa y productos horneados, pero ver esa sonrisa todas las noches valía la pena. El café, hombre, era lo más difícil de tragar. Cómo era que un restaurante podía tener un café tan malo, especialmente uno que se encontraba en una parada de camiones, me superaba. Bebí taza tras taza del sucio brebaje solo para que ella viniera a mi mesa más a menudo para servirme más. Sin el café, no tendría mucho tiempo con Shye, así que lo sufría.

¿Y cuando yo trabajaba? Enviaba a mis chicos allí. Como Shye no tenía familia en Justice, me aseguraba de que todos comprendieran que debían tratarla como lo harían con un Kennard. Hacer que mis hombres la vieran como mía los mantenía vigilantes a su alrededor. Joder, le pagué a Bishop para que almorzara allí y pudiera vigilarla, y todos los de mi equipo se dirigían allí al menos una vez al día si tenía que salir del pueblo. Se burlaban de mí implacablemente por perseguirla como un cachorro, pero no me importaba una mierda. Necesitaba saber que ella era feliz y estaba protegida. Que tenía todo lo que necesitaba... incluso si ella aún no estaba lista para tomar de buena gana las cosas que yo le diera. Ya llegaríamos ahí. Tres años llevaba esperando, y ella lo haría. Eventualmente. Solo tenía que dar con el plan correcto.

Mientras meditaba sobre su cabello rubio miel, las sonrisas azucaradas y cuántas veces podría usar la excusa de trabajar en la montaña para detenerme y verla allí, mi móvil sonó de nuevo; esta vez era Camden.

Deslicé el dedo para responderle y presioné el botón para el altavoz.

—Si me dices que tenemos otro problema, voy a lanzar una granada en tu camioneta.

—¿Así que no debería decirte que tenemos un incendio en la montaña?

¡Coño! El problema con la recolección de la madera azul que dejaba la infestación del escarabajo de la montaña era que los árboles necesitaban varios años para curarse. Los árboles muertos significaban árboles secos, y con las sequías de los últimos años y los suaves inviernos que habíamos tenido, eso traía problemas. Grandes problemas. Un solo rayo podría encender un infierno, mientras que un incendio forestal podría destruir todo el pueblo.

Y al parecer, teníamos que lidiar con uno.

—¿Dónde? —Cogí las llaves y presioné la alarma del suelo del aserradero para tener la atención del equipo.

—En las laderas orientales. Justo pasando la propiedad Hansen. —Mis pasos tropezaron, luego aceleré.

—Eso es por el lugar de Shye. —Un motor rugió en el fondo.

—Ya estoy en camino. En dos minutos.

Ella podría estar lastimada en dos minutos. Muerta. Joder, estaba demasiado lejos.

—Conduce más rápido.

Colgué y me precipité hacia la planta baja del aserradero. Mi equipo estaba listo, mirándome expectante, listo para combatir los incendios que sabíamos que podrían arruinar todo lo que construimos aquí.

—Fuego justo al este del sitio Hansen. Llevemos dos camiones cisterna al lado este de la cresta y enviemos uno hacia el lado oeste para estar seguros. —Me encontré con los ojos de Gage Shepherd, ex Navy SEAL como Bishop y actual ingeniero de maquinaria pesada de Aserradero Kennard—. Está cerca de la casa de Shye.

Sin otra palabra, Gage comenzó a dar órdenes al equipo. Comprendió la gravedad de la situación desde todos los ángulos: la pérdida de nuestro producto, la potencial destrucción del pueblo y la posibilidad de que la mujer en la que tenía mis ojos pudiera estar en peligro. Él se ocuparía por mí.

Cuando Gage cargó los camiones cisterna con tanques de oxígeno y equipo médico —algo que hizo que el estómago se me revolviera—, su perro Rex trotó detrás de él, luciendo como si se dirigiera a un paseo en lugar de un incendio. Sin embargo, no sería la primera vez que iba a uno. Gage nunca iba a ninguna parte sin Rex.

Mientras Gage se aseguraba de que el equipo supiera a dónde ir y qué hacer, corrí a mi camioneta. El corazón me latía con fuerza cuando arranqué el motor y salí de mi lugar, dirigiéndome a la cresta donde el humo comenzaba a tornar el cielo negro por encima de la línea de árboles. Joder, si Shye estaba allí, si estaba herida...

No pude terminar mi pensamiento porque mi móvil sonó justo cuando giré hacia la carretera en dirección a la montaña. Era Camden otra vez.

—Dame buenas noticias.

—Ella no está aquí —dijo Camden un poco sin aliento—. Sin embargo, es su remolque el que está en llamas.

—Los camiones cisterna están en camino.

—No creas que harán ningún bien por ella, para ser honestos, pero los necesitamos para la línea de árboles. Aquí está tan seco que una sola chispa podría incendiar toda la montaña.

Se confirmaban mis pensamientos anteriores. *Mierda*. Tiré del volante hacia un lado, girando bruscamente hacia la carretera que me llevaría hasta la casa de Shye, viendo todos los pinos muertos y pardos de la ladera mientras volaba por la carretera llena de grava.

—Gage tenía al equipo desplegándose justo detrás de mí. Estoy a cuatro minutos, sin embargo.

—¿Quieres que llame al departamento de bomberos de Rock Falls?

No serviría de nada en ese momento, razón por la cual el Aserradero Kennard tenía tantos camiones cisterna.

—No sirve de nada, aunque sería mejor que llames al alguacil.

—¿A ese pedazo de mierda inútil? ¿Para qué?

Inútil no era el término que usaría: corrupto sonaba mejor para el alguacil del condado con el que nos veíamos obligados a lidiar. Sin embargo, no tenía tiempo de corregir a Camden.

—Hará una rabieta si no está informado. Conociéndolo, no saldrá a investigar de todos modos. Solo haz la llamada.

—Sí, lo tengo... espera. —Voces gritaron en el fondo, y el sonido de Camden moviéndose rápidamente creó una estática en la línea.

—¿Cam?

—Tenemos un problema.

Esa frase dicha en el lugar de mi chica me hizo querer gruñirle mi frustración al universo.

—¿Qué maldito problema?

—Hay huellas de motocicletas en la tierra alrededor de la propiedad.

Muchas. —La rabia, a diferencia de todo lo que había sentido, explotó en mi pecho.

—Llama al alguacil y haz correr la voz: cualquiera que vea a un maldito Soul Sucker en Justice, quiero saberlo.

Colgué y lancé el móvil en el asiento antes de tomar el cambio de marcha mucho más rápido de lo que debería. No era la preocupación que me ardía en las entrañas tuviera algo que ver conmigo, Shye era dueña de ese dolor.

Shye quizás no lo supiera, pero ella era mía. Haría lo que fuera necesario para protegerla.

¿Y si este puto club de motociclistas amenazó a mi chica? Los destriparía y dejaría sus cuerpos para los depredadores.

Shye

Algunos días uno llegaba a casa después de hacer mandados, a una sala de estar tranquila, con una cena congelada demasiado cara y un plan para ver un *reality* en la televisión hasta que fuera hora de partir para el turno de noche. Otros, uno venía a casa para encontrarla en llamas. O los restos chamuscados de una, en realidad. El tipo de humo ceniciento indicaba que el calor fue lo suficientemente intenso como para derretir el metal de mi remolque y destruir vidas, no era que la mía no hubiera estado al borde una o dos veces.

Se suponía que sería un día de primera clase: un perezoso, sencillo y totalmente normal miércoles en Justice; pero se convirtió en un día de mierda tan pronto como empecé a subir por la carretera de la montaña. Mi remolque, la barata casa móvil que le había estado alquilando a mi hermanastro durante casi tres años, se quemó hasta quedar hecho cenizas. Sin embargo, si era sincera, no *solo* se quemó. Ese fuego devoró mi pequeño lugar. Fue un milagro que no hubiera ardido todo el bosque con la aridez de la montaña. Pero cuando observé la escena de destrucción que tenía ante mí, vi que no era tanto por un milagro sino por un equipo de leñadores bien entrenados que regaban el suelo y evitaban que el fuego se extendiera.

Me detuve al final del camino de grava, salté fuera del coche y corrí junto a los vehículos de Aserradero Kennard que rodeaban el punto donde una vez se asentó mi remolque. No podía ser bueno que el equipo local del aserradero hubiera llegado a mi casa antes que cualquier tipo de bomberos. Por supuesto, siendo del pueblo de Justice donde no contábamos con personal local de emergencias y teníamos que depender de otras ciudades o del condado, esa demora no debería haberme sorprendido. Me molestó, claro. Me sorprendió, no. Era la realidad de vivir en medio de la nada. Justice, Colorado. Población 348.

Tal vez 347 después de este incendio. ¿Dónde viviría ahora? Tendría que llamar a mi hermanastro y decirle lo que sucedió, pero esa idea me enviaba me congelaba la espina dorsal. Probablemente mi jefe me hospedaría durante unas semanas mientras lo resolvía todo, pero eso significaba mudarme al siguiente condado. Algo que no me interesaba hacer. Ciertamente, Justice era pequeño y completamente fuera de lo común, pero me encantaba. También amaba el hecho de que la familia Kennard, que era propietaria del aserradero justo donde casi todos en Justice trabajaban, llevara el lugar como una base militar. Muchas reglas, muchos hombres grandes y corpulentos en camisa de franela vigilando cada uno de los movimientos, muchas personas para mantenerse a salvo mutuamente. No podía pasar un día sin encontrarme con un chico del Aserradero Kennard. Y si me fuera, perdería esa sensación de seguridad.

El humo soplaba en la brisa, picándome en los ojos y secándome la boca mientras mis pensamientos giraban hacia lo que ya perdí en lugar de lo que podría perder si me fuera. *Todo*. Perdí todo lo que no estuviera sosteniendo o usando. Desde muebles hasta el cepillo de dientes… todo se había ido. ¿Cómo *ocurrió*?

No había notado que tropezaba con los restos humeantes de mi vida, demasiado atascada en mis pensamientos sobre la ropa, la cama y esas toallas nuevas que ni siquiera había usado todavía para darme cuenta de que estaba avanzando. Sin embargo, tonta de mí, me acercaba al desastre caliente y humeante que emitía humos nocivos. Pero antes de que pisara la hierba muerta de lo que en broma llamaba mi jardín delantero, un par de brazos fuertes me envolvieron, me levantaron de mis pies y me apoyaron contra un pecho grande y sólido, que podía pertenecer a unos pocos hombres. Pero solo podría ser un hombre, uno al que tanto quería y temía.

—No te acerque más, cariño. No hay nada que puedas salvar en este punto.

El temor me ganó. Esa voz, ese aroma… los conocía. Alder Kennard, —propietario de Aserradero Kennard, el hombre más descomunal y de aspecto más robusto que había visto en mi vida, protagonista de cada una de mis fantasías durante los últimos tres años— me tenía en sus brazos. Me rodeó, cargándome como si no pesara nada, haciendo que todo mi cuerpo se fundiera con él mientras me abrazaba con fuerza.

¿Cuántas veces soñé con eso? ¿Con él levantándome y cargándome? ¿Manteniéndome a salvo mientras me llamaba *cariño*? Joder, él podría llamar a cada mujer de Justice con ese apelativo y no me importaba, mientras siguiera tocándome, frotando el pulgar a lo largo de mi hombro, manteniendo esos músculos duros presionados contra mí.

Me estremecí con el calor acumulándose entre mis piernas y mis pezones tensándose bajo mi delgada camiseta, mientras mi remolque se quemaba hasta desaparecer.

Mal momento, Shye.

A regañadientes, me aparté del agarre de Alder hasta que mis pies tocaron el suelo de nuevo. Tenía que hacerlo porque necesitaba mantener la cordura. Y porque la idea de que Alder fuera algo más que un vecino protector y preocupado era un sueño imposible. Uno con quien no podía entretenerme. Si parecía reacio a dejarme ir, bueno, esa tenía que ser su naturaleza protectora. El tipo se preocupaba por su pueblo y por los residentes. Bien podría haber sido el alcalde, el jefe de la policía y el departamento de bomberos, todo en un enorme y atractivo paquete. El que no quisiera verme quemada viva no tenía nada que ver conmigo en particular, no importaba lo mucho que deseara que lo hiciera.

Al darme la vuelta, me encontré con esos ojos azules acerados que parecían perforarme el alma cada vez que miraban en mi dirección. Y con todo lo que le miraba, él tendía a mirarme mucho. No era buena para las miradas encubiertas.

—¿Qué pasó? —pregunté, luchando para no caer bajo su hechizo.

Alder pareció querer alcanzarme, pero luego se contuvo, dejando caer el brazo antes de que pudiera tocarme, con algo oscuro que le surcaba el rostro.

—Camden llamó a la oficina por el humo de la montaña. Cuando llegamos aquí, tu remolque ya estaba ardiendo. Notificamos al alguacil, pero…

—¿Cuánto tiempo?

Él no necesitaba aclararlo. Nadie en Justice lo haría.

—Supongo que quince minutos antes de que Camden pudiera ver el humo. Probablemente cerca de una hora desde que llamamos al alguacil.

Significaba que mi remolque probablemente estuviera ardiendo durante más de dos horas en ese punto, casi el mismo tiempo que había estado fuera. Ciento veinte minutos para pasar de un remolque lleno de trastos a nada en absoluto.

Si pensara que las lágrimas podrían hacer algo más que hacerme sentir peor, habría llorado.

—No me di cuenta de que me había ido por tanto tiempo —dije con voz débil. Alder miró a mi alrededor tan desorientado como yo me sentía.

—Madre mía, cariño, me tenías preocupado cuando no pudimos encontrarte. ¿Dónde has estado?

—En Rock Falls. Estaba haciendo mandados. —La realidad de mi situación se estrelló contra mí como un tren de carga, y casi caí de rodillas—. Todas mis cosas. Toda mi vida estaba ahí.

Un frunce torció la perfección de su boca.

—Tus cosas pueden reemplazarse.

Eso era fácil decirlo para Alder. A él nunca le faltó nada. ¿A mí? Me faltaba todo. Pero, ¿qué podía esperar? El nombre Kennard significaba algo alrededor de estas partes.

De acuerdo con la historia de Justice, la familia Kennard se asentó en esta tierra hacía siglos, estableciendo un aserradero para procesar la abundancia de pinos de las laderas que nos rodeaban. Hicieron una fortuna hasta que el mercado de la madera se derrumbó, luego la epidemia del escarabajo del pino de montaña casi los sacó del negocio. Casi, hasta que Alder regresó de su período en el ejército y le dio la vuelta al negocio.

Pero en realidad, cómo terminó siendo tan rico no importaba. Él tenía dinero, y yo solo tenía una deuda que dudaba que alguna vez terminara de pagar, un cuerpo que nadie querría tocar si vieran el daño, y un contrato de alquiler para un remolque más viejo que yo, asentado en la rocosa y sucia ladera de una montaña. *Solía* tener ese remolque, al menos. Ahora no tenía nada. Excepto las cicatrices y la deuda que llevaba.

Una enorme roca de hombre vino alrededor de uno de los camiones, y di un instintivo paso hacia atrás, tropezando con Alder en el proceso. Me hubiera encantado la forma en que la mano de Alder se posó en mi cadera para sostenerme si no fuera por el miedo que invadía mi cerebro. Gage Shepherd, cada parte peluda y musculosa de él, hacía retumbar la tierra mientras caminaba dando sus pesados y distintivos pasos. Movimientos rudos. Cabello oscuro, ojos demasiado claros para parecer reales, y tinta corriendo desde sus muñecas hasta la garganta y en todas partes entre ellas, completaban la imagen del hombre más aterrador que jamás haya conocido.

El perro de Gage, Rex, lo seguía como siempre, prácticamente saltando sobre el suelo rocoso. Los dos iban juntos a todas partes, incluido un incendio aparentemente. Rex parecía ser un perro de herencia indeterminada, pero tenía un movimiento rápido del rabo para casi cualquier persona y una actitud que te hacía querer arrodillarte y frotarle la barriga. Totalmente opuesto a su dueño siempre ceñudo.

Junto a Alder, Gage casi parecía de tamaño normal humano, sin embargo realmente decía más de la constitución de Alder. Ambos altos, anchos y macizos, pero también opuestos. El cabello y barba oscura de Gage contrastaba con el cabello más claro de Alder y su mandíbula afeitada. Sin embargo, las diferencias no eran simplemente estéticas. Mientras el tamaño de Alder intimidaba, él no me asustaba como lo hacía Gage. Al menos, no en la forma de *él me va a lastimar*, Alder era más en la forma *si lo dejo un segundo, probablemente me enamoraré de él*.

Gage, sin embargo, era una historia diferente. El hombre se veía realmente letal, como la muerte viniendo a castigarte si sacaras un dedo del pie fuera de la raya. Podías sentir el peligro subiendo por la piel mientras pasaba, sentías al depredador en tu interior. Gage me aterrorizaba de la misma forma que un tiburón, y por la misma razón. Yo no estaba en la cima de la cadena alimenticia con él alrededor.

Gage ni siquiera se molestó en mirar hacia donde yo estaba, centrándose en Alder.

—Marcas carbonizadas atrás indican un acelerador.

La mandíbula de Alder se apretó, sus ojos se endurecieron.

—¿Un jodido incendiario en Justice?

—Averiguaremos quién lo encendió y nos encargaremos de ello.

Alder sostuvo la mirada azul hielo de Gage con tranquilidad, obviamente cómodo con contar con él de su lado.

—Camden dijo que se encontró con un par de tipos más temprano hoy en este camino. Miembros de un club de motociclistas, Soul Suckers. Esa sería mi suposición.

Mi sangre nunca se enfrió tan rápido. Soul Suckers… el club de motociclistas con una casa club nueva en Rock Falls. El grupo que conocía demasiado bien debido a quién era mi hermanastro. Y porque mi padre estuvo con ellos. Hasta ese punto, imaginé que mi remolque se quemó por algún tipo de asunto eléctrico. El lugar era un basurero una década antes de mudarme, así que parecía una suposición lógica. Pero ¿Los Soul Suckers rondando no mucho antes del incendio? Eso definitivamente parecía una advertencia. Un castigo, incluso. Algo de lo que sabía mucho.

Temblando, me alejé un paso de los dos inmensos hombres, poniendo espacio entre nosotros.

—¿Cómo es que Camden los vio? ¿y esto? ¿Qué estaba haciendo él aquí arriba?

Esto técnicamente no era tierra de Justice.

Las pesadas cejas de Alder se fruncieron como si quisiera argumentar mi punto.

—Camden ha estado analizando un nuevo sitio de madera por el camino.

Lo cual significaba que él había estado en los bosques, los que se suponía yo mantendría vigilados. El día seguía empeorando.

—¿Un nuevo sitio?

—La señorita Hansen nos vendió cincuenta de sus acres de la ladera oriental.

Probablemente lo hizo debido a los árboles en esa propiedad aislada y profundamente boscosa. Eran árboles muertos, los actuales proveedores de dinero de los Kennard. Por lo que sabía, bajo la guía de Alder, Aserradero Kennard tomó lo que debería verse como algo sin valor para hacer algo. Alder vio la oportunidad en esos árboles muertos.

Anticipaba más muertes, más cosas negativas. Como el hecho de que todos los bosques que los Kennard cosechaban representaban una gran amenaza de incendio forestal debido a que los árboles muertos ya secos se aferraban a las laderas. Y la fealdad de las agujas de pino marrón en lo que debería haber sido una pendiente verde. Pero eso no venía al caso, como siempre, tenía cosas más importantes de las que preocuparme.

—¿Cuánto tiempo ha estado viniendo tu equipo aquí?

—Hemos estado estudiando la zona durante aproximadamente una semana. —El ceño fruncido de Alder se profundizó, y pasó de parecer preocupado a parecer casi listo para pelear—. Shye, ¿qué está pasando?

No pude controlar el movimiento de cabeza que hice. Tampoco podía evitar que se extendiera en un temblor que sacudió mi cuerpo. La había jodido de alguna manera. Completamente, totalmente, sin lugar a dudas. No había prestado atención como se esperaba, o hubiera sabido que la tierra en la carretera sería cosechada. Habría notado al equipo de Kennard en el bosque. Tenía un trabajo, una tarea que completar para que ellos me dejaran en paz. Y por mucho que odiaba el trabajo que me asignaron, siempre lo odié, prometí completarlo como una forma de pagar lo que debía. Con apenas seis meses para cumplir mi sentencia, fallé y me vería obligada a pagar un precio. Otra vez.

—¿Shye? —El uso de mi nombre por parte de Alder me sacó de mis pensamientos, recordándome que tenía un papel que desempeñar. Mentiras que contar.

—Lo siento. Solo... no hay nada que salvar aquí. —Nunca lo hubo, realmente. Por supuesto, él no necesitaba saber eso—. Debería ir a registrarme en el motel de Deacon antes de que sea demasiado tarde. Tengo que trabajar esta noche.

Pero Alder no era estúpido.

—Cariño, tu casa se quemó hoy. Estoy seguro de que puedes tomarte la noche libre para lidiar con todo esto.

—No me quedan cosas, y si voy a reemplazar algo, necesito trabajar. Gracias por tu ayuda.

—Shye, detente. —Alder me cogió del brazo suavemente, tratando de evitar que me fuera. Pero esa afirmación, esa demanda, no importaba cuán dulce fuera, me recordó a los hombres que no fueron amables ni dulces. Los que herían. Ese toque me lanzó a un lugar demasiado oscuro para ver más allá, y algo dentro de mí se rompió.

—No —grité, jalando mi brazo bruscamente—. Déjame ir, Alder.

Él se congeló. Nunca había visto nada que sorprendiera a Alder Kennard, nunca lo vi como algo más que seguro y confiado. Ya no se parecía a ninguna de esas cosas. De hecho, casi parecía herido.

—Está bien, cariño. Lo que necesites. —Y con eso se alejó, dirigiéndose hacia el fuego con Gage a su lado.

Con el corazón dolido, el estómago enfermo, di la vuelta y me dirigí a mi coche. Sabía cuándo retirarme. Necesitaba encontrar un lugar para esconderme, para establecerme, para respirar. Y no estaría en esa maldita montaña frente a mi remolque quemado. O frente al alguacil, que apareció en el camino de entrada justo cuando llegué al capó de mi coche. Demasiado tarde. Siempre demasiado tarde, ese hombre.

—¿Qué está pasando aquí, Shye? —Alto pero delgado, el alguacil Baker bajó de su patrulla y sus botas oscuras crujieron sobre la grava. El mismo estilo de botas que llevaba el policía la noche que vino a decirnos que mi madre murió en un tiroteo en un club de striptease en las afueras de Boulder. Las mismas botas que llevaron a otro policía a la casa cinco meses más tarde para arrestar a mi hermanastro por homicidio involuntario, el cargo que más tarde se retiró después de un fuerte pago de los Soul Suckers. El mismo tipo de botas que me despertaron tras el accidente que destruyó el poco sentido de normalidad que conocía en ese momento.

Odiaba esas malditas botas.

Negándome a mirarlo a los ojos, corrí a mi coche.

—Mi casa se quemó. Probablemente fue por la electricidad: la salida de la cocina tendía a encenderse un poco si no se conectaba correctamente.

—Fuego eléctrico. Estoy seguro de que el seguro lo creerá. —Como si hubiéramos tenido seguro en ese viejo pedazo de basura—. ¿Nos dejas entonces, chica?

Dudé que se refiriera a dejar el claro en el bosque donde estábamos parados.

—Tengo que trabajar esta noche. Mañana sabré qué hacer con todo esto.

Se quedó mirando el remolque durante un largo minuto antes de girar la cabeza hacia mí, sus ojos astutos atraparon los míos. Buscando. A juzgar.

—Bien entonces. No podemos hacer nada realmente ya que el incendio ya se ha extinguido. —No gracias a él, se demoró tanto en llegar allí y, obviamente, no solicitó apoyo contra incendios ya que llegó solo—. Te localizaré si necesito algo.

De eso, no tenía dudas. Asentí, me deslicé dentro del coche y cerré de golpe la puerta detrás de mí. La mano me temblaba mientras intentaba insertar la llave, los ojos me ardían, aunque no por humo o miedo. No, no lloraba cuando me sentía asustada, lloraba cuando me sentía enfadada. Y en ese momento, estaba bastante molesta conmigo misma por joderlo. Tres años, por la borda.

Pero no tenía sentido preocuparme por cuán grave sería mi próximo castigo. Tenía que asegurarme un lugar para quedarme, un lugar donde esconderme por unos días.

Sin embargo, antes de que pudiera irme, Alder Kennard me llamó la atención de nuevo. Me quedé mirando su postura de confianza, la forma en que sus brazos se hincharon cuando los cruzó sobre el pecho. La mirada enfadada, enfocada en su rostro. Pensé que estaba a salvo detrás del parabrisas de mi coche, pero él se dio la vuelta antes de apartar la mirada. Me atrapó mirándolo.

Siempre lo hacía, al parecer.

Alder sostuvo mi mirada, bajó las cejas, frunció el ceño y arrugó ese hermoso rostro. Gage se quedó a su lado, inclinándose y susurrándole, pero Alder no parecía estar prestándole ni un poco de atención. En cambio, sus ojos se quedaron fijos en los míos. Viendo a través de mí. Buscando algo que ya sabía que no podía darle. En otro mundo, otra vida, tal vez, le entregaría lo que quisiera. Le daría todo: cuerpo, mente, corazón. Pero en mi situación actual, no tenía nada para él, excepto peligro. Tenía una deuda con el club de motocicletas, probablemente el mismo que me quemó el remolque hasta hacerlo cenizas. No había escapatoria a tal amenaza.

Así que encendí el motor y me alejé antes de hacer algo estúpido, como saltar del vehículo y pedirle ayuda.

Ni siquiera el gran Alder Kennard podía salvarme de mi destino..

Capítulo

3

Alder

Tres días. No había visto a Shye en tres días, lo cual no hizo más que enfadarme. Ese hecho y la falta de control sobre mi temperamento fueron las circunstancias en las que me encontraba en The Jury Room, un bar y motel al borde de la ciudad, propiedad de mi mejor amigo. También conocido como el hombre a quien estaba a punto de golpear en el rostro.

—Dime.

Deacon negó con la cabeza, con los brazos apoyados en la barra superior entre nosotros. Inamovible.

—No te lo diré.

Me incliné sobre la barra, metiéndome en su cara. Yo era casi quince centímetros más alto que Deacon, pero él tenía cerca de quince kilos más de músculo que yo. Con su largo y desordenado cabello oscuro, sus brillantes ojos verdes y una sonrisa para todos, el hombre encajaba perfectamente como dueño del bar de una pequeño pueblo. Pero tenía un lado oscuro que no muchas personas conocían. Uno que vi de primera mano mientras servía con él en una unidad de Boinas Verdes en el Medio Oriente. Una de las cuales me aseguré de no mostrar a personas ajenas a las Fuerzas Especiales.

Él también era leal, pero no siempre lo era conmigo.

—¿Qué habitación? —pregunté con voz áspera.

—No sé qué parte de «no te lo diré» no entiendes, pero déjame explicarte: no te voy a decir dónde está Shye.

—Maldita sea, Deacon. Te saqué de demasiados tiroteos para que me mates de esta manera.

Sin su sonrisa, mi mejor amigo se mantuvo firme, negándose a retroceder. Confiaba en él con mi vida, pasamos por momentos en los que arriesgamos todo el uno por el otro, él no era un debilucho. Especialmente conmigo. Y tenía una cierta obsesión por recordarme que yo no era el jefe de todo en el pueblo.

—Sé lo mucho que te apetece esa chica, hombre —dijo con voz tranquila pero firme—. Pero eso no supera mi responsabilidad para con ella. Ella quiere esconderse, y estoy dispuesto a apostar que necesita hacerlo. Si alguien más la estuviera buscando, ¿quieres que le diga que ella estuvo aquí?

Joder, me atrapó con eso y lo supo, por eso aceptó mi solo gesto de la barbilla como un asentimiento.

—Mira —dijo relajándose un poco—. No sé qué le pasa, pero me pidió ayuda. Estoy seguro de que si ella estuviera pensando correctamente, o si le hubiera preguntado, me habría dicho que podrías saber dónde la escondí. Pero no lo hizo, y no voy a romper su confianza porque la tienes dura por ella.

—No la tengo dura por ella. —La mentira sonaba débil incluso para mis propios oídos.

Deacon no la creyó ni por un segundo.

—No estoy mirando tu polla, hombre, pero te conozco.

Suspiré, mirando alrededor de la barra débilmente iluminada en busca de algo, cualquier cosa en la que concentrarme. Pero no había nada que ver, nada más que el ardor en mis entrañas porque ella me necesitaba y no podía hacer nada. Pero Deacon podía.

—¿Está bien?

—Ella esta tan segura como puedo mantenerla. —Su asentimiento debería haberme calmado, pero no lo hizo. Tan seguro como podía hacerlo no era completamente protegida, vigilada e imposible de alcanzar, y ambos lo sabíamos. Sin embargo, sin saber de quién o de qué quería esconderse, no había mucho que pudiéramos hacer. No más allá de lo que se hizo.

—Mantén los ojos abiertos por cualquier cosa, ¿entendido? No he visto a Shye en días, y no es normal en ella el que falte al trabajo. Si está asustada, quiero saber por qué así puedo arreglarlo.

—Pero no la tienes dura por ella —dijo Deacon, con una leve sonrisa en su rostro, sus ojos clavándome en el lugar—. Bueno, por lo que entiendo, volverá a trabajar esta noche.

Eso me animó.

—¿Turno habitual?

—Ni idea. Pero mencionó que trabajaría esta noche, así que tendría que asumirlo.

—Está bien. —Miré el reloj sobre la barra, luego giré sobre mis talones y me dirigí a la puerta. Seis horas, solo tenía que esperar otras seis horas para verla. Pero si estaba equivocado—. Oye, Deac…

—Sí, sí, sí. Si no va a trabajar, hablaré con ella. A ver si quiere que vengas a verla. Ahora, vete a la mierda de mi bar antes de que aparezcan los clientes que pagan, maldito bastardo.

No importaba el hecho de que se negó a dejarme pagar. Le hice un gesto con el dedo mientras salía por la puerta, por los viejos tiempos. Su risa me siguió hasta el aparcamiento que se encontraba vacío, pues el día era demasiado joven para que los clientes del bar aparecieran. El motel de al lado estaba vacío también. Shye debió de haber estado escondiendo su coche. Inteligente, pero frustrante. Quería saber a qué le tenía tanto miedo y cómo estaba manejando el estrés de perder su hogar. Asegurarme de que tuviera todo lo que necesitaba. No quería lastimarla, solo necesitaba saber que estaba bien.

Seis putas horas para perder.

Me dirigí de nuevo al aserradero con mi mente dando vueltas. Odiaba no ver a Shye, sin saber si estaba realmente segura. Confiaba en Deacon, desde que ambos nos pusimos esas boinas verdes de las Fuerzas Especiales, pero él se interponía entre mi chica y yo. Esa era una píldora difícil de tragar.

Demasiado enfadado para lidiar con los muchachos en el piso, subí las escaleras hasta mi oficina que daba al aserradero y me mantuve ocupado. Llamadas telefónicas, correos electrónicos, negocios y tratando con esos putos Soul Suckers. Mantuve el ordenador encendido y el móvil en la oreja lo más posible para poder dejar de pensar en Shye.

Una imposibilidad, de verdad.

Bishop apareció cinco horas después de mi sentencia de seis horas y se acomodó en la silla frente a mi escritorio. Como de costumbre, el vicepresidente de Ventas y Mercadotecnia de Aserradero Kennard lucía sagaz y arrogante, vestido como si se fuera a reunir con personas importantes. Podría haber sido el caso, pero no le prestaba mucha atención a lo que él hacía. Vendíamos mucha madera, así que sabía que manejaba su trabajo muy bien. Él también simplemente podría haber estado fanfarroneando. Bishop tenía una tendencia a hacerlo, era todo el entrenamiento de SEAL en él.

—Se acabó el día laboral, hermano —dijo dándome esa sonrisa de vendedor que le atraía tanta atención. Aunque no de mí.

Seguí escribiendo, respondiendo a un correo electrónico para obtener información sobre una necesidad específica de un cliente.

—Sigo trabajando.

—¿Hasta que termines el trabajo o hasta que sea hora de dirigirte a la parada de camiones para ver a Shye?

—Ambas. —Hice clic en enviar y finalmente me aparté de la pantalla, atrapando los ojos de mi hermano—. Si es que ella está allí.

—Ella lo está.

Un dolor como si fuesen garras que me arañaban el pecho se encendió dentro de mí, seguido por la absoluta seguridad de que la única forma de deshacerme de eso era dirigirme a ella. Inmediatamente.

Pero nunca lo haría, no bajo la mirada de Bishop. Así que anclé el culo a la silla y me recliné como si tuviera todo el tiempo del mundo para charlar con él.

—¿La has visto?

—No, pero envié a Finn a cenar temprano. Él ama el pastel de arándano.
—Por supuesto que lo amaba.

—Su problema de adicción parece haberse transferido al azúcar.

—Mejor que la alternativa

Verdad. Pero no quería hablar de Finn.

—¿Ya tenemos alguna pista sobre las identidades de los Soul Suckers locales?

—No mucho. Nadie quiere hablar en contra de ellos, pero seguiremos buscando.

—Quiero nombres, direcciones, registros de arrestos... Quiero saber cada maldito punto débil del presidente hasta su más reciente prospecto.

—No entiendo por qué no nos limitamos a ir a su casa club y volar el lugar.

Mentalidad típica de SEAL contra mentalidad Boina Verde. Él primero entraba en combate, usando fuerza bruta para enfrentarse a un enemigo. Yo planificaba y proyectaba, usando sabotajes o subterfugios para cumplir mis misiones. Y esta era mi misión, no la suya.

—Porque sin saber lo que viene para nosotros, podríamos terminar atrapados en un tiroteo, o podrían venir tras nosotros de una manera inesperada. Si sabemos exactamente con qué estamos tratando, podemos explotar sus puntos débiles. Ponerlos de rodillas antes de que los saquemos. —Me incliné hacia delante y miré sus ojos grises para asegurarme de que entendía mi punto—. ¿Pero cuando tengamos toda la información? Vamos a volar su lugar de mierda.

Bishop asintió con la mandíbula apretada y los ojos duros. Enfadado, como yo.

—Estamos en ello.

Sí, lo estábamos. Pero esos cabrones eran más difíciles de identificar que algunas sectas terroristas. Sin embargo, lo lograría. Shye necesitaba que lo hiciera, se diera cuenta o no.

Hablando de…

—¿Estás en la oficina mañana? —Revisé dos veces el reloj antes de levantarme.

Veinte minutos antes, pero deje de esperar.

Me dio una rápida sacudida de cabeza mientras me seguía hacia la puerta.

—Visitas de ventas. ¿Por qué? ¿Me necesitas?

—No, solo quería asegurarme de que no tendría que ver tu fea cara. —Esquivé el puñetazo que tiró y bajé las escaleras.

—¿Oye, Alder?

—¿Sí?

Con el ceño fruncido, Bishop me miró.

—Ten cuidado, ¿de acuerdo? No me gusta lidiar con esta mierda del club de motociclistas. Estos tíos no respetan las mismas cosas que nosotros.

Asentí con algo oscuro y sinuoso en el pecho. Algo demasiado cercano a los recuerdos de bombardeos y casas incendiadas llenas de civiles muertos, así que los empujé hacia abajo y me concentré en lo que había que hacer. En el presente.

—Tú también, hombre. Mantén el círculo cerrado.

—Siempre.

Un último gesto de barbilla y un puñado de escaleras me tuvieron en el piso del aserradero y me dirigí a la puerta. Los problemas de trabajo, los problemas de la ciudad y la mierda de Soul Suckers podrían olvidarse por el momento. Ya era hora de ver a mi chica.

Capítulo
4

Llevar y traer platos de desayuno y bistec de carne frita en un restaurante de parada de camiones no era mi forma ideal de ganarme la vida, pero era en la que me metí cuando me mudé a Justice tres años atrás. Las horas apestaban, la ganancia era prácticamente inexistente, y las propinas… bueno, eran pocas y distantes entre sí. Pero el trabajo me mantenía ocupada, y mi mente alejada de la historia de horror en la que se estaba convirtiendo mi vida rápidamente, y me daba justo lo suficiente para permitirme ser independiente. Además, podía ver a Alder Kennard. Mucho.

El hombre en persona entró a los tres cuartos de mi turno, mucho después de la hora de la cena, cuando lamentablemente era la única camarera en el piso. Sin embargo, no importaba, aun así me detuve y lo miré fijamente. ¿Cómo podría no hacerlo? Él se movía con una confianza que hacía que la mayoría de las mujeres giraran la cabeza. La mía había estado girando en su dirección desde la primera vez que cruzamos camino justo aquí en esta parada de camiones. Mi primer día de trabajo, en realidad. Joder, tal vez me quedé en este trabajo por Alder. Si lo dejaba, podría no volver a verlo en absoluto.

Sin embargo, esa noche, tres días después del incendio, después de mudarme al pequeño motel adjunto al bar de Deacon, y después de correr con adrenalina cada segundo del día, pensando que un Soul Sucker aparecería para arrastrarme de regreso a su casa club… estaba demasiado cansada para lidiar con el enamoramiento que nunca desaparecía. Demasiado exhausta para esconder mi atracción. Puede que realmente no lo quisiera, pero necesitaba mantenerme alejada de él.

Algo casi imposible considerando mi posición.

—Es bueno verte, Alder. ¿Qué puedo conseguirte? —Puse una taza de café frente a él junto con una jarra de respaldo, sabiendo que probablemente pasaría por todo el asunto antes de irse. Por lo general, le llevaba cada taza, deteniéndome para charlar, para aprovechar cada segundo que podía estar en su presencia. Esta noche, eso simplemente no podría suceder.

Miró la jarra como si pudiera saltarle encima y morderlo.

—Un plato de desayuno al amanecer.

Asentí y giré, dirigiéndome a la cocina. Escapando. Pero él no estaba dispuesto a dejarme ir, aparentemente.

—Shye. —La palabra salió como una exigencia más que nada, y me enfadé.

—¿Sí?

—¿Me vas a preguntar cómo quiero mis huevos?

Revueltos con un poco de queso añadido. Exactamente de la misma manera en que los había estado comiendo desde la primera noche que nos conocimos. Reglamentado y habitualmente descrito como perfectos por Alder, lo cual siempre asumí que provenía de su formación militar. Pero, oye… tal vez al hombre solo le gustaban los huevos con queso.

—¿Vas a cambiar la forma en que los has pedido todos estos años?

Una lenta negativa con la cabeza, sus labios formando una sonrisa fácil que bien podría haber sido una patada en el estómago. Buen Señor, el hombre era tan malditamente guapo. Tenía que ser diez años mayor que yo, pero eso no importaba. Él hacía que mis rodillas se tambalearan y mis bragas se mojaran cada vez que miraba en mi dirección.

—No, señora.

¿Y esa voz? ¿Esos modales? Tan malditamente peligroso.

—Entonces no pregunto porque ya lo sé. —Me apresuré a ir a la cocina, ignorando la forma en que su sonrisa se frunció. No podía con él en ese momento. No podía pararme a su lado y fingir que él entró al restaurante por cualquier otra razón que no fuera por la comida. No tenía la fuerza para lidiar con mi decepción después de perder tanto ya. Tres días de infierno, de sentirme completamente sola, rompieron algo dentro de mí.

Mi jefe me dio tiempo libre para que me acomodara, pero eso fue un mal plan. Prefería trabajar, mantenerme ocupada, para enfocarme en cualquier otra cosa. Pasé tres días obsesionada con la única cosa que quería olvidar: mi hermanastro probablemente me mataría la próxima vez que lo viera.

Algo en lo que simplemente no podía pensar un momento más.

Así que puse la orden de Alder, y calenté las tazas de café de las pocas personas que quedaban en el comedor, y evité la mesa en la esquina donde Alder siempre estaba sentado.

Hasta que ya no pude más.

—Plato de desayuno al amanecer. —Puse su plato de huevos, papas fritas, y tocino abajo primero, deslizando el más pequeño con su tostada junto a la taza—. ¿Necesitas más café?

Él levantó una ceja y asintió con la cabeza hacia la jarra.

—Creo que ya tienes el café cubierto de sobra, cariño. —Sí. Sí, lo tenía.

—Si no hay nada más, entonces…

Pero la enorme y áspera mano de Alder deslizándose sobre la mía hizo que el mundo se detuviera. Hizo que todo lo demás a mi alrededor desapareciera. Esto era… nuevo.

—¿Estás bien, Shye?

Preocupado. Él sonaba preocupado por mí, como si realmente le importara.

—Estoy bien. —Incluso para mis propios oídos, no sonaba bien. Y Alder parecía saberlo.

—He estado preocupado por ti. No has estado en el trabajo.

Él lo notó. Siempre se daba cuenta de cuando faltaba a un turno, aunque no sucediera a menudo.

—Mi jefe me dio unos días de descanso. Por el incendio.

Sus labios se apretaron, con una marca en la mandíbula donde siempre quise pasarle un dedo y alisarla suavemente.

—¿Te las arreglaste con Deacon? ¿Conseguiste un lugar para quedarte?

Asentí en respuesta, demasiado sorprendida de que él pensó en mí estos últimos días para hablar.

Suspiró y me apretó la mano, extrañamente en lucha consigo mismo.

—Bien. Eso es bueno. Estarás a salvo allí.

Como si estuviera a salvo en cualquier lugar con los Soul Suckers posiblemente tras de mí.

—Debería volver al trabajo —susurré, retirando mi mano de la suya.

Deseando que los hormigueos que su toque dejó nunca terminaran y se detuvieran inmediatamente. ¿Por qué este hombre me hacía sentir mucho, y por qué no podía aceptar que él nunca sería mío?

Alder simplemente asintió y cogió un tenedor, enfocándose en su comida en lugar de mí. Dándome un escape. Uno que deseaba no tener que tomar. Pero el trabajo me llamaba, las personas necesitaban más café y tostadas, conocer los especiales, y preguntar si nos quedaba algo del pastel de arándanos por el que éramos famosos. Y tenía que vivir mi vida fuera del mundo de los sueños donde Alder Kennard y yo éramos algo más que conocidos. Y donde yo no era un peón en los retorcidos juegos de los Soul Suckers.

Cuando la cafetería se calmó y solo quedaba un pequeño grupo de estudiantes de preparatoria que comían alas de búfalo más un Alder Kennard tomando una taza de café, me dirigí a la parte de atrás para limpiar. La cocinera y mesera nocturna vendrían pronto, y entonces podría regresar a mi habitación de motel de mierda y esconderme. Estar en el salón de trabajo, tan abierto y desprotegido, me dejaba ligeramente temblorosa y preocupada. Al menos, hasta que Alder entraba. De alguna manera, sabía que estaba a salvo cuando él estaba alrededor. Nunca dejaría que algo me sucediera. Deseaba poder embotellar la comodidad que me inspiraba y llevarme esa esencia para así poder dormir un poco en lugar de dar vueltas y vueltas toda la noche.

O solo tenerlo en mi cama.

No está pasando. Nunca sucederá.

Entré en la cocina vacía, suspirando ante el silencio. El cocinero se había ido a su descanso casi media hora antes, diciéndome que fuera a buscarlo si llegaban clientes. Eso estaba bien, de hecho, funcionaba a mi favor. Necesitaba tiempo a solas, algo difícil de encontrar en mi trabajo. Teníamos clientes toda la noche, pero lo peor de mi turno había terminado. Los pocos clientes que podría ver antes de irme serían uno o dos conductores de camiones, policías de Rock Falls, y la ocasional familia que pasaba por allí en camino hacia otro lugar.

Tal vez ya era hora de que yo hiciera lo mismo.

Nunca pensé en huir antes, no realmente. Claro, después de que mi padre murió, me preguntaba si había algún mejor lugar para mí. Un lugar más seguro. Pero ya había cometido un error que me metió en problemas, ya tenía una deuda que no sabía cómo pagar a una edad tan temprana, y los Soul Suckers eran un club nacional. No importaba a dónde huyera, sabía que ellos me encontrarían. Todavía lo harían. Nadie se alejaba de ellos con una deuda colgando sobre la cabeza. Así que me trasladé a Justice, y he trabajado para pagar mi deuda, vigilando esa carretera de la montaña en busca de cualquier signo de actividad inusual para informarles.

Sin embargo, fallé espectacularmente. Y eventualmente, ellos vendrían para asegurarse de que lo supiera.

Solo me quedaban unos cuantos platos para cargar cuando Alder entró por la puerta batiente desde el comedor. Tan alto, tan ancho, que ocupaba todo el espacio de la pequeña cocina, también me robaba todo el aire. Tenía que recordarme respirar cuando estaba tan cerca. Tenía que obligarme a alejar la mirada de él. El mundo se reducía a la nada más que a él y al ceño fruncido en su rostro cuando estaba cerca, la forma como me miraban sus ojos azules. Me inspeccionaba. Como si realmente me *viera*.

Algo que no me podía permitir.

Me obligué a mí misma a apartar la mirada.

—¿Qué estás haciendo aquí atrás?

—Tus otros clientes pensaron que sería una idea divertida irse sin pagar. —Puso una pequeña pila de billetes en el mostrador junto a mí—. Me aseguré de disuadirlos de esa idea.

Y eso personificaba al hombre: contundente, exigente, pero por las razones correctas. Siempre cuidando a sus amigos y vecinos, siempre cuidando a las personas para que no las arruinen. A veces, deseaba haberlo conocido antes de que mi vida se fuera a la mierda. A veces, cuando la realidad de que nunca me vería de la forma en que quería que lo hiciera, desearía no haberlo conocido nunca.

Recogí el dinero, agitándolo ante él antes de deslizarlo en el bolsillo de mi uniforme.

—Eso es un poco más que su cuenta.

Se encogió de hombros, apoyando una cadera contra el mostrador y cruzando sus largas piernas por el tobillo.

—Me aseguré de que te dejaran una buena propina por aguantarlos toda la noche.

Mi sonrisa no se detuvo.

—Eres horrible.

—¿Realmente lo soy?

Cuando levanté la vista, sus ojos todavía estaban sobre mí. Mirando como si tratara de resolver algo, ver dentro de mí. Y joder, estaba demasiado cansada para esconderme.

—No —susurré mientras cerraba la llave del agua—. No eres horrible en lo absoluto.

Alder se apartó del mostrador, acechándome de cerca. Tan, tan cerca. Pero no se detuvo cuando esperaba que lo hiciera, a una distancia respetable y amigable. Oh, no, no se detuvo. No hasta que se paró justo frente a mí, con sus ojos hambrientos sosteniendo los míos, su cuerpo inclinado. Casi... tocándome. Y entonces, él me tocó.

Metió mi cabello detrás de mi oreja y levantó mi barbilla. Obligándome a mantener mis ojos en los suyos, no era que pudiera apartar la mirada, incluso si quisiera.

—Me preocupo por ti, cariño.

Mi respuesta vino automáticamente, la mentira era muy fácil de decir.

—No es necesario.

—Creo que sí. Creo que no puedo evitarlo.

Me estremecí, fascinada por su voz, por la expresión de su rostro, por lo cerca que estaba. El hombre me poseyó desde el primer momento en que lo conocí, desde el primer día en que pidió una taza de café y me sonrió. Todavía lo hacía, y estaba cansada de luchar contra mi deseo por él.

Respiré hondo y cerré la brecha entre nosotros, agarrando sus brazos mientras presionaba mis senos contra ese pecho duro como una roca con el que soñé demasiadas veces para contar. Rendirme ante él y rezar para que no me arrepintiera.

—Entonces, ¿qué vas a hacer al respecto?

No me respondió, no necesitaba hacerlo. Tomó mi barbilla con una enorme y áspera mano, pasando su pulgar por mis labios mientras mantenía sus ojos azules fijos en los míos. Esperando. En busca de algo. Así que le di lo único que podía: mi aprobación. En la forma de un beso presionando su pulgar mientras pasaba. Su respuesta fue inmediata.

Con los ojos brillando, se agachó para reclamar mi boca. No podía llamar a lo que hizo un beso. La palabra no era lo suficientemente grande como para abarcar la forma en que todo su cuerpo se involucró en el acto o cómo dominó mis labios, mi lengua, mi boca. No fue un beso, fue un reclamo. Me *saqueó*. Con la mano en mi rostro, un brazo deslizándose alrededor de mi cintura para sujetarme a él, atacó mi boca con una intensidad que me hizo jadear. Sin beso suave ni comienzo fácil, sin trabajar en su camino hacia nada, tomó ventaja de mí, aprovechando mi silencioso jadeo para lamer su camino hacia adentro.

Podría haber muerto en ese momento con su sabor en mi lengua y no me arrepentiría.

Con el corazón acelerado, la piel picándome con la necesidad de que este hombre me tocase, acallé todas las voces que me decían que esto nunca podría suceder, y le devolví el beso. Gimió cuando le enrosqué los dedos en el cabello y le tiré más cerca, entonces sus manos me apretaron lo suficiente como para dejarme marcas. Bien, las quería. Quería ver su reclamo sobre mí. Necesitaba el recordatorio de que, por un breve momento, había sido suya. Completamente.

Pero Alder no estaba satisfecho con los besos, o eso parecía. Nuestras lenguas se enredaron, me giró de espaldas al mostrador, luego se agachó para agarrarme por los muslos y levantarme. Mi culo aterrizó sobre el acero inoxidable y mis piernas se abrieron casi por instinto, dándole al hombre espacio para interponerse entre ellas. Y lo hizo.

Y estaba tan malditamente duro.

—Dame permiso —dijo mordisqueándome la barbilla—. No tomaré nada, pero si me dejas... si quieres que lo haga. —Gimió, sus caderas se sacudieron contra las mías casi por su propia voluntad—. Dame permiso, cariño. Dime que puedo sentirte. Déjame encargarme de ti así puedo ver cuando te corras.

Asentí, aunque no tenía ni idea de lo que estaba haciendo, ni idea de qué era exactamente lo que quería darme. Mi experiencia con los hombres, la poco que tenía, siempre fue acerca de dolor y castigo. Nunca me habían besado de la forma en que él me besó, nunca fue más allá de un simple agarre de tetas que me dolía más que excitarme. Pero lo intentaría, aprendería. Para Alder, resolvería todo esto del sexo por primera vez. Mientras él me quisiera como yo lo quería.

Con las bragas mojadas, me retorcí contra él mientras regresaba por más, siendo dueño de mi boca. La cresta dura de su erección se asentó encajada entre nosotros con deseo obvio. El fuerte agarre de sus manos en mi carne, los interminables besos que sacudieron mi mundo hasta los cimientos, la forma en que su cuerpo se apretaba contra el mío con cada respiración, hizo que notara que el hombre me deseaba, y definitivamente yo sentía lo mismo por él.

Sin vergüenza de mi necesidad de querer más, moví las caderas contra él mientras me acercaba. Cuando me envolvió en sus brazos, su aroma me abrumó con su esencia. Estaba empapada, y probablemente estaba extendiendo la humedad a sus jeans, pero no me importó. Le dejé ver cuánto lo quería, cuánto me hacía sentir. Le permití saber la verdad: que no hubo otro hombre en todos los años que había vivido en Justice. Solo él.

Así que cuando deslizó una mano entre nosotros, empujando mis bragas hacia un lado y encontrando mi clítoris, simplemente extendí las piernas más ampliamente. Dándole espacio para frotarlo, para provocarme. Para finalmente sentir exactamente lo mojada que estaba. Algo que lo hizo gemir.

—Eso es, Shye. Joder, me encanta la forma en que tu pequeño cuerpo se mueve contra el mío. Y estás tan malditamente mojada, cariño. Todo por mí, ¿verdad? ¿Esta húmedo tu coño solo para mí?

Asentí, jadeando mientras él gruñía y empujaba más fuerte contra mí. Madre mía, esto tenía que ser un sueño. Un maravilloso y desgarrador sueño donde me despertaría mojada y dolorida entre las piernas. Uno donde alcanzaría ciegamente el cajón de mi mesita de noche en busca del único juguete que tenía, algo que me ayudara a alcanzar la cima, para aliviar la frustración. En cualquier segundo, me despertaría con ganas de llorar. Quería maldecir a mi desgraciado cerebro por jugar con mi corazón y hacerme pensar en lo que nunca podría tener.

Pero no me desperté. En cambio, dejé caer la cabeza hacia atrás y gemí cuando Alder movió su ataque de mis labios a mi cuello. Mientras mordía, chupaba y lamía un rastro hasta mi hombro continuaba su ataque directo a mi clítoris.

Esto era la muerte, la dicha, el cielo y el infierno todo en uno. Esto era todo.

Y luego fue más.

Alder me levantó de nuevo, manteniendo su boca ocupada en mi cuello mientras me cargaba como si no pesara nada. Se dirigió a la oficina del gerente, un pequeño espacio, similar a un armario, en la parte trasera de la cocina. El único espacio con una puerta y un mínimo de privacidad. Una vez dentro, me puso en el escritorio y cerró la puerta con el pie antes de levantarme las rodillas.

—Alder —jadeé, sintiéndome expuesta, excitada.

Subió una mano a lo largo de mi muslo, juntando mi falda del uniforme en su camino, dejando que su dedo rozara mis bragas.

—Tan jodidamente húmeda para mí, cariño. No puedo dejarte así, y no quiero que nadie entre y te vea expuesta. —Se agachó para darme un beso, mordiéndome el labio en buena medida y me hizo saltar—. Nadie más puede ver este coño, y ciertamente no pueden ver cuando haga que te corras. Tu rostro, esos pequeños y dulces sonidos que haces, son míos. Todo mío.

Tiró de mis bragas hacia un lado otra vez y pasó un nudillo sobre el clítoris.

Envió ondas de choque por mis piernas mientras me provocaba.

—Dime que esto es mío, Shye. Di las palabras.

—Es tuyo. —Jadeé cuando él hundió un dedo dentro de mí. Separándome. La deliciosa mezcla de placer y dolor me hizo apretar alrededor de su grueso dedo—. Todo tuyo.

—Bien. Ahora voy a tomar lo que estás ofreciendo, porque ya no puedo aguantar más. —Se dejó caer de rodillas, enganchando mis piernas sobre sus hombros y acercando su rostro a mi sexo. Demasiado cerca. Dios mío, ¿iba a...?

Lamió toda la longitud de mi abertura antes de deslizar la lengua dentro de mí, sin darme un momento para rechazarlo. Me arqueé y gemí, mordiéndome el labio para no gritar. Mis manos arañaban los bordes del escritorio mientras trataba de encontrar algo a lo que aferrarme. Algo para mantenerme anclada en la tierra.

—Alder —lloriqueé mientras se movía para rodear mi clítoris. Mis muslos temblaron sobre sus hombros, mi liberación ya estaba cerca.

—Dulce y maldito coño que tienes, Shye —gruñó contra mi sensible carne, abriéndome con los pulgares para que pudiera sentir su aliento—. Siempre supe que serías tú. Es por eso que te llamo *cariño*. Porque sabía que este coño sería la cosa más dulce que he tenido en mi lengua.

Me arqueé y di un aullido cuando su lengua volvió a encontrar el clítoris, lo agarré de la cabeza y tiré de él descaradamente hacia mí. Y como todo lo demás, me folló con la boca, al estilo Alder. Rudo, fuerte, sin darme un momento para relajarme en el ataque. Poseyendo todo de mí con sus labios y lengua. Y oh, Dios mío, esa lengua. Golpeaba contra mi clítoris, lanzando la ocasional lamida plana para mantenerme en el borde. Me retorcí, agarré su cabello y lo jalé más cerca, grité su nombre, hice todas las cosas que había leído durante años, todos los movimientos que pensé que eran demasiado falsos o salvajes. Instinto... reaccioné solo por instinto, deseando más, necesitando que él me hiciera acabar, deseando. Exigiéndolo.

—Tan bueno, tan... Alder. Por favor.

—Joder sí, cariño. Dame todo eso, dulzura. Tan jodidamente húmeda, bebé, no puedo dejar de lamerte.

Y como si el hombre hubiera estudiado de alguna manera mi cuerpo, Alder sabía exactamente qué hacer. Dedo en lo profundo, labios envueltos alrededor de mi clítoris mientras succionaba, gruñía, mascullaba y succionaba lo suficientemente duro para hacerme gritar. Para hacerme gimotear y temblar.

Para hacer que me corriera.

Mantuvo su ataque mientras me rendía, prologando cada onza de placer mientras me entregaba a lo más alto de lo alto. Negándose a abandonar su lugar entre mis piernas hasta que finalmente tuve que apartarlo, demasiado sensible para dejarlo lamerme una vez más. Él no se alejó demasiado, sin embargo, descansando su mejilla contra mi muslo y recorriendo un dedo a lo largo de la unión entre mi pierna y mi sexo.

—Finalmente mía —susurró, colocando un suave beso sobre el clítoris y tirando de mis bragas en su lugar. Pero no me las quito. Me hizo acabar así de fuerte mientras me dejaba básicamente con la ropa puesta; si alguna vez me tuviera desnuda, me mataría. Y me moriría felizmente en sus brazos.

—Tuya —susurré, era imposible no hacerlo. Demasiado perdida para siquiera pensar en la realidad de esa promesa. Para ocultar cuánto quería creer que realmente podríamos estar juntos.

Con un suspiro casi satisfecho, Alder se movió por la longitud de mi cuerpo, dejando que sus manos deambularan, besándome sobre el uniforme, hasta llegar a mi cuello y poder hundir los dientes en mi piel. No con dureza ni dolorosamente, pero diciéndome que quería poseerme, y afortunadamente, yo quería ser suya.

Mientras se movía dejándome besos a lo largo de la oreja, envolví los brazos alrededor de él, sosteniéndolo firmemente. Todavía temblando. Todavía necesitando más.

—Estás temblando —me dijo llevando la boca a la mía para darme un tierno beso—. ¿Estás bien, cariño?

Asentí, correspondiéndole el beso. No estaba lista para dejarlo ir todavía. Rodé mis caderas donde él seguía estando duro.

—¿Qué tal tú?

Alder simplemente negó con la cabeza y con una pequeña sonrisa en los labios mientras se rozaba contra mí.

—Estoy bien. No es acerca de mí esta noche, Shye. No espero nada de ti.

Realidad se estrelló sobre mí en un abrir y cerrar de ojos. Él me lo dio todo, pero no consiguió nada de mí. Eso era una deuda. ¿Cómo siempre terminaba endeudada con un hombre?

Lo empuje y lo senté, frunciendo el ceño.

—Pero tú me diste... eso. Debes obtener algo a cambio.

—Shye, así no es como funciona. No es un acuerdo o un juego donde mantenemos un registro de puntos. —Alder me acarició con la nariz el cuello, y con las manos me sostenía de las caderas—. No vine aquí por nada de esto, pero descubriremos la solución de todo.

Él no vino aquí para *esto*. No vino por mí.

—Oh. —Me alejé, de repente avergonzada. Insegura, pues al parecer Alder Kennard *no* había venido a la parada de camiones por mí. Lo alejé, deslizándome con los pies y tirando mi uniforme de regreso a su lugar—. Entonces, ¿por qué estás aquí?

Dio un paso más cerca, agarrándome antes de que pudiera escaparme, negándose a dejar unos centímetros de distancia entre nosotros. Sus manos eran fuertes mientras me sostenía.

—Porque no puedo mantenerme alejado.

Bueno, joder, sonaba como un sueño hecho realidad para mí. Pero no era esa chica, no conseguía el cuento feliz para siempre. Conseguía al cazador con un lado sádico en lugar de uno dulce, y mis siete pequeños ayudantes eran demonios en lugar de enanos. Tenía al hombre que me dio el mejor orgasmo de mi vida, diciéndome que no había estado viniendo a verme en absoluto.

—Alder...

Apretó un beso más en mis labios, otra dulce probada, antes de separarse para mirarme.

—He estado preocupado por ti. Camden se metió en ese desacuerdo con algunos motociclistas por el trabajo en la propiedad Hansen, no muy lejos de tu remolque. ¿Recuerdas? —Esperó a que asintiera—. Bueno, el día del incendio, encontramos pistas en tu propiedad.

¡Oh, joder! Mi estómago se convirtió en hielo y dejé caer la mirada en su hombro. No podía verlo a los ojos por esto, queriendo correr, queriendo alejarme. No queriendo saber aquello que ya iba a decirme.

—Creemos que ellos fueron los que prendieron fuego tu lugar.

Bloqueé todo el pánico, todo el terror que esa declaración inspiraba en mí, mientras miraba hacia él.

—¿Por qué los motociclistas estarían interesados en mí?

—No sé. —Suspiró Alder, con sus manos aún agarrando mis caderas. Su cuerpo todavía muy cerca del mío—. Pero es arriesgado para ti, Shye. Aunque el seguro sustituya tu remolque, esos bosques son peligrosos.

Él no tenía ni idea.

—La vida es peligrosa.

Me alejé de él y abrí la puerta de la oficina, necesitando aire. Necesitando espacio. Si él no sabía de mi conexión con los Soul Suckers todavía, lo haría pronto. Descubriría cuán mentirosa era, cuan débil y desesperada podía estar, y entonces me odiaría. Esto, lo que sea que sucedió, terminó. Él solo no lo sabía todavía.

Pero yo sí.

—Necesito volver a trabajar.

Alder agarró mi brazo, deteniéndome antes de que pudiera incluso alcanzar el fregadero.

—Shye, creo…

La puerta del comedor voló para abrirse, golpeando en la pared detrás. Salté, pero Alder ya me estaba detrás de mí para girarme hacia él. Enfrentando la amenaza. Parándose entre mí y... Gage.

—Tenemos un problema —dijo el gran hombre con cada músculo del rostro duro y apretado—. Otro incendio.

Alder deslizó su mano hacia abajo de mi cadera, empujándome hacia su cuerpo, manteniéndome cerca. Manteniéndonos conectados.

—¿Dónde?

—En la casa de Camden. Y él no puede localizar a su esposa.

—Mierda. —Alder se giró y me cogió por la cintura, agachándose ligeramente y poniendo su rostro justo frente a mí mientras bajaba la voz—. Tendremos que terminar nuestras cosas más tarde, cariño. Vamos. Tenemos que salir de aquí.

No fue hasta que sus dedos se unieron con los míos y tiró de mí, que la realidad de que él estaba diciéndome esas palabras a *mí* y no a Gage se asentó.

—Espera —dije mientras planté mis pies y tiré de Alder para que se detuviera—. Estoy trabajando. No puedo irme.

Alder frunció el ceño.

—El turno termina en veinte minutos. Alguien puede cubrirte.

—No solo puedo desaparecer. Es *trabajo*.

—Shye, hubo una discusión con algunos motociclistas por tu casa el día del fuego, y Camden fue quien agredió a uno de ellos. Esto podría ser una represalia.

Oh, Dios, no.

—¿Qué hizo él?

—Vamos —gritó Gage desde la puerta de la cafetería, mirándome—. Tenemos tiempo para hablar en el camino.

Mi cabeza se sacudía sin pensamiento o intención.

—Alder, déjame ir. Necesito terminar mi turno.

Esa marca de la mandíbula apareció y su rostro entero se tornó frío, con la mirada bloqueándose en la mía. Ardiente y peligrosa. Gage podía ser un tiburón en el agua, pero Alder era peor. Podía sentir la amenaza cuando pasaba por Gage, Alder solía ocultarla. Él ya no ocultaba esa letalidad.

—No. —Me jaló contra su pecho, inclinándose sobre mí. Dominándome—. La última vez que te dejé ir, desapareciste de mí durante tres días. No puedo hacerlo otra vez, Shye. No puedo pasar cada minuto preocupándome de si estás a salvo y tienes lo que necesitas. Me encargaré de tu jefe, me debe unos cuantos favores de todos modos, así no tienes que preocuparte por tu trabajo. Confía en mí, cariño. Quiero mantenerte a salvo, y eso significa que tendrás que venir conmigo... Ahora.

Nada sobre esta situación debería haber sido excitante. Nada de lo que Alder decía debería haberme debilitado las rodillas, ni debería haberme calentado desde el interior, recordándome cómo de mojadas ya estaban mis bragas. Pero algo en su rostro, en su cuerpo duro contra el mío, en sus palabras, hizo que mi deseo por él estallara, y de pronto me encontré asintiendo. Imposible decirle que no.

No era que yo quisiera.

Sin otra palabra, Alder me llevó a rastras por el restaurante y afuera, mientras el pánico que llevaba solapado conmigo desde el incendio me envolvió una vez más. Me sentía segura con Alder. Habían pasado meses desde que podía recordar sentirme de esa manera, tal vez incluso años, pero la realidad de mi pasado no me dejaba aceptarlo. Nadie estaba a salvo de los Soul Suckers.

Los Kennard eran buenas personas y cumplían la ley a su manera. Cuando se dieran cuenta de lo que estaba sucediendo, probablemente llamarían al alguacil para investigar. Eso no quería decir que se hiciera justicia; significaba un posible beneficio para los Soul Suckers, evitar una investigación y detenciones. Más deudas sobre mis hombros porque me dieron un trabajo y fallé en ello.

Sin embargo, esto sería una simple deuda para los Soul Suckers. No sería algo tan barato como un funeral y unos años viviendo a expensas de sobornos. De seguro esta vez tomarían mi vida por hacerles perder un negocio.

Y si me quedaba cerca de Alder, tomarían la suya también.

Capítulo
5

Alder

Si yo era un rey o un gilipollas, no podía decirlo. Besé a Shye Anderson e hice que se corriera en mi lengua. Finalmente logré escuchar los pequeños gimoteos y suspiros mientras le daba placer. Si básicamente no hubiera arrastrado su pequeño culo fuera de la parada de camiones ni la hubiese casi obligado a venir conmigo, estaría de un humor mucho mejor.

Cierto, ella asintió para darme permiso, pero solo luego de que la hube presionado. Consentir bajo coacción no era consentir realmente, y ese hecho me carcomía. Sin embargo, no parecía molesta o enfadada. De hecho, me permitió sostenerle la mano todo el camino hasta la casa de Cam, pero aun así, me preocupaba haber cruzado un límite que no debí traspasar.

Si no estuviera atrapado en el infierno de luchar contra el incendio de una casa, podría ser capaz de descubrir si era el héroe o el villano de su historia.

—¡Necesitamos más agua por aquí!

Enganché otra manguera al camión cisterna con el nombre de mi familia en el costado, el que había comprado para proteger al pueblo en momentos así, y dirigí a uno de mis hombres hacia la llamarada más grande. Todos trabajamos continuamente, corriendo y llevando agua, dirigiendo las mangueras, usando hachas y sierras para despejar los sitios ardientes, así podíamos tratar de contener el daño. Arriesgamos nuestras vidas, incluso cuando ya sabíamos que no podríamos apagar este incendio.

Como en el remolque de Shye, alguien debió de saber lo que hacía. Justice no tenía departamento de bomberos... joder, ni siquiera teníamos hidrantes, excepto un par a lo largo de la línea de comercios en, lo que consideramos, el pueblo. Tres tiendas, un restaurante que abrió recientemente, una gasolinera, una diminuta oficina postal y varios edificios vacíos; no mucho de los ingresos públicos por impuestos alcanzaban para pagar por cosas como servicios de emergencia, así que lo hacíamos sin ello. Pero alguien debió de saber que la ayuda sería lenta, si era que la había, y comenzaron varios incendios que incluso mi equipo de empleados y nuestros camiones cisterna no serían capaces de controlar.

El fuego ardía lentamente, quemando el sitio hasta que encontraba una nueva fuente de aire. Una forma de respirar. ¿Una vez que el fuego encontraba oxígeno? El infierno. Ni toda el agua del mundo salvaría la casa de Camden. O a su esposa, algo que mantenía para mí mismo hasta que alguien pudiera confirmarme si ella estaba allí dentro.

Primero Shye, ahora Camden. ¿O el objetivo había sido Leah? Necesitaba descubrirlo y deprisa, porque había una chica sentada en mi camioneta, una con la que había estado obsesionado por tres largos y solitarios años, y no había manera en que permitiera que le ocurriera algo más.

Mi padre siempre dijo que las mejores cosas valían la espera, y tenía un presentimiento de que Shye era esa mismísima cosa para mí. Pero, mierda, ya no iba a esperar. Alguien que incendió su hogar lanzó por la ventana mi plan de ir lento con ella, de darle tiempo para venir a mí. ¿Y ahora? Bueno... ella podría odiarme por lo que iba a hacer, pero no tenía otra opción. No luego de los incendios, y especialmente, luego de que finalmente tuve una probada de esa traviesa boquita. Y de su sexo. Oh, joder... su sexo.

Aún podía saborearla en los labios, y quería más. Quería deslizarme dentro de ese jugoso y pequeño paraíso, y plantar profundo mi semilla. Quería ver mi fluido correr por sus muslos luego de cansar su cuerpo con el mío. Hice lo correcto: vigilarla sigilosamente, prácticamente oculto en las sombras mientras esperaba que ella respondiera a mí, por tres largos años. Pero la chica era buena ocultando, como lo descubrí esta noche. Había respondido con tanta fuerza, con tanta pasión. Me deseaba tanto como yo a ella, así que el juego de esperar se acabó. Era hora de ser más directo.

Bishop apareció por el costado de la casa, con su cuerpo alto sombreado por un largo momento antes de acercarse lentamente a mí, hablando suavemente para que nadie lo escuchara.

—Está un poco más controlado ahora. ¿Comenzamos la búsqueda?

De Leah... quien debía estar en la casa, dentro de la edificación ardiendo frente a mis ojos.

—Si puedes hacerlo estando a salvo, sí. Pero no quiero que nadie arriesgue su vida. Si ella estaba ahí dentro...

No necesitaba terminar la oración. Él lo sabía. Todo el grupo lo sabía. Si Leah estaba allí dentro, no saldría de ahí con vida. Y eso, su muerte, recaería directamente sobre mis hombros.

Tomé la responsabilidad por nuestra ciudad, porque un noventa por ciento de la gente que vivía aquí o trabajaba directamente para mí o estaba aquí debido a mi aserradero.

Justice, Colorado, bien podría haber sido etiquetado como propiedad Kennard. Me aseguraba de que mis muchachos dieran vueltas por los caminos, manteniendo un ojo sobre cualquier actividad inusual. Recogíamos ebrios de The Jury Room e interveníamos para ayudar cuando alguien se enfermaba o se lastimaba y no podía trabajar. También operábamos nuestro propio equipo de protección de incendios, dando extinguidores cada Navidad y asegurándonos de que las personas supieran cuándo cambiar las baterías de sus detectores de humo. Compré varios camiones cisternas de más de quince mil litros para ayudar a combatir incendios, pero todo eso era inútil cuando alguien encendía una llamarada intencionalmente, como la de hoy. Como la del hogar de Shye.

Mi gente estaba bajo ataque.

Bishop desapareció por la parte trasera de la casa justo cuando Gage se acercó a mi lado con el rostro vacío de emoción, pero sus ojos ardían con una ira que jamás vi antes. Tampoco nunca lo había visto sin Rex detrás de él.

—Esto no puede ser bueno —dije buscando al perro silenciosamente.

—Está en la camioneta con tu chica. Creo que él podría agradarle más que yo.

Gage se giró y lo seguí, mirando hacia donde había aparcado hacía, aparentemente, demasiado tiempo. Rex de hecho estaba sentado junto a Shye en mi camioneta, ambos mirando la casa arder a través del parabrisas, con una manta sobre los hombros.

—No puedo decir que le culpo. —Los ojos de Shye encontraron los míos, y el temor que vi allí, el obvio cansancio, hizo que mi corazón se sacudiera—. Joder, ellos no deberían estar aquí.

—Mejor aquí donde podemos vigilarlos que solos, en algún otro sitio fuera de nuestro alcance. Lo que me lleva a una siguiente declaración. Tenemos un problema.

Teníamos una jodida tonelada de ellos, en realidad.

—Juro por Dios, hombre, si esta noche me dices eso una vez más...

—Alguien clavó una ventana en la parte trasera de la casa para mantenerla cerrada. —Me tomó tres segundos completos asimilar sus palabras.

—Clavada... ¿Qué ventana?

—La del dormitorio principal.

Cuando estaba con los Boinas Verde, uno de mis muchos trabajos en los que estuve con Deacon —exfrancotirador con una lista de muertes más larga que mi maldita pierna—, hicimos la clase de trabajo que no se mostraban en las estaciones de noticias que se sintonizaban en casa: operaciones secretas, encubiertas, y trabajos sucios. Parte de eso fue sabotear los planes de las células criminales que asesinaban personas que causaban problemas para nuestro gobierno. Conocía la rutina de un golpe planeado, por dentro y por fuera. Localizar el objetivo, monitorearlo para aprender sus patrones y hábitos, confirmar la identidad, y prepararse para la misión asegurando cualquier ruta de escape en caso de que las cosas se desviaran, y esperar el momento oportuno para golpear, lo que significaba...

—Camden estaba en The Jury Room con Deacon esta noche.

Gage asintió, aunque no necesitaba que me lo confirmara. Cada último sábado del mes, Deacon patrocinaba un mini torneo de póquer en el bar. Los jugadores venían desde cientos de kilómetros de distancia para entrar en acción, y Camden siempre trabajaba como seguridad. Lo había estado haciendo por años.

Y quien fuese que hubiera iniciado el fuego debió saberlo.

—Hijo de puta. —Una incomparable rabia, con cualquier otra cosa que sentí en mi vida, ardió en mi sangre. Alguien fijó como objetivo a Camden, lo observó o preguntó por allí. Sabía lo suficiente para prender fuego a su casa, cuando él estuviera fuera. Eso ya era lo bastante malo, pero atraparon intencionalmente a Leah, lo cual lo llevaba totalmente a otro nivel. Uno que no estaba esperando. Uno que comenzaría una guerra entre Justice y estas jodidas ratas de la calle.

Pero primero, necesitaba encargarme de los asuntos urgentes.

—¿Dónde está Camden?

—Al frente. Hice que Finn lo cuidara. —El mejor amigo de Cam. La opción más lista.

—¿Cómo se encuentra?

—Él sabe que ella está dentro. Por supuesto que sí.

—La atraparon allí dentro para que se quemara.

—Sí.

Y nosotros mataríamos a cada uno de ellos, a quien lo hubiese planeado o ejecutado.

—Necesitamos detalles. Pon a Bishop en ello. Necesita descubrir quién ordenó el trabajo y quién prendió el fuego. Quiero conocer a todos los involucrados, hasta el cajero que les vendió los cerillos.

Miré fijamente las flamas, deseando con todo lo que tenía que estuviéramos equivocados. Que Leah llegara a la entrada a la cochera tras una salida nocturna de chicas. Pero todos lo sabíamos bien. Leah no salía sin Camden, y Cam raramente se iba de su lado a menos que estuviera trabajando. Ambos habían estado juntos desde la preparatoria, donde también conocieron a Finn. Si se añadía al gemelo de Finn, Elijah, y la ex de Bishop, Anabeth, tendrías a los Cinco Mosqueteros de Justice. Los tres muchachos eran inseparables, Anabeth prácticamente era familia ya, y Leah simplemente se volvió parte del grupo cuando Cam comenzó a salir con ella. Yo era mucho mayor que los gemelos, pero recordaba a un Camden y una Leah mucho más jóvenes pasando el rato siempre en nuestra casa.

Luego de la preparatoria, Elijah y Finn se fueron a la universidad, mientras Anabeth se dirigió a Las Vegas para volverse alguna clase de médium o psíquica. No estaba realmente seguro. Leah se quedó en la ciudad, por lo que sabía, trabajando en la pequeña tienda de herramientas de la calle principal, mientras Camden se unió a los Marines. Ambos permanecieron juntos a pesar de los campos de entrenamiento y las asignaciones, y la chica fue completamente leal y fiel al hombre que bien podría ser como otro hermano para mí. Ella también intervino para ayudar a Finn a superar el consumo de drogas una vez que salió a la luz, algo que apreciaba mucho debido a que yo estaba en el Ejército en ese momento y no podía venir a casa tanto como quería hacerlo. Me agradaba ella, y la familia Kennard prácticamente la adoptó. Cam la amaba. Su muerte sería un momento oscuro para todo el pueblo.

Alguien estudió bien los objetivos.

—Los quiero muertos —dije con voz baja y tranquila—. Manejamos la investigación, rastreamos a los malditos y los matamos. Nada del gilipollas del alguacil o del fiscal. Sin abogados. ¿Correcto?

—No podría estar más de acuerdo. Y, jefe, no quiero decirte que tenemos otro problema...

Gemí.

—¿Ahora qué?

—Baker está aquí.

No había un fuego en el mundo que pudiera arder con tanto calor como mi furia cuando nuestro corrupto y perezoso alguacil se acercó por la entrada de coches de Camden.

—Dos en una semana —dijo él, ignorando toda la actividad a su alrededor mientras hombres buenos realmente hacían sus malditos trabajos. Algo de lo que él sabía muy poco, en mi opinión—. Esa es mucha coincidencia, ¿no crees?

No, no lo creía. Pero no le confiaría nada a Baker, y mucho menos para que investigase un asesinato.

—Muy tarde para ti, alguacil Baker. ¿No deberías estar en casa viendo la *Rueda de la Fortuna*?

Frunció el ceño mientras el fuego arrojaba profundas sombras en su remilgado rostro. La cicatriz de nuestro primer encuentro prácticamente brillaba. Sin embargo, no era alguacil entonces. Solo era un suplente. Un hecho que probablemente mantuvo mi culo fuera de la cárcel.

—Solo haciendo mi trabajo, Alder. Sin embargo, para un maderero, parece que estás realmente interesado en estos incendios que tienes en marcha. ¿Qué, no hay nada mejor que hacer?

Algún día, golpearía a ese hijo de puta directamente en la boca. Lo había hecho una vez, cuando estuve de permiso del Ejército, mi padre aún estaba vivo y yo estaba tratando de averiguar qué hacer con un negocio maderero que estaba muriendo, sabiendo que necesitaba volver a mi unidad. Baker vino a casa a arrestar a Finn por vender narcóticos supuestamente. Sabía que era una farsa, él sabía que era una farsa, así que cuando puso sus manos sobre mi hermanito, perdí la calma y me abalancé. En realidad, dos veces: una en el pecho y otra en la boca donde quedó una cicatriz en el labio superior. Pasé cuatro noches en la cárcel por eso.

Sin embargo, Finn pasó siete años en prisión, todo por un cargo falsificado. El chico había consumido, pero nunca la vendía. Y Baker lo sabía. Pero presionó demasiado al fiscal para que sentara un precedente con Finn Kennard, e inventó una historia acerca mi hermano menor vendiendo metanfetaminas. Por eso no podía evitar odiar tanto al hijo de puta.

—¿Es la señorita Anderson la que está en tu camioneta, Alder? —preguntó Baker, mirando hacia donde Shye estaba envuelta en una manta dentro de mi camioneta. Rex saltó mientras lo observaba y puso las patas delanteras en el tablero de instrumentos, ladrando. Perro inteligente, siempre había odiado a Baker.

Le lancé una mirada a Gage, y hundió la barbilla antes de dirigirse lentamente hacia la camioneta. Gage y mi hermano Bishop pudieron haber sido los que lucharon en el mismo equipo durante su tiempo en los SEAL, pero todos éramos exmilitares. Él sabía lo que quería sin una palabra, y sabía que daría su vida por la mía. Joder, entre él y Bishop, probablemente harían cualquier cosa para mantenernos a Shye y a mí cerca en este momento. A ambos les encantaba bromear con mi obsesión con ella. Gage incluso estuvo conmigo la noche en que la conocí y supo de inmediato que yo quería que fuera mía. Nada pasaba desapercibido para él.

Una vez que Gage estuvo en posición de mantener a mi chica y a su perro a salvo, le presté a Baker toda mi atención. Lo que significaba fruncirle el ceño hasta que no pudo mantener mi mirada por más tiempo. Cobarde.

—¿Tienes algún problema, alguacil?

—Solo me pregunto qué es lo que estáis haciendo aquí. Sé que la gente de Justice, especialmente los Kennard, parecen pensar que están por encima de la ley y les apetece manejar las cosas, pero nunca ha habido un incendiario entre vosotros. —Asintió con la cabeza hacia mi camioneta—. ¿Hace cuánto tiempo ella ha vivido aquí?

El mundo se me puso rojo de furia, y no por las llamas detrás de mí.

—Escúchame, Baker. Shye Anderson no tiene nada que ver con estos incendios. Está aquí porque la traje conmigo para mantenerla a salvo. En caso de que aún no hayas encontrado una pista, ella ha pasado por mucha mierda esta semana.

—Mucha mierda que podría pagar bien el dinero del seguro, parece. —Dio un paso atrás incluso mientras sonreía en mi dirección, levantando sus manos como si se rindiera cuando lo seguí. Prácticamente burlándose de mí—. ¿Qué pasa con esta? Esta es la casa de Camden Reese, ¿verdad? ¿Había alguien en la casa cuando empezó el fuego?

—Cam se ocupó de la seguridad en el torneo de póquer de Deacon. — El fiscal no podía convencerme para impedir una investigación mientras le dijera la verdad, lo cual hice. Definitivamente no tenía que decirle nada sobre Leah, todavía. Sobre todo porque no preguntó específicamente por ella. Ese sería mi secreto por unas horas más. Necesitábamos entrar a la casa y recopilar información antes de dejar que las noticias salieran de nuestro círculo. Si Baker sabía que podría haber una chica muerta dentro de la casa, inmediatamente intentaría hacerse cargo de la investigación. Se rumoreaba que se podían comprar sus servicios, y si descubría quién era el responsable, probablemente terminaría en su bolsillo. Nunca descubriríamos quién la mató si eso sucediera. Ni conseguiríamos nuestra venganza. Necesitábamos un poco de tiempo antes de que la ley se involucrara.

El alguacil Baker observó el fuego por un momento antes de concentrarse en donde Camden estaba sentado debajo de un árbol, con Finn a su lado. Ambos hombres se veían duros, malvados y listos para matar, lo cual hizo que la siguiente afirmación de la boca del buen alguacil fuera mucho más ignorante.

—Debería hablar con Camden, ver si él...

Lo detuve con una mano en el pecho. No se acercaría a Cam. Especialmente, no se acercaría a Cam cuando Finn estaba cerca.

—Quieres una declaración, llámalo por una. Mejor aún, llama a mi hermano Elijah por la mañana, es el abogado de Cam y puede encargarse de los detalles. Esta noche no es la noche.

Baker me miró furioso, inflando su pecho como si tratara de intimidarme.

—No importa lo que pienses, Kennard, soy la ley en estas partes. No tú. Respuesta incorrecta.

—¿Quién lo dice? —Sostuve su mirada, permitiéndole ver bien la furia dentro de mí, asegurándome de que supiera quién era el mejor en Justice. Porque seguro no era él.

Baker siseó una maldición cuando se giró sobre los talones para retirarse como el cobarde que sabía que era.

—Quiero a Camden en mi oficina a primera hora mañana, Alder.

—Le haré saber a Elijah sobre tu petición. Estoy seguro de que llamará con una respuesta. —Incliné la cabeza hacia él, negándome a encerrar a

Camden en algo que sabía que no iba a suceder. Al menos, no sin Elijah a su lado para protegerlo. Especialmente si teníamos razón sobre Leah.

Baker necesitaba salir del pueblo, y teníamos que encontrar el cuerpo de Leah antes que nadie más. Y necesitaba encontrar una manera de convencer a Shye de que se mudara conmigo para poder vigilarla. Porque no había manera de que volviera a ese motel después de esto. Ni en sueños.

Joder, iba a ser una noche muy larga.

*E*l resplandor del amanecer que se avecinaba acababa de comenzar a iluminar el cielo del este en el momento en que pudimos ingresar en la parte posterior de la casa. El techo se quemó y un par de paredes cayeron de un lado, y tuvimos que usar una motosierra para cortar el dormitorio principal. La sierra aturdía en las manos de Gage, mientras tres tíos mantuvieron un flujo constante de agua en la estructura, respaldando a su compañero de equipo. Sin embargo, Bishop sería el que debía entrar. Necesitaba a un Kennard en esa vivienda, encabezando esa búsqueda.

Finn quería ser el que buscara a Leah, pero ninguno de nosotros pensó que era una buena idea. Finn, aunque estaba sobrio desde que salió de la cárcel hacía más de una década, lo que sea que le hubiese ocurrido a Leah podría ponerlo en riesgo. Lo necesitábamos sólido, lo cual significaba que no podía ser él quien la encontrara. No teníamos idea de lo que le hicieron antes de prender el fuego.

Mientras los chicos trabajaban, me robé un momento para dirigirme a mi camioneta y ver a mi chica. Shye había estado entrando y saliendo varias veces, siempre llegando directamente a mi lado tan pronto como salía del vehículo, pero habían pasado un par de horas desde que olí su cabello o toqué su piel. Era necesario.

—Hola —dije cuando abrí la puerta. Sus adormecidos ojos se encontraron con los míos, y su sonrisa hizo que mi corazón latiera un poco más rápido. Joder, esta chica realmente me destruyó de la mejor manera—. ¿Cómo estás, cariño?

—Estoy bien. ¿Todo bien?

No, no en lo más mínimo, pero ella no necesitaba saberlo.

—Tanto como puedo estarlo. ¿Necesitas algo? ¿Agua? ¿Un aperitivo? ¿Otra manta?

Negó con la cabeza, frotando la mano sobre la cabeza de Rex. El maldito perro se había acurrucado con la cabeza en su regazo... bestia afortunada.

—Yo debería preguntarte eso —dijo robando mi atención de nuevo—. Tú eres el que está trabajando. Tú y tus hombres. ¿En qué necesitas que te pueda ayudar?

Me apoyé más en la camioneta, pisando el estribo para llegar mejor a esos labios que estaba deseando. Un beso, dos, manteniéndolos lindos y suaves. Sonriendo cuando me devolvió el beso.

—Solo te necesito a ti.

Esa sonrisa que amaba creció.

—Encantador.

—Lo intento.

Miró más allá de mí, y la preocupación la embargó por un segundo. Parecía ansiosa.

—¿El alguacil todavía está aquí?

—¿Baker? No, se fue hace horas.

Su suspiro definitivamente sonó como un alivio.

—Bueno. A él no le agrado mucho.

—Sí, bueno, ya somos dos. Aunque me importa un carajo si le agrado. —Su cabeza se inclinó y sus cejas bajaron a la más confusa expresión.

—¿Por qué no le agradas?

—¿Conoces esa cicatriz en su labio? —Sonreí cuando asintió. —Yo se la hice.

Esos ojos oscuros se ensancharon.

—¿Le pegaste?

—Arrestó a mi hermano por algo que no hizo.

—¿Cuál hermano?

—Finn. ¿Lo conoces?

Entrecerró los ojos y ladeó la cabeza.

—Más delgado que tú, ¿verdad? Le encanta la tarta de arándanos. Tu otro hermano viene más a menudo.

Exactamente por mi solicitud.

—Bishop, sí. También hay uno más, aunque no sé si lo has conocido. El gemelo de Finn, Elijah. Él no vive aquí. Es abogado en Denver.

—¿Cuatro chicos en tu familia?

—Y una chica. Lainie está en la universidad todavía. Vive con Elijah.

—Cinco hermanos Kennard. Apuesto a que las vacaciones eran ruidosas.

—Con cuatro chicos, todo fue alboroto. Sin embargo, Lainie lo hizo diez veces peor. —Sonreí cuando Shye se echó a reír. Esto era bueno, y no quería que terminara—. ¿Qué pasa contigo? ¿Alguna familia?

Su sonrisa cayó. Se estrelló, en realidad.

—Sin hermanos. Después de que mi mamá murió, mi papá se casó con una mujer con un hijo, así que tengo un hermanastro.

—¿Son cercanos?

—De ninguna manera.

—¿Y tu papá?

—Muerto.

Una palabra, y dolor en eso. Quería preguntarle más, pero en ese momento, Bishop vino caminando hacia la camioneta, manteniendo los pasos lentos como si no quisiera interrumpir. Hombre inteligente.

—Estamos listos para entrar —dijo, mirando de mí a Shye y de vuelta—. Cam te va a necesitar.

—Voy en camino. —Me estiré de nuevo en la camioneta y le di a mi chica un mejor beso, uno que me permitió tener una buena probada de ella, uno que la dejó temblando cuando terminé—. Quédate aquí por mí, ¿de acuerdo? Necesito saber que estás a salvo.

—Está bien. Pero estoy aquí si me necesitas. —Nunca hubo mejores palabras.

—Entendido.

Un último beso, y luego salí y cerré la puerta, para seguir a mi hermano de regreso a la casa. De vuelta al infierno de lo que sabía que iba a suceder. Busqué a mis hermanos y amigos, mirándolos a todos. Asegurándome de que estuvieran fuertes. Podía manejarlos cansados y llenos de hollín, pero no heridos. Todos se quedaron mirando el fuego, esperándonos.

De último miré a Cam.

Camden estaba en medio del grupo de la tripulación Kennard, rodeado de los hombres que lucían como sus hermanos y amigos, con el rostro duro y el cuerpo rígido. Gage y Finn se mantuvieron cerca, listos para detenerlo si era necesario. O sostenerlo. Esto iba a ser difícil para todos, pero más para Camden.

Cuando di el visto bueno, Bishop pateó la pared, abriendo un agujero en el dormitorio principal lo suficientemente grande para que pudiera pasar. Tres tíos con mangueras salpicaron la abertura en caso de que el fuego se expandiera, y luego Bishop se puso la máscara de oxígeno y entró. Mi pecho se apretó, mis ojos se clavaron en ese agujero mientras cada instinto me gritaba que lo siguiera.

No podía perder a mi hermano.

Habíamos estado en situaciones peligrosas en el pasado, joder, ambos cumplimos con algunos deberes difíciles mientras servíamos a nuestro país en el extranjero, pero esto se sentía diferente. Incluso el peligro de la industria maderera, la amenaza diaria de la caída de las ramas, los accidentes con las sierras y los incendios forestales ocasionales, no se comparaban. Esta casa fue comprometida por un enemigo, y Bishop tenía que entrar solo para despejarla. Preferiría haber sido yo quien lo hiciera.

Afortunadamente o no, a Bishop no le llevó mucho tiempo regresar.

—La puerta del pasillo está atascada, aunque no sé si es desde antes del incendio, para que consiga llegar al otro lado. —Se quitó la máscara de oxígeno y se acercó a Camden, ya con la cabeza gacha. Pareciendo desgarrado por lo que vio. Mi garganta se apretó, y comencé a moverme antes de que él incluso dijera las palabras.

—Lo siento, hombre. Parece que estaba dormida...

Camden se alejó de todos, gritando al cielo antes del amanecer como un animal salvaje. Uno que estaba herido. Mortalmente. Finn se inclinó por la cintura, con ambas manos frente a él. Sufriendo. Arrastrando mi corazón directamente de mi pecho con su evidente dolor.

Y no había nada que pudiera hacer para salvar a ninguno de ellos de su pérdida. Nada de lo que pudiéramos hacer aliviaría ese dolor. Excepto asegurarnos de que las personas responsables obtuvieran lo que se merecían.

Pero fue la vista de Shye saltando de la camioneta, el miedo en su bonito rostro, lo que convirtió mi dolor en furia. Podría haber sido ella fácilmente. Aún podría serlo si no encontraba una manera de mantenerla a salvo.

—Bishop —espeté, corriendo hacia mi chica—. Tú y Gage tomad fotos y recolectad cualquier evidencia que podáis. Tendremos que llamar al alguacil Baker, pero quiero estar diez pasos por delante de él.

Bishop asintió una vez.

—De acuerdo.

—¿Qué pasó? ¿Por qué él está...? —Shye se detuvo, obviamente incapaz de terminar la pregunta. La envolví en mis brazos, levantándola del suelo y sosteniéndola contra mí. Hizo que mi corazón latiera un poco más fuerte cuando me agarró con facilidad y envolvió su pequeño cuerpo alrededor del mío, cómo buscándome en busca de apoyo.

De ninguna maldita manera la decepcionaría.

—La esposa de Camden estaba en la casa. No sobrevivió. —No tenía sentido decir que su muerte fue intencional. Aún no. No quería asustarla.

—Oh, no. Leah, ¿verdad? —Su ceño fruncido se intensificó ante mi asentimiento—. Ella siempre se veía muy amable cuando venía al restaurante con Camden.

—Ella era agradable, y prácticamente parte de mi familia. La extrañaremos.

Shye pasó una mano por la parte de atrás de mi cabello y el contacto envió ondas de choque por mi cuerpo, se acercó más a mí mientras observaba a Bishop arrastrarse por el agujero que hizo. Pero ni siquiera su toque podía calmar la tensión dentro de mí, el temor de que él se metiera en problemas. Esta vez, dos de mis otros empleados siguieron a Bishop a ese oscuro espacio, pero con las máscaras me hacían imposible saber quién era quién. Eso estaba bien, sin embargo. Eran trabajadores de Kennard, se harían cargo de él y de los demás. Bishop tenía respaldo. Así que me tomé el tiempo para hacer exactamente lo que quería: sujetar a mi chica e intentar respirar. Finalmente.

Nos quedamos así durante horas, al parecer, su cuerpo permaneció envuelto contra el mío mientras la sostenía. Algo que había querido durante tres largos años. Algo que planeé. Desearía haber logrado mi objetivo en mejores circunstancias, pero tomaría lo que pudiera conseguir.

Algo arañaba dentro de mí, sin embargo. Una preocupación por lo que vendría. Una necesidad de proteger a todos, de extinguir la amenaza a nosotros. Ya había pasado lo suficiente como para saber que esto empeoraría antes de que mejorara, lo que significaba que tenía que esforzarme. Especialmente por Shye. Ella había vivido sola en ese remolque. Si hubieran llegado a ella mientras estaba dentro, si hubiera tenido que enfrentar las cosas sola, la habría perdido. De ninguna manera.

—¡Jefe! —gritó Bishop desde dentro de la casa un poco más tarde—. Tenemos un problema.

Necesitaba que dejaran de decir eso. Shye se soltó de mi agarre, así que la bajé antes de gritar:

—¿Qué tipo de problema?

Bishop sacó la cabeza y miró a la multitud de empleados de Aserradero Kennard que estaba alrededor antes de concentrarse en Shye. Él frunció el ceño.

—Tal vez deberías venir aquí. Oh, diablos, no.

—Ella está con nosotros.

Shye se puso rígida, probablemente incómoda por ser el centro de atención cuando todos los ojos quedaron de repente en ella. Pero estaba conmigo, lo que significaba que estaría bajo la protección Kennard. Teníamos que confiar en ella. Envolví mis brazos alrededor de sus hombros, dejando claro mi punto.

Bishop asintió.

—Bien entonces. Sé quién inició el incendio.

—¿Quién? —Así podríamos rastrearlo e incendiar su polla antes de alimentarlo con ella.

—Spark de los Soul Suckers.

Shye aspiró rápidamente, pero mantuve mis ojos en Bishop. Spark, el hijo de puta... no como una bujía. Spark como una llama. Mierda, no había visto esa conexión.

—Será mejor que estés seguro, hombre.

—Entra al pasillo. El imbécil marcó la pared. —Miró a Camden—. E hizo una barricada en la puerta. Leah no podría haber salido incluso si hubiera estado despierta.

Camden le dio la espalda al equipo mientras grandes y pesados sollozos le salían del pecho.

Su voz fue un gruñido total cuando dijo:

—Los quiero muertos. Quienquiera que haya hecho esto, los quiero enterrados a todos.

Bishop gruñó en acuerdo, y todo el equipo asintió, listo para pelear. Listo para buscar la venganza por lo que estos gilipollas nos hicieron.

—¿Cuál es el plan? —preguntó Gage, sonando muy serio y listo para ir a la guerra. Exactamente como lo necesitaba.

—Los derribamos a todos.

—No puedes —dijo Shye—. Son parte de un club nacional, simplemente seguirán trayendo refuerzos. Os matarán a todos vosotros.

Negué con la cabeza y tiré de ella más cerca, mirando a los aterrorizados ojos marrones.

—No va a pasar.

Ella no parecía convencida.

—Tiene que haber alguna otra...

—¿Manera? —Se acercó más Gage, con la mirada fría y pesada mientras sostenía la de ella—. ¿Cómo qué, pedir ayuda? ¿Crees que el alguacil Baker se esforzará por resolver un asesinato cuando los Soul Suckers están involucrados? También podría ser la mascota de ellos por toda la libertad que les da.

Shye se acurrucó contra mí, encendiendo mi temperamento, y enfrenté a mi mecánico.

—Tranquilízate, Gage. Ella no lo conoce como nosotros.

El hombre se encontró con mi mirada y dio un paso atrás. Echando un último vistazo a Shye.

—¿Cuál es el siguiente paso en esto?

—Es hora de un poco de planificación operativa. —Teníamos tres ramas del ejército representadas en un equipo. El equipo de Kennard: Deacon y yo con las Fuerzas Especiales del Ejército, Bishop y Gage con los SEAL, y Camden que era un ex Marine. Teníamos un montón de experiencia en la guerra—. Justice se cierra hasta que resolvamos esta mierda. Nadie sale solo, evitamos nuestras actividades habituales y todos se unen para estar seguros.

Bishop, cubierto de ceniza y hollín, dijo:

—Será mejor que alguien se lo diga a Deacon.

—Nos dirigimos hacia allí ahora. —Tiré de Shye hacia mí, deseando que hubiera otra manera de hacer esto. Ganarme su permiso antes de arruinarle la vida. Pero no lo había, y dejarla sola por un segundo simplemente no iba conmigo.

Una vez que la metí en la camioneta, puse en marcha el motor y encendí la calefacción antes de evaluarla con una mirada. Y luego respiré hondo y expuse las reglas.

—Cuando lleguemos al motel, primero revisaré la habitación para asegurarme de que sea segura mientras esperas en la camioneta. Si alguien se te acerca, tocas el claxon. Cualquier cosa que parezca fuera de lugar, lo haces. ¿Entendido?

Su asentimiento parecía rígido, forzado. Dios, me odiaba por poner ese miedo en sus ojos. Extendí la mano hacia ella, incapaz de no tocarla. Necesitaba calmarla.

—Te tengo, Shye. Nada te pasará mientras estés conmigo. —Ella no se veía tan segura, pero asintió.

—De acuerdo.

Me incliné para robarle un beso. Solo uno. Porque tenía la sensación de que la siguiente parte era la que la haría querer huir.

—Una vez que revise tu habitación, tendrás tres minutos para entrar y tomar lo que quieras llevar contigo.

—¿Por qué? ¿A dónde voy?
—Te mudarás conmigo, cariño.

Capítulo
6

Era muy difícil evitar a alguien cuando básicamente eras prisionero en su casa. Eso podría haber sido un poco exagerado. Alder no me tenía realmente cautiva. Simplemente se negaba a permitir que me marchara, o que me fuera sin él o sin uno de sus hermanos conmigo. Algunas personas pueden haber visto eso como una especie de sobreprotección, y tal vez como algo un poco dulce.

O quizás esas personas sufrieran del síndrome de Estocolmo.

—Estás muy guapa hoy, cariño.

La mirada de perro de caza en su rostro casi rompió mi resolución de no hablarle, pero me mantuve firme. Difícil de hacerlo, considerando que estábamos atrapados en su camioneta. Pero no quería, no podía rendirme. Ningunos ojitos o cumplido me quitaría la rabia contra este hombre. Lo estuve evitando desde que me arrastró de vuelta a su casa después del incendio de la casa de Camden. Tres días de silencio, de saber que se quedó en el pasillo, de escuchar el agua corriendo durante su ducha matutina y de soñar con verlo desnudo.

Grave síndrome de Estocolmo, obviamente. Porque si lo comparaba con los Soul Suckers, viendo cómo ellos me quitaron el libre albedrío y lo ponía en comparación con las acciones de Alder, no había mucha diferencia a primera vista. Claro, no tenía miedo de Alder. En realidad, no. Me preocupaba que dejara de mirarme y de decirme cosas dulces, o que bajara una mañana y lo encontrara despidiéndose de otra mujer, pero eso tenía que ver con mis emociones. Mi cuerpo estaba a salvo con él. Mi corazón, mi mente, mi independencia... no tanto. Los Soul Suckers me matarían; Alder moriría tratando de salvarme si pudiera.

Por eso nada era tan importante como el hecho de que mi estadía con Alder lo ponía en peligro, pero él no me dejaba irme.

Alder suspiró cuando no le contesté, deslizando sus gafas de sol y conduciendo por su entrada, ambos de camino al funeral. El cuerpo de Leah fue «descubierto» por el investigador de incendios del condado unas horas después de que el equipo de Alder terminara su trabajo en la casa. El alguacil Baker estaba furioso, tras aparecer en la casa de Alder esa mañana, y parecía que echaba humo. Me escondí en la cocina mientras Alder le decía que nadie sabía que Leah estaba en la casa, y que contactara a su abogado si quería hablar con alguno de los tíos del Aserradero Kennard. Luego le dio un portazo en el rostro al alguacil, lo que hizo que me enamorara de él mucho más.

Y sin embargo, me resistiría a actuar en consecuencia. Incluso después de ese beso. Después de todo lo que le había hecho a mi cuerpo en la oficina del restaurante, la noche en la que no podía dejar de pensar. No podía hacer *nada,* porque mientras que Alder nunca me lastimaría físicamente y solo actuaba de esta manera para mantenerme a salvo, no podía prometerle lo mismo. Si le decía a Alder el asunto de mi hermanastro, si supiera la amenaza que pesaba sobre mí y mi deuda con los Soul Suckers, me echaría de su propiedad y de su pueblo... o trataría de ayudarme y lo matarían por ello.

Nunca podría contarle, así que si seguía enfadada parecía más fácil que perdonarlo y abrir la boca.

Llegamos al funeral temprano, pero no lo suficiente. Ya se había congregado una multitud cerca de las sillas colocadas cerca de la tumba. Y por multitud me refería a todo el pueblo. Cierto, eran solo un par de cientos de personas, pero aun así... cada una de ellas parecía estar allí para apoyar a Camden y decirle adiós a Leah. Algo increíble y, sin embargo, horriblemente doloroso.

Alder bajó de la camioneta tan pronto como entró en el aparcamiento y corrió alrededor del capó para abrirme la puerta. Extendió la mano para que la cogiera, con su gran cuerpo ocupando mucho espacio, pero no dijo ni una palabra. En su lugar, esperó. En realidad no me dio la opción de tomar su ayuda o no, ya que tendría que moverse si decidiera ignorar esa mano extendida, pero tampoco me exigió que hiciera lo que él quería. Típico.

Tomé la decisión que me traería más placer.

—Gracias.

—Hoy realmente estás muy guapa, cariño. —Sonrió mientras deslizaba mi mano en la suya, pareciendo un sueño con el traje oscuro y las gafas de sol. Si tan solo...

Bishop se acercó justo cuando salí de la camioneta con una cautelosa sonrisa dirigida a mí. Alder debió de haberle dicho al hermano que yo no le hablaría. Maravilloso. Probablemente recibiría un sermón de ese encantador Kennard, tratando de convencerme para hablarle a Alder y abandonar mi terquedad. No era lo que necesitaba, porque quería contarle tanto que me dolía, pero no sería responsable de otra muerte.

Alder me estabilizó cuando mis pies llegaron al suelo, pero no me soltó la mano. Y tampoco le solté la suya. Era un día de tregua, aunque solo fuera durante un servicio fúnebre.

—Hola. —Bishop cogió a Alder por el brazo y se inclinó para darle una especie de medio abrazo antes de asentir hacia mí—. Shye. ¿Cómo estás, nena?

Ignoré la forma en que la mano de Alder apretó la mía.

—Estoy bien, gracias.

—¿Mi hermano mayor te trata bien? —Sonrió, pero con una sonrisa no muy extendida que no le llegó a sus ojos, y luego me tomó por el codo, alejándome de Alder—. Siempre puedes venir a mi casa si te pone los nervios de punta. Puedo mantenerte tan protegida como él. Más aún, en realidad. Soy un SEAL, nena. Le apetece presumir de ser un Boina Verde, pero ¿cuándo aparecen en las noticias por salvar al mundo? Nunca.

Miré a Alder ¿un Boina Verde? ¿Como un verdadero héroe del ejército? No tenía ni idea. Aunque tampoco sabía que Bishop fuera un SEAL. No era de extrañar que dirigieran Justice como una base militar: prácticamente lo era.

—Somos lo suficientemente buenos como para no tener que tocarnos nuestros propios cuernos, Bishop. —La voz Alder sonó como una advertencia, grave y baja. Peligrosa. El calor me inundó el cuello y el rostro mientras Bishop me acercaba. Casi... incitando a Alder.

Pero Bishop ignoró al hermano y me arrastró con él.

—Ha estado de mal humor estos últimos días, Shye. ¿Habéis peleado?

Porque, en serio, todo el equipo de Aserradero Kennard te daría lo que quisieras si ayudaras a este hombre a estar de mejor humor.

Volví a mirar por encima del hombro, temblando por el ceño fruncido en el rostro de Alder. Preguntándome si me estaba mirando detrás de esos cristales.

—Estoy bastante segura de que no tengo nada que ver con su estado de ánimo. —Bishop se rio.

—Confía en mí, Shye, has sido responsable de todo lo que él ha pensado, sentido y hecho en los últimos tres años.

—Es suficiente. —Alder me cogió del brazo, pasando mi mano por encima de su codo y alejándome del hermano—. Es un funeral, hombre.

—Exactamente. —Bishop miró a su alrededor y luego se acercó—. Mataron a la mujer de Cam. ¿Sabes cuánto arrepentimiento va a tener ese hombre cuando se pregunte si debería haber hecho esto o aquello o si hubiera cambiado algo? ¿Habría hecho alguna diferencia? No estoy viviendo mi vida como si no tuviera un maldito reloj contando hasta mi muerte. —Me sonrió antes de mirar intensamente a su hermano—. Y tú tampoco deberías.

Alder no dijo nada, pero me acercó más, guiándome a la multitud, hacia dos asientos en la primera fila.

Y nunca me soltó la mano

Alder

El servicio fúnebre duró cerca de una hora. Mientras sostenía la mano de Shye en la mía, rehusándome a soltarla por siquiera un momento, numerosas personas que conocieron y amaron a Leah se levantaron para contar historias sobre su vida y lo mucho que significó ella. El palpable sentido de pérdida parecía compartido por todos los asistentes… excepto por uno.

Camden estaba sentado en silencio, con los hombros rígidos, la espalda recta y el rostro duro. Mientras aquellos a su alrededor se doblaban de dolor, Cam parecía vibrar particularmente con maleficencia, tan lleno de ira que solo esperaba verle reventar. No podía culparlo. Si Shye hubiera muerto en el incendio del remolque, yo probablemente habría desgastado el asfalto de los caminos para rastrear a quien fuese que hubiera encendido la cerilla. ¿Y una vez que lo encontrara? Le mostraría de cuántas formas un

Boina Verde podía matar a un hombre… y traerlo de vuelta para obtener información. Aun así yo solo contaba con tres años de desear a Shye, un buen momento de intimidad y unos cuantos minutos de sostenerle la mano para llevarme a ese punto. Camden había tenido casi veinte años de primeros besos y primeras veces, dos décadas de amar a su mujer y ser amado en correspondencia. Él había perdido a su esposa. El hombre sería como una fuerza de la naturaleza si alguna vez le ponía las manos encima a quien asesinó a Leah.

Pero Camden no estaba solo. Finn estaba sentado a un lado, Elijah —que había conducido desde Denver—, al otro lado. Incluso mientras el féretro empezaba a deslizarse bajo tierra, y mis hermanos se acercaban para apoyar a Camden en su pena, no pude evitar catalogar las diferencias entre los dos Kennard más jóvenes.

Finn siempre fue listo y decidido, mucho más serio que su gemelo idéntico. Elijah era el bromista, el niño sonriente con la risa ruidosa, y el amor por la vida se sentía cuando él entraba en una habitación. Nuestra mamá solía decir que Dios nos dio a Elijah para evitar que Finn ser volviera demasiado serio. Mi papá decía que Dios nos dio a Finn para mantener a Elijah en línea. Pero solo las drogas y el alguacil Baker, cuando acusó a Finn, enviaron a los gemelos a espirales de diferentes direcciones.

Cuando Finn fue a prisión, Elijah hizo todo lo que se le pudo ocurrir para ayudarle. Joder, todos lo hicimos. Las drogas eran ya bastante difíciles para lidiar, pero el arresto… el encarcelamiento. Alteraron a la familia para siempre. Bishop y yo estábamos en el extranjero en ese momento, pero logramos regresar un par de veces para intentar ayudar a Finn. Elijah estuvo a su lado en el juicio, observando mientras su hermano era sentenciado por un crimen que no cometió, siendo incapaz de hacer ni una maldita cosa al respecto. Elijah se volvió más duro, más serio y enfocado. Cambió de carrera y entró en la escuela de leyes, proclamando que nadie volvería a joder a uno de sus hermanos de nuevo. Así que mientras Finn se quedaba en prisión, Elijah se convirtió en abogado. Trabajó para el fiscal de distrito, aprendiendo los secretos de la Fiscalía, y entonces se hizo independiente para convertirse en uno de los abogados de defensa más buscados en el estado.

Y mientras Elijah perdió su naturaleza amante de la diversión, Finn perdió toda su ambición. Con frecuencia deseaba que Finn encontrara algo de la decisión de Elijah e hiciera provecho con su vida, pero él era feliz trabajando detrás de la barra del bar de Deacon y ayudando en el aserradero cuando lo necesitábamos. El hombre era un artista en lo referente a los trabajos con madera, pero no quería seguir esa carrera. Siempre decía que le quitaría la alegría al asunto. Él necesitaba más alegría en su vida… ambos chicos lo necesitaban.

—¿Alder?

Me sobresalté ante la suave voz de Shye al decir mi nombre, y la sangre se me aceleró hacia la polla cuando la miré. Dios mío, era tan jodidamente guapa. Estaba de pie junto a mí con el ceño fruncido, como preocupada por mí, y su mano estirándose hacia la mía. Todos a nuestro alrededor se habían marchado; el féretro había descendido mientras yo observaba a mis hermanos, quienes se habían marchado en algún punto. Pero ella esperó por mí. Un hecho que me golpeó en el pecho. Ya fuera porque estaba recordando a mis hermanos menores o sintiendo el dolor del asesinato de Leah, mis emociones se habían exaltado. Y Shye parecía saberlo de alguna forma.

—¿Estás bien? —me preguntó, pareciendo demasiado preocupada. No podía soportarlo.

—Sí. Lo siento. —Sujeté su mano y me puse de pie—. Probablemente deberíamos encontrar a Camden.

Shye asintió, aun mirándome con preocupación, pero me condujo a través de la multitud y me permitió aferrarme a su mano como un hombre que se está ahogando. Las personas sonreían en mi dirección y se miraban bien cuando notaban la mano de Shye en la mía, pero nadie comentó nada. No podía esperar que se quedaran callados durante mucho tiempo. Seríamos las noticias candentes en las filas de chismes esta noche, lo que probablemente era más problemático para Shye que para mí. Yo les diría a todos que ella era finalmente mía si no creyera que huiría en la dirección contraria. O me abofetearía. Ciertamente no se había sentido feliz conmigo en los últimos días.

Encontramos a Camden rodeado por mis hermanos y unos cuantos hombres del Aserradero Kennard bajo un árbol, alejados de la multitud. Shye ralentizó la marcha mientras nos aproximábamos, pero yo sencillamente mantuve su mano en la mía y la arrastré conmigo.

—Cam. —Tomé al hombre más pequeño que yo en un abrazo y solté la mano de Shye para hacerlo—. ¿Cómo lo llevas?

Su rostro permaneció en blanco, con ojos muertos pero duros.

—Estaré mejor una vez que sepa que todos los involucrados en su muerte han desaparecido.

Finn asintió, e incluso Elijah pareció entender la necesidad de vengarse al preguntar:

—¿Qué hacemos para que suceda?

—Necesitamos información —repliqué—. Necesitamos saber todo lo que debe saberse sobre los Soul Suckers, su constitución, líderes, participación empresarial, tanto legal como ilegal. Todo.

Elijah asintió.

—Puedo revisar con las autoridades estatales para ver lo que saben, tal vez incluso movilizar a algunos federales con los que he trabajado ya que son un club nacional.

—Sí, Shye lo mencionó. —Capté el ceño fruncido de Gage—. ¿Qué?

—¿Cómo sabría ella sobre ellos? —preguntó—. Ella no es la usual puta de motociclista.

Mi estómago se apretó, la ira se inflamó ante la idea de que ella estuviera involucrada con esos cabrones. Los hombres como esos se comían a alguien tan tranquila y tierna como ella en el desayuno. Busqué a Shye en la multitud, pero se había apartado de nosotros, al parecer dirigiéndose a mi camioneta.

No lo sé, pero le preguntaré.

—Necesitamos más que registros oficiales. —Bishop caminaba de un lado a otro Bishop, pasando a Gage en cada ronda—. Necesitamos saber lo que los oficiales no saben. Necesitamos a alguien en el interior.

—Nunca va a suceder —dijo Gage—. Esos clubes son cerrados... todos son sobre lealtad y hermandad. No vas a volver a un miembro contra el otro sin ofrecer una gran cantidad de capital.

—A menos que ya haya un zorro en el gallinero o haya un hombre en el interior cuya lealtad al club no eclipse lealtades externas. —Asentí hacia Gage y dije—: Tu lealtad a Bishop supera prácticamente todo lo demás, supongo.

Gage asintió una vez y levantó un puño para que Bishop lo chocara con el suyo.

—Hermanos en la destrucción.

—Jodidamente cierto —dijo Bishop—. Entonces qué... ¿necesitamos encontrar a un Soul Sucker que haya sido un SEAL? Podría ser un poco difícil. Somos especiales.

—Ejército, Fuerzas Especiales, SEAL o un Marine. Tenemos un montón de hermandades en las que apoyarnos en este grupo. —Me pasé una mano por el cabello, aún manteniendo la vista sobre Shye. Si necesitaba que alguien la vigilara mientras yo no podía, sabía quién sería la primera persona a quien llamaría. Y no sería un hombre con el mismo apellido que yo. Sería un compañero Boina Verde con el que hubiera servido. Uno que ya nos cuidaba en cada forma posible. El único hombre fuera de mi familia o mi grupo al que le confiaría mi vida—. Necesitamos hablar con Deacon.

Capítulo 7

Alder

Deacon Manns era un tío delgado e inmaduro la primera vez que nos vimos. Recién salido del campo de entrenamiento, se metió en mi vida con una tenacidad silenciosa y simplemente nunca se fue. Pasamos juntos por el Programa de Entrenamiento de Operaciones Especiales, nos ganamos nuestras boinas verdes, causamos un montón de sabotajes y asesinamos a un montón de malditos, juntos. Bueno, él los asesinó. Yo lo llevé a su estación, le di toda la información que pude desenterrar y le cuidé la espalda. Él era el hombre con el arma. El francotirador. El paciente y pequeño cabrón que podría tumbarse en la arena en un desierto durante tres días seguidos para hacer un solo disparo si fuera necesario.

Cuando decidí mudarme a casa después de dejar el servicio activo, llamé a Deacon y le dije que había un trabajo para él en mi aserradero. Me dijo que me fuera a la mierda, que yo era demasiado mandón para él, y rápidamente compró el destartalado bar en la frontera del condado junto con el motel. Cinco años más tarde, el bar todavía tenía aire de vertedero, pero la comida era buena, la cerveza estaba fría y el lugar era tan seguro como cualquiera que pudiera imaginar. Todo por un hombre que veía como otro hermano.

Uno con una boca muy grande.

—Te ves como la mierda. ¿Qué carajo se arrastró por tu rostro y se murió allí? —Aunque, honestamente, me había recibido con comentarios peores.

—Uno de estos días, vas a aceptar el hecho de que soy más rudo y varonil que tú, Deacon.

Nos golpeamos los hombros y nos saludamos con las manos.

—¿Trajiste algún amigo? —El bar estaba vacío, al igual que el aparcamiento.

No era lo que esperaba después de pedirle un favor de emergencia esa mañana.

—Estará aquí muy pronto. —Deacon vertió mi bourbon favorito en un vaso bajo y lo deslizó por la barra—. ¿Seguro que quieres hacer esto?

—¿Tienes alguna otra idea?

—No. —Cogió un paño y empezó a limpiar botellas—. No estoy seguro de lo que obtendrás de ello, pero es lo que haría si tuviera una mujer por quien preocuparme.

Mi mujer, mis amigos, mi familia. No tenía ni idea de quién sería el próximo objetivo, así que necesitaba enterrar a esos cabrones. Para eso, necesitaba información, y estaba dispuesto a hacer cualquier cosa para conseguirla.

Mientras tomaba un sorbo de mi bourbon, la puerta se abrió y un hombre alto entró. Me quedé en mi asiento, viéndolo, esperando. Formando mis propios juicios sobre él. Los pantalones sucios, las pesadas botas y el chaleco de cuero que llevaba sobre una camiseta negra lisa gritaba motociclista del club. Su corte de cabello alto y apretado, el tatuaje de la bandera americana en el antebrazo y el parche de Semper Fidelis me contaron el resto.

Era un Marine... respiré un poco más fácilmente ante eso.

Deacon se quedó detrás de la barra, sacando una cerveza de la nevera. Cuando el otro hombre se acomodó en el taburete a mi lado, él deslizó la botella a través de la barra y asintió:

—Alder Kennard, te presento a Parris.

Extendí la mano, estrechándole la suya cuando me devolvió la oferta.

—Parris. ¿Cómo una isla?

—El único e inigualable.

Por supuesto que su nombre era Parris, no París. Isla... no ciudad. Podría trabajar con esto.

—Mi amigo Camden dice que Paradise City no era tanto un paraíso como...

—¿Un maldito sauna pantanoso? —Se rio Parris—. Tengo que admitirlo, estaba feliz de salir de ahí.

—Brindo por eso. —Tomé otro sorbo, pensando en lo que quería preguntarle. No tenía que haberme molestado.

Parris dejó su cerveza, centrándose en mí.

—Deacon dijo que un compañero de los Marines tuvo problemas con alguien del club, y que había un Boina Verde alrededor que necesitaba información sobre la vida en el club para ayudarle a salir de ella. Asumo que eres tú.

—Sí, definitivamente necesito algo de información.

—¿Cuál es el problema?

Si lo supiera exactamente, las cosas serían un poco más fáciles.

—Tenemos un club que causa problemas en el pueblo.

—¿Qué clase de problemas?

Tomé la decisión en una fracción de segundo de no contarle sobre Shye, al menos de que ella era mía. Eso la convertiría en una carga, y no confiaba lo suficiente en él como para abrirme así.

—Incendiaron la casa de una amiga primero, luego la de mi administrador. —Me bebí el resto del bourbon, ignorando la forma en que Deacon me disparó una mirada por tratarlo como si fuera un trago barato, y luego incliné mi vaso por otro—. Él es el Marine... y su esposa murió en ese incendio.

Pariss apretó el puño, la única señal de que algo de lo que dije le llegó.

—¿Estás seguro de que este club lo arregló?

—Sí. —Terminé el bourbon antes de girar hacia él—. Cerraron la ventana del dormitorio con clavos, bloquearon la puerta desde afuera y marcaron la pared con el nombre y el logotipo del club. Son ellos, y la muerte fue intencional.

Deacon me deslizó otro vaso lleno de bourbon antes de dirigirse al final de la barra. ¿Yo? Me senté, me sentía molesto y traté de entender lo que estaba pasando. Lo intenté y fracasé. Por eso necesitaba a un tipo como Parris.

—¿Mataron a uno de los suyos? ¿Arrestaron a uno? —Al agitar le cabeza, Parris frunció el ceño—. Tendría que haber hecho algo. Ningún club se metería en una mierda como el asesinato de civiles sin una razón para ello. Es demasiado notorio ¿sabes? Demasiado fácil para que te noten.

—Nada, especialmente como matar a alguien. El gerente de mi sitio tuvo un encontronazo con un par de miembros del club en un trabajo, pero todo terminó en minutos. Tampoco llamó a ningún policía. No pasó nada importante. Solo una disputa sobre quién tenía derecho a estar en la tierra en cuestión.

—¿Dónde está el lugar de trabajo?

—En la ladera este de Widow's Ridge. Estamos recogiendo madera allí.

Parris asintió, como si su mente estuviera armando piezas de un rompecabezas que aún yo no había visto.

—¿Está aislado? ¿Lejos de las carreteras principales?

No pude evitar pensar en Shye todo el tiempo, tan sola que ese remolque siempre parecía estar en un tramo de carretera sin vecinos. Y justo al lado de donde todos los problemas habían empezado.

—Sí. Realmente aislado.

Parris golpeó el mostrador dos veces antes de tomar un sorbo de su cerveza.

Cuando la dejó de nuevo, simplemente dijo:

—Soul Suckers.

No fue una pregunta... sino una declaración.

—Sí.

—¿Esta propiedad? ¿Este sitio de trabajo que empezaste? Estás demasiado cerca de su cocina.

—¿Perdón?

—Su *cocina*. Cocinan y venden metanfetaminas. Esa es la principal fuente de ingresos de los Soul Suckers: un volumen decente y de alta calidad. Supongo que tienen una cocina preparada fuera de los caminos transitados. Algún lugar fuera de la carretera donde se den cuenta si alguien se acerca demasiado. —Tomó otro trago de cerveza antes de volver a ponerla en la barra—. Te acercaste demasiado.

Sentí arder la rabia dentro de mí, una que no se parecería a ninguna anterior. Habíamos tenido nuestra parte de problemas con drogas en Justice, incluyendo a mi propio hermano, todo el maldito país parecía estar recurriendo a la metanfetamina o a los opiáceos o a alguna mierda para pasar el día. Pero, aunque descubrí a los usuarios de nuestro pueblo e hice todo lo posible para ayudarlos a rehabilitarse, nunca encontré a nadie que vendiera. Nunca esperé que alguien produjera esa mierda en nuestro pueblo.

Y el hecho de que esto estuviera pasando justo debajo de mis narices me enfadó.

—¿Así que esto, los incendios, el asesinato, todo se trata de drogas? —Parris no parecía tan enfadado como yo me sentía.

—Son cientos de miles de dólares en drogas, sí.

—Joder. —Salté del taburete del bar, dando vueltas a lo largo de la sala mientras mi mente giraba. Shye vivió allí, lo suficientemente cerca como para ser notada, seguro. Y vivía sola. Diablos, la señorita Hansen, la anciana con la que firmamos contrato para cosechar la madera en esa ladera, también vivía sola y tenía más de ochenta años. No podía dejar que les pasara nada a ninguna de las dos. Tampoco podía dejar que un grupo de motociclistas cocinara metanfetaminas en mi pueblo.

—¿Cómo me deshago de ellos?

—No vas a poder hacerlo de ninguna manera oficial —dijo Parris. Como si fuera una opción.

—Sí, bueno. Considerando quién es nuestro alguacil, es casi imposible. Cuidamos de los nuestros aquí.

Parris me echó una mirada, evaluándome, asintiendo como si estuviera de acuerdo. Como si hubiera pasado algún tipo de prueba.

—Entonces tienes que ir completamente de motociclista. —Dejó su cerveza abajo y se movió para mirarme de frente—. Si quieres luchar contra un miembro, tienes que pensar como un miembro. Estos tíos no se conforman con ir tras de *ti*, jodiéndote a ti y a tus hombres. Vendrán a por tus negocios, tus familiares. Manipularán cada punto débil que encuentren. Los Soul Suckers son los peores de los peores, incluso algunos de los peores, dejan en paz al uno por ciento. Si vas a enfrentarte a ellos, es mejor que te prepares para esa guerra poco convencional por la que los Boinas Verdes son tan famosos. Y cuando se trata de esposas e hijos, asegúrate de tener las cosas en orden porque no se quedarán fuera de la línea de fuego.

Leah era la única esposa en nuestro grupo principal, y ya estaba muerta por su culpa.

—No tenemos esposas ni hijos. —Se rio.

—¿No? Pero *tú* tienes una chica. O al menos, tienes el ojo puesto en una chica.

Una cosita linda que trabaja en la parada de camiones sirviendo mesas.

Intenté no reaccionar, no mostrar nada, pero el otro hombre sonrió con suficiencia.

—Me tomó cinco minutos darme cuenta de eso cuando te estaba vigilando a ti y al pueblo de Justice esta tarde. Y sí, te investigué cuando

Deacon me llamó. Solo porque seas un soldado no significa que seas alguien con quien hacer negocios. Tienes un buen arreglo con ese aserradero, buen dinero, y un círculo cerrado de amigos y familia. Estoy bastante seguro de que podrías matar a un hombre en medio del pueblo y nadie te entregaría. Pero tienes un par de puntos débiles flagrantes: un hermano exadicto y la chica.

No se equivocó en nada, y lo odiaba por eso.

—¿Qué quieres decir?

—Lo que quiero decir es que me llamaste aquí para ayudar, y te estoy dando un consejo, así que no lo jodas. ¿Me estás diciendo que tu casa está en orden? ¿Intentas hacer como si no tuvieras una debilidad? Es una estupidez. Si quieres que tu equipo esté a salvo, será mejor que te prepares. —Se puso de pie, golpeando a Deacon con los puños antes de dirigirse a la puerta. Pero no sin hacer una última advertencia—. Maneja tus asuntos antes de enfrentarte a los Soul Suckers o te arrepentirás. No te darán una advertencia, hijo. Vendrán a matar. Asegúrate de que quien quiera que esté en la línea de fuego sepa cómo manejarse.

Tan pronto como Parris se fue, giré hacia Deacon, con mi mente completamente anulada con planes, situaciones y posibilidades. Pero mi amigo me conocía mejor que nadie. No dijo una palabra, simplemente buscó debajo de la barra, sacó una gran caja de metal y la abrió.

—¿Silenciador? —me preguntó, dejándome con los pies planos durante cinco segundos antes de suspirar y levantarme las cejas—. ¿Necesitas un silenciador para tu arma?

Parpadeé, acercándome.

—Sí. Shye está viviendo conmigo, eso podría ser lo mejor.

Asintió con la cabeza y deslizó un par de guantes de plástico. Una vez cubierto, metió la mano en la caja y sacó una *Beretta* de 9mm antes de enroscar el cilindro insonoro en el extremo.

—Esto está limpio. Necesitas ir por una muerte, intenta usar esta y luego deshacerte de ella. Nadie la rastreará hasta ti o hasta mí.

Tomé el arma, teniendo cuidado de no palparla. No dejar demasiadas huellas dactilares.

—Quiero saber por qué tienes esto.

—Ya lo sabes. —Me niveló con una mirada que ya había visto antes. La mirada que ponía antes de cada misión que cumplíamos. Una mirada plana, oscura y lista. Sí, sabía por qué tenía un arma limpia que no podía ser rastreada hasta él. Por la misma razón por la que me aferraría a él y lo tendría a mano.

Para deshacerse de los problemas.

—¿Tienes más de estas? —pregunté mientras veía el cañón.

—Algunas, pero haré un pedido.

—Nunca imaginé que fueras un vendedor de armas.

—Nunca pensé que fueras un asesino, pero todos hacemos lo que tenemos que hacer.

No había palabras más verdaderas que esas. Y lo que tenía que hacer era eliminar las amenazas para mi pueblo y para mi chica. Rápido.

Así que guardé la *Beretta* y levanté el puño.

—Gracias, hombre.

—Te cubro la espalda. Ahora ve a cuidar a tu chica, y no la dejes sola otra vez.

No voy a levantar tu lamentable trasero del suelo si llegan a ella.

—No va a pasar. —Nunca. No importaba lo que pasara. Shye estaría a salvo, le gustaran mis métodos o no.

Capítulo
8

No era mi intención esperar despierta a Alder, pero conciliar el sueño me fue imposible. Sabía que él estaba haciendo algo acerca de los Soul Suckers incluso si no me había dicho nada. Nada que se lo permitiera. Lo ignoré durante días, y después del funeral, casi me atrincheré en la habitación a la que él me había trasladado.

Pero luego se fue a «manejar un asunto feo que tiene que ver con Leah», y sabía lo que implicaba. No le dije que se mantuviera a salvo, que tuviera cuidado, que se apresurara a volver... ni siquiera le dije adiós. Mi pesar se volvía más fuerte a medida que pasaban las horas, así que cuando entró por la puerta, poco después de las tres de la mañana, allí me senté. Esperando. Por él.

Él me miró con recelo.

—¿Todo bien?

Envolví las manos alrededor de la taza de café ahora frío.

—Sí. Simplemente... no podía dormir.

Cerró la puerta detrás de él antes de dirigirse hacia mí. Con pasos lentos y precisos, cruzó el piso azul grisáceo de madera que me sorprendió la primera vez que entré por esa misma puerta. Los colores creaban patrones continuos y formas curvas donde no debería haber más que líneas rectas. Azul ahumado luchando con el bronceado de miel de una manera que hacía de los pisos una obra de arte. Preciosa, deslumbrante, completamente única. Al igual que el hombre que cosechó, cortó e instaló la madera para crear la visión.

Pero algo en el paso de Alder me llamó la atención más que los pisos, un aspecto antinatural que no había visto antes. Carecía de su gracia habitual. De hecho, parecía casi... rígido.

—¿Estás bien? —le pregunté, notando la mirada enfadada en los ojos y la contracción en la mandíbula. Todo en su cuerpo gritaba prudencia, pero su temperamento se mostraba a través de las llamas de sus ojos. El hombre parecía estar al límite, incluso si no lo admitía.

—Estoy bien —dijo, luciendo todo menos bien—. Ha sido un día largo, eso es todo.

Era un eufemismo. El funeral fue suficiente para agotar a cualquiera, pero luego él se fue al trabajo y salió a altas horas de la noche para lidiar con las «cosas». Por supuesto que estaba cansado.

Mientras yo le observaba, Alder abrió la nevera y miró dentro, sin moverse para coger nada. Sin moverse en absoluto. Conocía ese tipo de quietud específica: había cocinado para hombres durante la mayor parte de mi vida. Los calmé con comida cuando no había nada más que yo pudiera decir o hacer. El hombre necesitaba comer, pero estaba demasiado abrumado para lidiar con algo tan simple como elegir qué, y mucho más cocinar algo. Y después de tres días de silencio, tres días de que él se mantuviera a distancia para hacerme sentir cómoda y protegida, llegó el momento de dejar de guardar silencio y hacer algo para ayudarlo.

Salté de mi asiento y me apresuré, empujándolo fuera de mi camino antes de pararme frente a su descomunal figura.

—¿Por qué no me dejas que te prepare algo de comer? ¿Un omelet te apetece?

—No tienes que cocinar para mí.

Le lancé una mirada mientras cogía los huevos.

—Y no tenías que darme un lugar para quedarme, pero lo hiciste.

No mencioné el hecho de que me obligó a mudarme con él, que rechazó cualquier argumento que tenía sobre no querer ser una carga o no poder devolverle el dinero. Él simplemente se ocupó de mí, sin pedir nada a cambio. Era mi turno de agradecerle.

Pero cuando cerré la puerta de la nevera y me volví, todos los pensamientos de otra cosa que no fuera qué tan guapo era él se escaparon.

¿Cómo... cómo se acercó tanto? Prácticamente me clavó contra el aparato, con su cuerpo devorando el espacio entre nosotros. Mirándome como si no pudiera creer que estaba frente a él... sosteniendo una docena de huevos.

—No te di nada, Shye. Yo te tomé. Sé que estás molesta por eso, y sé que merezco todo tu enfado. Pero por mucho que quiera lamentarlo, no la hago. —Me apartó el cabello del hombro y deslizó los dedos por mi cuello como si quisiera sujetarme en el lugar. O simplemente aferrarse a algo—. Haría cualquier cosa para mantenerte a salvo, mi dulce niña. Cualquier cosa para protegerte de lo que está ahí fuera.

Él lo haría, y yo lo sabía. Lo sabía con cada fibra de mi ser. Nunca me lastimaría, pero yo lo había lastimado por ser tan terca. Algo que necesitaba acabar.

—Eres un buen hombre. —Dejé los huevos y le tomé el rostro cuando resopló, obligándole a mirarme a los ojos—. Un *buen* hombre. Uno que quiere cuidar de los demás, incluso cuando no hay nadie que cuide de ti. Así que siéntate, Alder Kennard, y déjame cuidarte por un minuto.

Esos ojos azules ardieron en mí, me prendieron fuego. Algo oscuro y sucio, tal vez un poco lujurioso. Pero no estaba bromeando acerca de encargarme de él, y en ese momento, eso significaba alimentarlo antes de que se cayera.

—¿Por qué no te sientas en el mostrador mientras cocino? —Cuando no contestó, pues estaba demasiado ocupado mirándome como si fuera la comida que *necesitaba*, levanté una ceja y ladeé la cabeza—. Alder, por favor déjame alimentarte.

Tal vez fue el *por favor* lo que lo rompió, o simplemente estaba demasiado cansado para pelear conmigo. Sea lo que sea, suspiró, y dejó sus manos descansando sobre mis hombros y su gran cuerpo apoyado en el mío. Acercándome más. Envolviéndome en un abrazo lento que me calentó hasta el alma.

—Gracias, cariño. Un omelet sería increíble en este momento.

Me mantuvo en el lugar durante un largo momento, reconfortante y cálido. Tan fuerte y tan cerca del colapso. Prácticamente podía sentir el cansancio emanando de él, así que probablemente debería haberme alejado para comenzar a cocinar. Pero no pude. Tenía la sensación de que me necesitaba en sus brazos más que huevos en su barriga. Así que el abrazo continuó, duró más de lo que jamás me había sucedido y se convirtió rápidamente en uno que nunca olvidaría. Pero al final, tuvimos que separarnos, aunque de mala gana.

—Ve —le dije, tirando de sus brazos—. Siéntate y relájate mientras alguien te cuida por una vez.

Rozó sus labios contra mi mejilla y susurró un suave agradecimiento antes de dejarme ir. Respiré hondo cuando se alejó, tratando de recuperar la compostura. Ignorando la necesidad de seguirlo. Cuando me tocaba de esa manera, suave y amable, cuando se rompía ese exterior duro y podía ver al hombre que estaba debajo, tenía ideas. Las que nos involucran a ambos desnudándonos, acercándonos, intimando con algo más que nuestros cuerpos. Ideas que nunca podrían suceder.

Pero podría hacerle un omelet.

Comencé a picar verduras y carnes frías, a buscar restos de comida para abultarlo, mientras calentaba una sartén en la estufa. Una vez que tuve la sartén con las cebollas y los pimientos verdes en el fuego, rompí los huevos en un recipiente para batirlos. Todo mientras ignoraba al hombre detrás de mí. Pero lo sentía, sabía que me observaba cocinar. Y me apetecía bastante.

—Te ves bien en mi cocina —dijo de repente, y su lenta sonrisa se extendió cuando me giré y le miré—. Cómoda. Te ves cómoda cocinando... en mi cocina.

Eso no era lo que quería decir, y ambos lo sabíamos. Aun así, me encogí de hombros y me volví hacia los huevos, esperando que no se diera cuenta del rubor que podía sentir extendiéndose por el cuello y las mejillas.

—Es una receta fácil para quedar bien… Tus pisos de madera son increíbles, por cierto.

—Vinieron de una de nuestras primeras cosechas de madera Beetle Kill Pine. Usamos mi casa para algunas de las fotos promocionales del aserradero cuando nos mudamos a ese nicho.

—¿Qué tipo de pino es ese Beetle Kill Pine? ¿Y por qué es azul?

—Es pino, cariño. Pino Ponderosa, para ser exactos. Al menos, eso es en lo que tratamos de enfocarnos.

—¿Por qué Ponderosa?

—La madera retiene la humedad mejor que el *lodgepole*. Los escarabajos introducen un hongo en el árbol y ese color ahumado es la mancha. Cuanta más humedad haya en la madera, mejor crecen y se esparcen los hongos, mejores son las variaciones de color cuando la cortamos.

—Nunca escuché hablar de eso antes de mudarme aquí, aunque no había muchos forestales en el lugar donde crecí.

—Se ha convertido en un producto de moda. Uno en el que nos especializamos. La cosecha puede ser mala, sin embargo.

—¿Porque los árboles están tan secos?

—Las Ponderosas en nuestra área tienden a tener siglos de antigüedad, y deben permanecer en la montaña durante unos cuantos años después de su muerte para que los hongos tengan tiempo de teñir la madera. Los incendios forestales, la caída de árboles y los derrumbes, porque ceden las raíces que los unían a las montañas, no son infrecuentes. La cosecha de esos pinos requiere mucho tiempo y planificación, más que la mayoría de los otros tipos de árboles.

Fruncí el ceño por encima del hombro.

—¿Cómo lidias con todo y aun así ganas dinero?

Sus labios se levantaron en una sonrisa que me hizo recuperar el aliento.

—Soy un militar, cariño… planeamos todas las cosas que pueden salir mal y nos rodeamos de las mejores personas.

Correcto. Soldado Alder. No, más que soldado... mucho más. Alder fue una Boina Verde. Regresé a la sartén y añadí el resto de las verduras y carnes para que se cocinaran.

—Sabía que estabas en el ejército pero no... eso. No lo de Boina Verde.

—*Eso* fue hace mucho tiempo.

—¿Cuánto tiempo? —Nunca le pregunté su edad. Tal vez debería haberlo hecho, pero no parecía importar. De repente, tenía curiosidad por todas las cosas de Alder.

Afortunadamente, a Alder no pareció importarle.

—Me uní al ejército justo después de la preparatoria. Pasé catorce años allí. He estado en casa por cinco.

—¿Pero se queda contigo, el entrenamiento y esas cosas?

Suspiró un sonido pesado. Uno que me hizo girar de nuevo para mirarlo. Sentado con las manos apoyadas sobre la encimera frente a él, con un pesado ceño fruncido en su hermoso rostro.

—No tienes que responderme. —Me di vuelta para agregar los huevos batidos a la sartén—. No quiero presionarte.

—No me presionas, yo solo... Sí, el entrenamiento permanece contigo, al igual que el recuerdo de algunas de las misiones. Bien o mal, ese tipo de cosas deja una impresión, especialmente después de tantos años en ello.

—Así que catorce años en el ejército y como cinco en casa. Así que tienes... —Hice algunos cálculos rápidos en mi cabeza mientras doblaba el omelet—. ¿Treinta y siete?

—Treinta y seis. Mi cumpleaños es en octubre. —Hizo una pausa, el silencio era pesado. Ponderado. Sabía que era mayor que yo, pero no cuánto. No podía evitar preguntarme si pensaba que era demasiado joven para él.

Aparentemente, asumió que me estaba preguntando si era demasiado *viejo* para mí.

—¿Por qué? ¿Te molesta mi edad?

—No. Yo tengo veintitrés años, por cierto. Tendré veinticuatro años en unos pocos meses. —Me volví de nuevo para mirarlo, pues necesitaba verle el rostro mientras añadía—: ¿A *ti* te molesta mi edad?

Negó con la cabeza, sus ojos se quedaron en los míos. Su sonrisa apareció lentamente.

—De ninguna manera.

—Entonces creo que estamos bien. —Una declaración audaz considerando que no éramos nada. Realmente no. Y sin embargo, abrí la boca y prácticamente impliqué que estábamos juntos.

—¿Solo veintitrés y sabes cómo hacer un omelet? —dijo Alder, sonando más despierto de lo que estaba momentos antes y afortunadamente ignorando mi suposición—. Estás muy por delante de donde yo estaba a tu edad.

—Lo dudo. —Quité la sartén de la llama para darle al omelet la oportunidad de amoldarse mientras encontraba un plato y un tenedor para él—. Mi mamá se aseguró de que pudiera cuidar de mi familia desde una edad temprana.

—¿Qué edad tenías cuando murió?

Los pensamientos acerca de la muerte de mi madre, de su asesinato a manos de un miembro rival mientras trabajaba en el club de *striptease* de mierda que manejaban los Soul Suckers, siempre me causaban dolor en el pecho.

—Nueve.

—¿Solo nueve y tuviste que cocinar para tu papá?

—Padrastro, técnicamente. —Deslicé la comida en un plato y cogí un tenedor, dando a la inquietud de hablar sobre mi pasado la oportunidad de asentarse para que Alder no la viera en mi rostro—. Mi padre se fue antes de que yo naciera y mi madre se volvió a casar cuando aún era una bebé. Nunca conocí a ningún otro padre, así que tiendo a pensar que él es mi padre. Al menos lo hice... cuando estaba vivo.

—Lo siento, no debería haber sacado el tema de tu familia.

—Está bien. Sé de qué parte del desastre vengo, no hay forma de superar todo eso.

Él me sonrió cuando puse el plato delante de él.

—¿Te unes a mí?

—Come. Estoy bien.

Dios, la forma en que me miraba, como si pudiera ver directamente mis pensamientos. Me hacía querer confesarle mis pecados y pedirle la absolución. Afortunadamente, el único pecado que él quería conocer parecía ser sobre mis hábitos alimenticios.

—¿Cenaste?

Negué con la cabeza, incapaz de apartar la mirada de él. Incapaz de pensar cuando me miraba como si significara algo para él, como si mi falta de comida le ofendiera personalmente y fuera algo de lo que tenía que preocuparse. Lo que no daría por un hombre a quien le importaba tanto algo tan básico.

Un hombre exactamente como Alder Kennard.

—¿Sin cena? Entonces puedes compartir este omelet conmigo.

—Lo hice para ti —dije, mi voz fue apenas más que un susurro. La opresión en mi pecho hacía que me fuese difícil respirar. Pero Alder me escuchó. Él siempre parecía estar prestándome mucha más atención de la que esperaba.

—Y quiero compartirlo contigo. —Alder se puso de pie y se dirigió a la fila de armarios, agarrando un segundo plato y un tenedor antes de regresar—. Toma un poco.

—No debería.

—Shye. —Sus ojos azules sostuvieron los míos, su rostro era muy serio. Muy intenso—. Come conmigo. Por favor. Me has estado evitando durante días, y realmente me apetecería que parara ahora. Te he echado de menos.

¿Había una mujer en la tierra que pudiera rechazarlo cuando la miraba así? ¿Con los ojos en llamas y un anhelo en su rostro como ninguno que hubiese visto? Si la hubiera, ella era una mujer más fuerte que yo.

—Está bien. —Mi rendición me ganó una sonrisa. Seguí su ejemplo y me senté en la mesa del comedor, aceptando el plato con el trozo de omelet que me entregó—. Gracias.

Dio un mordisco, cerrando los ojos y gimiendo mientras masticaba.

—Debería ser yo quien te esté agradeciendo. Esto es increíble.

Me encogí de hombros y me mordí el labio, tratando de no darme cuenta de sus palabras.

—Come, entonces. Aunque lamento que tengas que volver a comer huevos después de cenar en la parada de camiones. —Fruncí el ceño—. No pensé en eso cuando te ofrecí hacerte un omelet.

—No cené en la parada de camiones.

—Pero... tú cenas allí todas las noches.

Su tenedor se congeló a medio camino de su boca, solo con una pausa. Una que despertó mi interés. ¿En qué estaba pensando?

No tardó mucho en aclararlo.

—No ceno en la parada de camiones todas las noches, cariño. Solo en las que estás trabajando.

Eso fue... ¿qué?

—Pero... has estado yendo todas las noches durante años.

Él asintió con movimientos lentos otra vez. Pareciendo casi nervioso.

—Tres años, pero solo en las noches que trabajas. Desde la primera vez que te conocí.

Mi corazón latió con fuerza, su admisión fue un golpe para el cual no estaba preparada. No tenía idea de qué decir a eso. No tenía idea alguna. Visitaba la parada de camiones cinco días a la semana durante tres años. Comiendo esa comida y bebiendo su horrible café.

¡Oh, madre mía! El café.

Me recliné, segura de que tenía que tener la mirada más sorprendida en mi rostro.

—En realidad no te gusta el café en la parada de camiones, ¿verdad?

Negó con la cabeza, en silencio. Mirándome mientras las piezas del rompecabezas se deslizaban en su lugar.

—Pero lo bebes.

Él tosió, apartándose de mi mirada.

—Cuando llenas mi taza me da la oportunidad de hablar contigo.

Asombrada. Esa fue la única palabra que se me ocurrió para explicar mi reacción a su confesión. Comía cinco noches a la semana y bebía un horrible café por litros. Todo para verme.

—Alder...

—Come, cariño —intervino—. No pienses tanto en eso, solo come conmigo.

¿Cómo podría no pensar en ello? ¿En el hecho de que sufrió noche tras noche con un café horrible y gastó tanto dinero en comida grasosa para estar cerca de mí? Para hablar conmigo. ¿Qué hombre haría tal cosa? ¿Durante tres largos años?

Alder Kennard lo haría. Y en este momento, quería que dejara de lado su dulzura y comiera con él. Así que comí. No había necesidad de palabras, no se requería conversación. Mis pensamientos, sin embargo, se mantuvieron ocupados. Enfocados en él, por supuesto. En su amabilidad, su cuidado, sus acciones a mi alrededor. Cada interacción que tuvimos y que pensé era que Alder era él mismo, reevalué todo, en busca de un patrón. Por alguna señal de su interés en mí que hubiera pasado por alto.

Y había cientos.

La tensión creció dentro de mí, mi sangre corría caliente bajo mi piel cuando mi nueva realidad tomó forma a mi alrededor. Como la verdad de que Alder Kennard me quería para algo más que una charla amistosa, lo cual realmente se asentó. Mi cuerpo respondió a su cercanía sin intención. Calentando y latiendo en todos los lugares correctos. Sin embargo, el silencio entre nosotros se sentía cómodo. Fácil. Así que guardé todo ese deseo y esa lujuria para ser tratados más tarde. Justo en ese momento, él quería que disfrutáramos de una comida juntos. Yo podría darle eso.

Tener a alguien con quien sentarme enfrente era definitivamente algo que extrañaba estos últimos años. Sin embargo, no me permitía admitir mi soledad. Simplemente lo acepté como parte de mi penitencia. Una comida con Alder y la idea de comer sola de nuevo parecían ser otra versión de mi propio infierno personal. Así que hice todo lo posible para disfrutar cada segundo, quedarme en el momento y estar con él. Porque todo podría terminar en cuestión de horas. Segundos, incluso.

Todo lo que necesitaba era que un Soul Sucker se acercara a la puerta de Alder, y la sensación de estar cenando con el hombre desaparecería para siempre.

Si no fuera tan tarde, me hubiera quedado en esa mesa durante horas. Pero ninguno de los dos parecía tener la energía, incluso si ambos parecíamos no querer irnos. Nos quedamos sentados con los platos vacíos, sin movernos. Permaneciendo juntos mientras los minutos pasaban cada vez más cerca del amanecer. Al menos hasta que el agotamiento se hizo demasiado difícil de soportar.

Los tempestuosos ojos de Alder se encontraron con los míos cuando di un bostezo, y él ladeó la cabeza.

—No necesitas quedarte conmigo, Shye. Ve a la cama.

No quería hacerlo, pero no podía mantener los ojos abiertos ni un minuto más.

—Es tarde. —Me puse de pie, cogiendo mi plato sucio—. Voy a limpiar el desorden…

Su mano en mi muñeca me congeló, sus ojos me detuvieron.

—Me haré cargo de ello. Ve a descansar un poco.

—Puedo…

Esta vez, él me cogió la mano, entrelazando sus dedos con los míos antes de llevarlos a sus labios. Su beso abrasó mi piel y me hizo estremecer.

—No digo cosas que no quiero decir, Shye. Sube a la cama. Yo limpiaré.

Asentí, aferrándome a él un momento demasiado largo. Dejando mi imaginación volar. Así sería estar con él: por las noches, yo cuidándolo y Alder mirándome como si fuera su mundo. Nunca iba a querer irme.

Pero no había manera de que pudiera aferrarme a él, no había manera de compensar lo que hice para que pudiera merecerlo.

—Buenas noches, Alder —dije mientras apartaba mi mano, cortando nuestra conexión una vez más.

—Buenas noches, cariño. Y gracias por el omelet.

Atormentada y sabiendo que estaba demasiado confundida para dormir, me deslicé por las escaleras; mi piel aún ardía por su toque, mi corazón lleno por su presencia. ¿Pero en el fondo? No había manera. Él nunca lo entendería, y en la remota posibilidad de que lo hiciera, nunca dejaría de intentar vengarse por mí.

Él *no* podía conocer mi pasado, por lo que esta química no era más que una distracción. Una temporal. Una vez que descubriera por qué los Soul Suckers me perseguían, cómo los ayude a proteger su negocio en el bosque, me odiaría.

Pero probablemente tendría unos días más, al menos. Un poco más de tiempo para fingir que tenía una oportunidad con él. Para imaginar un futuro que nunca tendríamos. Podría cuidarlo, y él podría seguir mirándome como si yo le importara.

Pronto, sin embargo, todo terminaría.

Y nunca lo volvería a ver.

Alder

Shye me preparó la comida. Sentado en mi silenciosa cocina, la que aún mostraba signos de su presencia, miré hacia mi plato vacío y traté de envolver la cabeza en torno a ese hecho. No podía recordar la última vez que una mujer cocinó para mí. Tal vez nunca, de verdad. Definitivamente no desde que me mudé a Justice después del Ejército. Y lo hizo con una sonrisa en el rostro, tan hermosa que apenas podía respirar.

Había regresado a casa tras la reunión en el bar de Deacon, listo para lanzar algo a una pared, cabreado, agotado y vacío. Las necesidades a mi alrededor se habían acumulado: la necesidad de buscar ese maldito laboratorio de metanfetamina, la necesidad de quemar el lugar y la necesidad de recolectar algo de madera para pagar las cuentas. Todo mientras luchaba por mantener a salvo mi pueblo. Tantas piezas para administrar, algo con lo que tuve años de experiencia y, sin embargo, la idea todavía me daba dolor de cabeza. Necesitaba un refrigerio, una buena sesión de masturbación en la ducha mientras me imaginaba a mi propio ángel rubio haciendo cosas diabólicas, y luego una noche de sueño reparador.

Me imaginé que Shye estaría dormida cuando entrara, pero encontrarla despierta, ¿como si estuviera esperándome? ¿En mi cocina? Esa vista borró todo lo malo de mi día. Me hizo sentir como un rey regresando a casa con su reina.

Y entonces las cosas mejoraron aún más, porque no se escapó ni se escondió como lo había estado haciendo los últimos días. Se quedó. Al ver su sonrisa como si estuviera contenta de que hubiese cruzado la puerta, la tocara, tuviera que cocinar para mí. Casi podía fingir que realmente era mía. Que tal vez después de una cena tardía, la llevaría arriba y besaría cada centímetro de ella. Sumergirme dentro, embestirla y llenarla con mi polla. Lo había estado soñando durante días, desde que le lamí el bonito coño. Me mantuve bajo control durante los últimos tres años, esperando a que me diera una señal. Esa noche en la cocina de la parada de camiones, finalmente me derrumbé y tomé lo que quería. O había comenzado, al menos. Y a ella le gustó. Respondió sin vacilación ni incomodidad, solo por completa necesidad y deseo.

Esta noche, me dio un tipo diferente de intimidad. El tipo que hablaba de conexión. Sentado en la tranquilidad y disfrutando de una comida que mi chica preparó, con ella sentada frente a mí, el simple acto de comer juntos en una situación cómoda y casual. Nunca iba a querer comer solo de nuevo.

Necesitaba convencerla de que nos diera una oportunidad.

Agotado pero demasiado estricto como para no ponerme a limpiar, lavé los platos y los guardé, luego limpié las encimeras una vez que terminé. Cuando recuperé el orden en la cocina, apagué las luces y subí las escaleras. Tenía que pasar la habitación de invitados de camino a la mía. Normalmente, ni siquiera miraba hacia la puerta. Pero un hombre podía tentarse mucho antes de ceder. Esta noche, sin embargo, no solo miré... me detuve. Me incliné y escuché.

La suave y rítmica inclinación de su voz se deslizó por la puerta de madera. Cantaba. Ella estaba cantando. Esperaba que significara que encontró un momento de felicidad en todo este caos. Tal vez estuviese cada vez más cómoda en mi casa. Tal vez incluso conmigo.

Un hombre podría soñar.

No queriendo ser un acechador total, ni patear la puerta y tirarla en la cama, me dirigí al resto del pasillo. Era más difícil que nunca. No quería dejarla sola, no quería nada entre nosotros. Pero ella merecía privacidad, y yo aún tenía que ganarme un lugar en su cama. Así que caminé con dificultad, gruñendo en voz baja todo el camino.

Mi móvil sonó cuando llegué a mi habitación. Era Deacon. Con un suspiro, conteste.

No esperó un saludo.

—Nuestro chico acaba de irse.

Nuestro chico... significaba Camden. ¿Y a estas horas? Solo podía significar que necesitaba un tiempo serio de reflexión.

—¿Qué tan mal?

—Lo suficientemente mal como para que quiera llamarte y asegurarme de que lo supieras.

Joder.

—Enviaré a Finn en unas horas para ver cómo está y recordarle lo que está en juego.

—De acuerdo. Me gusta tomar el dinero del tío, pero él ha estado aquí todas las noches desde la muerte de Leah, a menudo mucho después del cierre. Nadie quiere ver a un buen hombre colapsar por su dolor, y él se está dirigiendo por un camino del que es difícil regresar.

Igual que Finn, lo cual significaba que también necesitábamos ver a mi hermano menor. Esta pérdida dejaría una cicatriz demasiado profunda para sanar si no nos pusiéramos frente a las cosas.

—Me haré cargo de ello.

—Bueno. ¿Y una cosa más? Hubo una charla sobre los Soul Suckers, sobre ti y Shye.

—¿Qué tipo de charla?

—El tipo que hace que la conversación parezca casual, pero probablemente significa que la están buscando y saben que estás involucrado de alguna manera.

Una furia violenta ardió a través de mí.

—No pondrán sus malditas manos sobre ella.

—Capto eso, y lo entiendo, pero tienes que ver esto desde el otro lado. ¿Por qué la están buscando? ¿Qué significa para ellos que le hayan dado algún tipo de prioridad al encontrarla? Porque dudo que sea tu vínculo con ella lo que la haya traído a la conversación. En todo caso, creo que es al revés. Tenemos que descubrir cómo ella está enredada con los Soul Suckers antes de que nos adentremos demasiado en esto. ¿Sabes?

Lo sabía, pero no tenía respuestas para él. De hecho, no pensé demasiado en la relación de Shye con el club, o incluso si alguna vez tuvo alguna. Pero ella sabía que era un club nacional, y su tráiler estaba muy cerca de donde Camden se encontró con esos miembros. Además, si el laboratorio de metanfetamina realmente estaba en esa área, su lugar estaba prácticamente sentado encima de él.

Odiaba cuando Deacon tenía tanta razón.

—Vamos a obtener la información. Hemos llegado a los obstáculos sin importar de qué manera tratamos de obtener información sobre estos tíos, es como si todos fueran fantasmas, pero estoy pidiendo algunos favores. Y voy a juntar a un equipo para ir al bosque de Hansen a buscar algo que pueda considerarse una cocina, ya que Parris cree que ese es el problema. Puede tomarme unos días, no quiero enviar a nadie sin preparación, por lo que necesitamos adquirir algunas piezas de equipo.

—¿Qué necesitas?

—Esta mierda son solo productos químicos mezclados, ¿verdad? Me imagino que cada hombre necesita algún tipo de máscara de respiración en caso de humo. No quiero que nadie vuelva con los pulmones afectados porque los envié tras un laboratorio de metanfetaminas.

—Me encargaré del equipo. Dame uno o dos días para averiguar exactamente lo que necesitamos, y lo conseguiré.

Deacon siempre aparecía, así que definitivamente eso era una carga menos para mí.

—Gracias. Prepararé a los muchachos respecto a lo que estaremos buscando mientras esperamos.

—Parece un plan sólido. —Respiró, el sonido se escuchó a través del altavoz—. Y hombre, odio decirlo, pero no sería un buen copiloto si no lo hiciera. Sé que tienes tu corazón puesto en esa chica, pero ten cuidado. Hasta que sepamos cómo se juntan todas estas piezas, ella podría ser más peligrosa de lo que pensamos.

Shye… ¿peligrosa? De ninguna manera. Pero Deacon y yo habíamos trabajado juntos durante mucho tiempo, y confiaba en él. Si decía que necesitaba estar atento, lo estaría. Lo odiaría, pero la vigilaría.

Incluso si me matara por hacerlo.

—Puedo encárgame de las cosas aquí. ¿Algo más?

—Sí, me debes diez dólares por el bourbon.

—Soy bueno para eso.

—Siempre lo dices.

—Y siempre lo digo en serio.

Colgué y tiré el móvil junto a la cama antes de recostarme en el colchón y cerrar los ojos. Un día tan largo. Una semana larga. Los incendios, la muerte de Leah, el silencio y la ira de Shye conmigo, la reunión con el infante de marina, la posibilidad de que Camden cayera en el alcoholismo... No sabía si había algo más que pudiera soportar.

Pero no importaba lo que Deacon dijera, pensar en Shye solo me provocaba buenos sentimientos. Mis instintos eran sólidos, y ella nunca me dio razones para pensar que era otra cosa que lo que parecía ser. No encendió ninguna preocupación o desconfianza en mí. Solo la cálida sensación cuando me sonreía, o lo duro que me ponía cuando se reía. Estudiaría su pasado porque tenía sentido, pero dudaba que importara, a menos que estuviera tan equivocado con ella que tuviera una asesina en mi casa.

Casi me reí ante la idea.

Además, si estaba enredada con los Soul Suckers o no, no me importaba. No había maldad en ella, ni engaño ni mala intención. Shye Anderson era tan dulce como parecía, y era mía. Haría cualquier cosa para ayudarla o para mantenerla a salvo. Cualquier cosa para mantenerla conmigo. Cualquier cosa para finalmente lograr que esos ojos oscuros me mirasen con deseo en lugar de preocupación. Podría imaginármela, mirándome se esa manera después de nuestro beso. Solo por un momento antes de llevarla a la oficina y comerme su coño como un hombre hambriento. Esa imagen, el recuerdo de esos grandes ojos tan calientes y hambrientos, era algo por lo que luchar. Algo para anhelar. No me dolió que también hiciera que mi miembro goteara positivamente.

—Joder. —Gemí cuando me puse de pie y me dirigí al baño. Me quité la ropa mientras iba, la arrojé a la cesta y abrí el agua caliente antes de cerrar la puerta. Necesitaba una ducha y una afeitada para poder pensar o dormir, lo que sucediera primero.

Sin embargo, bueno o malo, estar desnudo bajo el chorro de agua caliente solo hizo que mis pensamientos con Shye regresaran. Y se volvieron más obscenos. Mi polla sobresalía de mis caderas, dolorosa y gruesa con mi necesidad de la pequeña rubia. No podía imaginar que fuera un peligro para mí. Ella era un deseo, un deseo que simplemente no me liberaría. No podía considerarla como algo perjudicial para mi vida. Solo podía centrarme en cuánto anhelaba su toque. Cuán desesperadamente quería tenerla conmigo, dormir en su cama todas las noches o abrazarla en la mía. La follaría en la ducha todas las mañanas si me lo permitiera, caería de rodillas sobre el piso y enterraría el rostro entre sus muslos antes de hacer que se corriera en mi lengua una y otra vez. Todo eso, quería cada parte de ella.

Pero por esta noche, solo tenía mi mano.

Me tomó menos de diez tirones de mi polla para llegar a mi punto máximo: tres años sin el toque de una mujer me ganaron una medalla de masturbador de primera clase. Aunque Shye merecía algo mejor. Se merecía que la provocara y la tocara, que la llevara al extremo una y otra vez antes de caer para que sus orgasmos fueran lo mejor que había tenido nunca. Si la tuviera en mi cama, pasaría la mitad de la noche con el rostro en su coño. Hacerla acabar en mi lengua y en mis dedos hasta que me rogara que me detuviera. La escurriría bien, asegurándome de que tenía mi juego de estocadas al punto para que ella ansiara mi polla tanto como yo ansiaba su toque. Tomaría algún tiempo, pero me esforzaría por asegurarme de que mi chica siempre estuviera satisfecha.

Joder, si la tuviese en mi cama, nunca la dejaría salir.

Capítulo
9

Cinco días después de que abandoné el tratamiento de silencio, casi me sentía como en casa en la vivienda de Alder. Una especie de habitual comodidad se había asentado en mí cuando pasé de muda y obstinada a tolerante y agradecida. Pero mientras que cenar con él cada noche hacía que mi corazón prácticamente cantara, dormir al otro lado del pasillo de él era temporal. No importaba cuánto parecía querer que me quedara.

Así que hice mi mejor esfuerzo para ganarme el sustento, sin importar lo mucho que él protestara. Limpiaba todos los días desde el techo hasta los rodapiés, asegurándome de que cada centímetro de su hogar brillara. Cada vez que se daba cuenta, y definitivamente se daba cuenta, resoplaba y me decía que yo era una invitada, pero me sentía mejor sabiendo que hice algo por él. Y por supuesto, cocinaba. Desayunos, cenas, e incluso le preparaba los almuerzos. Y todos los días, mientras le pasaba esa bolsa de papel marrón con la comida que ponía para él, ese duro rostro se suavizaba, y sus ojos azules ardían gratamente mientras sostenían los míos. Vivía por esos momentos, por el dulce beso que me dejaba en la frente antes de susurrarle las gracias. Por la forma en que me hacía sentir necesitada. Querida. Por la forma en la que simplemente me tenía en cuenta. Una mujer podía acostumbrarse a ser tenida en cuenta y apreciada.

—Otra comida increíble, cariño. —Alder se apartó de la mesa, poniendo la servilleta en su plato vacío.

Le di una sonrisa.

—Solo es pastel de carne, pero espero que te haya apetecido.

—Me encantó. ¿Cómo podría no hacerlo cuando lo hiciste para mí? —Se puso de pie y recogió los platos, descartando mi objeción antes de que tuviera tiempo de hacerla. Alder era un gran compañero, y si yo cocinaba, él se encargaba de limpiar. Algo que nunca experimenté antes. Mi padre a veces me trataba como a una sirvienta, reclamando que él trabajaba para pagar por todo, así que yo tenía que hacer el resto. Mi hermanastro fue peor. Por supuesto, todos los hombres que conocía en su círculo de amigos motorizados tendían a ver a las mujeres de la misma manera, como sus empleadas personales. Cocineras, sirvientas y putas… ¿qué más podríamos ser?

Alder nunca se comportó como ellos lo hicieron. Pero no era solo la dulzura de Alder que me atraía. Él era excitante como el pecado. Alto y musculoso, con ese aire de peligro. El que advertía a otros que podría derribarlos si se cruzaban con él.

¿Por qué era tan excitante? No tenía idea, pero lo era. Mis húmedas y empapadas bragas y las calientes y largas duchas que tomaba cada noche con el cabezal de la ducha de mano entre mis piernas eran testimonio del hecho.

Cinco días había estado viviendo en un infierno de deseo, unos largos cinco días. Si solo pudiera parar de mirarlo, pero era imposible. El hombre era para un estudio de musculatura humana. Toda la espalda de Alder se apretaba y relajaba mientras enjuagaba los platos y los movía hacia el lavavajillas, con abultados brazos por los movimientos. Y su trasero, tan tentador, parecía ser un imán para mis ojos. Sus gruesos muslos llenaban los jeans de una manera que hablaba de fuerza pura, y ya me había frotado contra lo que guardaba tras la cremallera. Cada largo y duro centímetro, listo para…

Esa clase de pensamientos no estaban ayudando a mi situación.

—Voy a apresurarme y a tomar una ducha. —Alder se giró, distrayéndome completamente de mis pensamientos pervertidos acerca de morderle el trasero. Y algunos otros lugares—. ¿Qué te parece si vemos una película después de que termine?

—Seguro. —Tosí, mi voz era demasiado profunda y entrecortada para una conversación casual—. Suena bien.

Alder ladeó la cabeza, todavía mirándome. Inspeccionándome de nuevo.

—¿Estás bien, Shye?

Por supuesto que no. Normalmente podía mantener la mente fuera de la idea de él inclinándome sobre la mesa lo suficiente para tener una conversación.

—Estoy bien. Genial. Solo… preocupada por mi trabajo.

Porque no había regresado desde la noche que él me sacó de allí. La noche del incendio de la casa de Camden. El descanso se sentía un poco como unas vacaciones, para ser honesta. Unas que no podía costear.

Alder frunció el ceño.

—Sé que esto es un inconveniente, pero te necesito a salvo. Tengo a tu jefe manteniendo tu puesto por otras dos semanas.

—Lo sé. —Y lo hacía. Pero me parecía mucho problema.

—Bien. —Pasó junto a mí, corriendo la mano por mi hombro y enviando escalofríos por mi espalda—. Bajaré en diez. ¿Por qué no eliges algo para ver? Vamos a ver si puedes quedarte despierta lo suficiente esta vez para terminarla.

—No pude evitarlo si elegiste una película aburrida anoche. —Sonreí cuando su risa retumbó por toda la casa, y su tentador trasero subía por las escaleras. Pero mi sonrisa desapareció rápidamente cuando mis pensamientos se giraron hacia la farsa que éramos nosotros. Si tan solo fuera *real*. Si solo realmente le perteneciera y fuera solo así como se desarrollara mi vida. Dulces abrazos cuando él llegara a casa, cenas juntos, y acurrucarnos en el sofá después de todo mientras veíamos una película. Cosas normales de pareja.

¿O haríamos esas cosas si realmente estuviéramos juntos? Tal vez en lugar de eso, él me llevaría arriba justo después de cenar y se ducharía conmigo, o me tiraría en su cama y follaría todas sus frustraciones de su día. Tal vez todo nuestro tiempo sería tomado por el deseo de uno por e; otro, un pensamiento nada desagradable.

Sin embargo, imposible. Un sueño. Una mierda de cuento de hadas, y yo no era una princesa en la torre. Y no había nada que pudiera hacer al respecto.

Pero podría pretender… por ahora.

Mi culo de antiprincesa dejó la silla del comedor en la que había estado plantado durante la mitad de la noche, y apagué las luces de la cocina antes de dirigirme hacia el estudio. Alder tenía una adicción extrema a las películas, tanto clásicas como en formato *streaming*. Acción, misterio, comedias, clásicos, corría por una gama de gustos. Incluso tenía algunas comedias y tragedias románticas en su colección. Algo que me sorprendió la primera vez que las vi. Esta noche, en realidad podría hacerlo ver una.

Pero cuando cogí el control remoto de su dedicado hogar en la mesa cerca al sofá de cuero de Alder, unas luces se encendieron en la ventana. Alguien estaba conduciendo fuera de la calle, parecía. Alder vivía lo suficientemente lejos y ver a otros era raro, así que noté las luces mientras se acercaban. Y desaceleraban. Y se detuvieron en la entrada de la casa de Alder.

—Oh, no. —Soltando el control remoto, corrí hacia las escaleras, resbalándome y deslizándome por el suelo de madera. Verifiqué que la puerta principal estuviera cerrada, lo estaba, Alder siempre aseguraba las puertas cuando entraba o salía, y subí las escaleras de dos en dos. No me detuve, ni siquiera pensé en lo que estaba haciendo o en qué estado se encontraría Alder hasta que corrí a su habitación y giré en la esquina de su baño.

Y entonces me congelé.

Desnudo. Alder estaba desnudo en la ducha. El vapor se hinchaba a su alrededor, pero no estaba ignorando la desnudez delante de mí. Cada caída de músculo, cada curva de hueso. Desnudo. Cada centímetro de su dura polla. La mano que frotaba a un ritmo pausado. Total, y absolutamente desnudo.

Empapé mis bragas en exactamente dos segundos, y su arrogante sonrisa cuando me atrapó viéndolo con la boca ciertamente abierta no ayudó.

—Tienes planeado quedarte ahí toda la noche, o ¿vas a subir aquí conmigo, cariño?

Definitivamente subir. Definitivamente. Excepto…

—Un coche.

Su frente se tensó, y cerró la llave del agua.

—¿Qué?

—Hay un coche. Afuera. Vi un coche detenerse en tu entrada.

Su sonrisa se esfumó, su rostro se endureció y se enfadó cuando tiró para abrir la puerta de la ducha. Sin una palabra, corrió a mi lado y cogió una toalla para ponerla alrededor de sus caderas antes de entrar en su habitación. Lo seguí, manteniendo mi espalda pegada a la pared para estar fuera de su camino, y con el corazón palpitando fuerte en mi pecho.

Alder era lo suficientemente grande como para dar miedo en su mejor día. ¿Enfadado? Era una pesadilla. Sin embargo, no tenía miedo de él, más temía a lo que haría si esa persona en su entrada resultaba ser un intruso. Más si salía lastimado por lidiar con la amenaza.

Cuando Adler se giró a la mesita de noche, tenía un arma en la mano. Una pistola y un teléfono inalámbrico. No pude procesarlo hasta que se paró frente a mí.

Él tenía un arma. En su mano.

—Cierra mi habitación detrás de mí y quédate aquí —dijo, presionando el teléfono en mi mano floja—. Si no estoy de regreso en tres minutos, presiona y sostén cinco para llamar a Gage.

Las palabras *no, no, no* patinaban en mi cabeza, pero no pude hablar. No podía recordar cómo, así como no podía decirle a Alder cuán aterrorizada me sentía. Por él, no por mí. Pero mi silencio no le dio razón para detenerse. Alder se aseguró de que tuviera el teléfono en mi agarre, me besó la frente y corrió fuera del dormitorio. Se fue para pelear con quien fuera que se atrevió a cruzar su propiedad.

El pensamiento de los cuentos de hadas volvió a bailar en mi cabeza. De las historias que mi madre me leyó. Esos en donde los valientes príncipes salían corriendo para defender a sus queridas princesas. Esas fábulas que envenenaron mi mente cuando era niña y me hicieron querer cosas que eran imposibles. Por años supe que no era una princesa, pero Alder tampoco era un príncipe. Él era el dragón en las puertas del castillo, y te quemaría hasta las cenizas si lo amenazabas. Por qué esa protección era tan excitante, nunca lo sabría. Pero lo era, incluso si estaba jugando el papel de la cocinera en la historia. La cocinera podía quedarse con el dragón, ¿verdad? ¿Tal vez?

¡Debo parar de pensar en cosas imposibles!

Saliendo del pánico, y el poco lujurioso estupor, me apresuré a cerrar y asegurar la puerta del dormitorio como me dijo. Una vez asegurada, me agaché entre la cama y la pared con su teléfono aferrado a mi mano. Y luego conté.

Uno, dos, tres...

Los segundos pasaban más lentamente de lo que nunca había imaginado. Para el cincuenta y dos, estaba a la vuelta de la esquina de la cama. En el ochenta y nueve, tenía la oreja presionada contra la puerta. En el ciento uno, una fuerte explosión sonó desde alguna parte lejana, y salté, perdiendo la cuenta.

—Por favor, por favor, por favor, que esté a salvo. —Me aferré al teléfono, escuchando de nuevo. Esperando por alguna señal de que Alder estaba bien. Aterrorizada de que no lo estuviera.

Si no hubiera tenido mi oído en la puerta, no habría escuchado el suave resoplido de abajo. Conocía ese sonido, había pasado los últimos días amándolo y odiándolo dependiendo de por dónde iba Alder. El sonido fue el pestillo cuando la puerta principal se cerró, y eso podría significar que Alder estaba de vuelta. O alguien más acababa de entrar a la casa.

Jodidos tres minutos. Si Alder necesitaba respaldo, lo necesitaba ahora.

Con una mano temblorosa, abrí la puerta del dormitorio y la abrí lenta y silenciosamente. El pasillo parecía vacío, la luz encendida y el camino a la escalera despejados. Tal vez si me asomaba, podría ver. Solo necesitaba saber quién entró por la puerta. Así que me incliné, me arrastré y me deslicé unos metros por el pasillo hasta que pude ver la mayor parte del descanso, con mi dedo rondando el número cinco en el teléfono todo el tiempo.

Alder entró en el área al pie de las escaleras, mirando hacia arriba y atrapando mi mirada.

—Era Bishop.

Dos palabras. Eso fue todo lo que se necesitó para deshacer el nudo de miedo que se me había hecho. También desató todo el autocontrol que estuve aguantando durante los últimos días.

Dejé caer el teléfono y corrí escaleras abajo, para lanzarme hacia el hombre mayormente desnudo que tenía ante mí. Necesitaba sentir su carne contra la mía y saber que regresó sano y salvo. Queriéndolo demasiado para resistir. Por supuesto, Alder me atrapó, acercándose a mí, envolviendo sus brazos alrededor de mi cuerpo y levantándome del suelo.

A salvo. Ambos estamos a salvo.

Ni siquiera pretendí contenerme, ni siquiera intenté detenerme. Presioné mis labios contra los suyos y me sumergí en un beso que rápidamente tomó. La desesperación alimentó mi deseo y rompió todas mis restricciones. Me aferré a él, mis manos apretaron su cabello y lo sostuve en su lugar. *Esto...* esto era lo que necesitaba. La conexión entre nosotros, la llamarada de la química. A él.

Cuando gemí contra sus labios, Alder deslizó su lengua en mi boca y gimió. Deliciosa y exactamente como lo quería. Mi espalda golpeó la pared detrás de la puerta, sus caderas me sujetaron en el lugar. Su dura polla se encajó entre nosotros. Y no me quedaba nada, ni sentido de lo correcto ni preocupación por lo que me depararía el futuro. Sin sentimientos de no ser suficiente o de ser un error para él. Todo lo que tenía era una profunda sensación de alivio de que el hombre que tanto me importaba todavía estaba vivo. Que el dragón en las puertas no tenía correa y estaba a salvo dentro de los muros del castillo una vez más.

Mi dragón en las puertas.

—¿Qué quieres, Shye? —gruñó Alder preguntando mientras movía su atención hacia mi cuello y enviaba un disparo de lujuria hacia abajo entre mis piernas—. Te daré todo, solo dime lo que quieres. No me hagas adivinar, cariño.

Mi dulce, dulce dragón.

—Todo. Quiero todo de ti.

Gruñó, y sus manos tan ásperas se movieron para agarrarme el culo con fuerza. Tan perfecto.

—Entonces muéstrame, cariño. Toma lo que necesites de mí.

Me balanceé contra él, para arrastrarme por toda la dura línea de su erección mientras se movía conmigo. Y cuando sus labios viajaron hasta mi cuello, me mordió, me besó y lamió un rastro hasta el hombro, canté su nombre. Eso le apetecía seguro. Sus movimientos se hicieron más ásperos con cada sílaba pronunciada, más intencionales. Hizo rodar sus caderas contra las mías de una manera que mostraba exactamente lo fuerte y agraciado que podía ser su cuerpo; el suave gruñido que emitía en cada empuje elevaba la creciente presión dentro de mí hasta que no éramos nada más que necesidad, deseo y fricción. Dudé que su toalla permaneciera alrededor de sus caderas, de alguna manera sabía que estaba desnudo mientras se presionaba contra mí. Y no me importó un carajo. Lo quería desnudo. También dentro de mí.

—Jesús, cariño. Eres tan pequeña. —Me agarró el culo con más fuerza, tirándome un poco hacia arriba, haciéndome gritar cuando su polla se frotó contra mi clítoris—. Ese es el lugar, sí, ¿dulce niña?, ¿ese es el que se siente bien? Te voy a hacer llegar al clímax. Justo aquí contra la pared ya que mi puta cama parece demasiado lejos. ¿Quieres eso? ¿Quieres que haga que tu coño sea mío aquí?

Asentí en su hombro, aferrándome y moviéndome a tiempo con él. No hubo descanso, ni pausa, ni frenarse, si no fuera por mis pantalones de yoga y bragas, estaríamos allí contra la pared de la entrada. Y me habría encantado. De hecho, nunca había maldecido más mi ropa en mi vida.

—Tan pequeña, tan pequeña —canturreó Alder, levantándome como si no pesara nada—. Apuesto a que tu coño también es pequeño. Apuesto a que voy a tener que ir muy lento cuando finalmente me meta dentro de ti. Vas a apretar mi polla hasta la muerte, ¿no es así, cariño?

No podía pensar lo suficiente como para responderle. Cada roce de su cuerpo contra el mío enviaba ondas de choque a través de mí, cada impulso me hacía jadear su nombre mientras perseguía esa sensación. El que me llevaría a la cima. Tan cerca, tan cerca. Un poco más... solo un poco...

—Voy a tenerte montándome muy pronto, pequeña. Te lameré hasta que estés tan tierna, mojada y lista, que entonces te llenaré con mi polla. Entrenaré a tu apretado y pequeño coño para que tome cada centímetro.

Fue lo que hizo. La boca sucia de Alder me empujó justo por el borde, y el orgasmo me desgarró. Mi cabeza golpeó la pared cuando grité su nombre, mi cuerpo se inclinó cuando me empujó hasta mi placer, mientras gruñía y se ponía rígido contra mí, mientras él se corría, empapándome la ropa y dejándome temblando en sus brazos.

—Joder, cariño —dijo, un poco sin aliento, un poco manoseado también—. Esa fue una recibida realmente agradable. La tomaría durante la cena en la mesa cualquier día de la puta semana.

Me reí entre dientes, abrazándolo más fuerte. Incapaz de dejar de tocarnos.

—Lamento haberte atacado. Estaba tan preocupada.

—Ni siquiera estoy a punto de lamentarlo. Si quieres tomarme de esa manera todos los días, moriré como un hombre feliz. —Se retiró y me dio un suave beso en los labios— Ven. Vamos a la cama.

Pero la realidad se estrelló contra mí y me congelé. No podía dormir con él, no podía dejar que me viera desnuda. Que viese las cicatrices y la prueba de quién era mi dueño.

Pero Alder no era nada sino perceptivo. Se rio, apretándome una vez antes de ponerme de pie.

—Para dormir, cariño. Eso fue demasiado real para mí, y quiero asegurarme de que estés a salvo. Si no duermes en mi cama, acabaré despierto media noche preocupándome por ti.

Tomó la pistola y la toalla del piso, sí, definitivamente desnudo, puso la alarma y me llevó hacia su habitación, sin darme tiempo para discutir. Ni siquiera estaba segura de si lo hubiera hecho de todos modos. Dormir en la misma cama con él era un sueño. Uno que aparentemente estaba a punto de hacerse realidad.

Me arrastró a su habitación, y me liberó solo una vez que cerró y bloqueó la puerta detrás de nosotros. Volvió a meter la pistola en su mesita de noche antes de dirigirse a su cómoda para ponerse un bóxer, la tela sobre su polla medio dura. Lo que me sirvió de recordatorio del estado de mi ropa.

—Necesito cambiarme. —Tiré de la cintura de mis pantalones cuando se volvió hacia mí—. Estoy toda… mojada.

Su sonrisa casi me hizo querer montarlo otra vez.

—Húmeda... con mi corrida y la tuya. —Maldita sea esa boca sucia.

—Sí.

—Tengo que admitir, me apetece pensar en eso. —Cogió una camisa blanca, acechándome, cayendo de rodillas y tirando de mis pantalones justo sobre mis caderas antes de inclinarme hacia adelante para depositar un beso en mi cadera—. ¿Puedo desnudarte, cariño?

Mi paso hacia atrás fue más instinto que cualquier cosa, mis pensamientos se dirigieron directamente a las cicatrices de mi espalda ante sus palabras.

—Olvídalo. —Me besó la cadera otra vez, esos ojos sin revelar nada, luego se puso de pie—. No quiero presionarte demasiado, Shye. Usa mi baño para cambiarte, y luego nos iremos a la cama.

Vaya hombre tan bueno, y había sido bendecida al cruzarme con él, de alguna manera. Iba a dolerme como el infierno cuando finalmente me diera la espalda.

Feliz, emocionada y temiendo los próximos días al mismo tiempo, me escurrí en el baño, cerrando la puerta detrás de mí y respirando profundamente. El hombre me volvía loca de la mejor manera, pero no podía querer más de lo que teníamos. No debería. No obtendría al príncipe, o al dragón, al final. Solo podía esperar tomar prestado un poco.

Y prepararme para la agonía de dejarlo ir.

Una vez que me desnudé y tiré su camisa sobre mi cabeza, sin bragas, aunque el dobladillo terminaba en mis rodillas, pensé que estaba lo suficientemente cubierta, abrí la puerta y apagué la luz. La vista ante mí me congeló en el camino.

Alder sentado en su cama, las mantas estiradas alrededor de su cintura y su profunda mirada hacia mí. Apagó la luz del techo, usando la pequeña lámpara en su mesita de noche para hacer que la habitación brillara en un delicado y dorado tono. Las sombras sobre su pecho desnudo acentuaban sus abultados músculos, hacían que el vello se desparramara a lo ancho de él y siguiera la línea media hacia abajo, hacia abajo y hacia abajo, más allá de su ombligo. Casi gemí al verlo. Y luego extendió la mano y me sonrió. A mí.

—Vamos, cariño.

Sin pensarlo, sin indecisión, ni vacilación, me dirigí directamente hacia él, me subí a su gran cama y me deslicé bajo las sábanas mientras las sostenía para mí. Estiró la mano para apagar la luz, luego se deslizó más profundo. Abrazándome fuerte, haciéndome sentir tan malditamente pequeña y delicada, casi frágil. Y protegida.

—Duerme, cariño. Te mantendré a salvo.

Y solo por un momento, envuelta en sus brazos con su gran cuerpo cubriendo el mío, su olor rodeándome completamente mientras cerraba mis ojos contra la oscuridad, casi creí que podía.

Alder

Nunca me había sentido realmente alegre por las mañanas, pero así era antes de pasar una noche entera con Shye en mis brazos. Mi chica se había dormido tranquilamente en mi pecho, con sus manos apoyadas en mi estómago. No había dormido yo, demasiado molesto para poder descansar, me resultaba demasiado difícil, incluso después de intentar la pequeña sesión de masturbación y tener la follada en el pasillo. Aun así, seguía siendo la mejor noche de mi vida, al menos hasta ahora. Esperaba que aún fuera mejor… para más. Esperaba un infierno por eso. Pero Shye no había estado lista la noche anterior, así que me contuve. Le di sin tomar mucho para mí. Tenía planes a largo plazo para ella, podría ser paciente si tenía que serlo. Las Fuerzas Especiales me habían enseñado a tomarme mi tiempo para planear una misión, y usaba todas las habilidades que tenía para asegurarme de que se mantuviera en la mía.

Estaba en medio de la preparación del desayuno cuando escuché los suaves pasos de Shye en las escaleras. El ritmo sonó, sin embargo, demasiado tentativo. Demasiado lento. Cautelosa de una manera que gritaba que se sentía incómoda por alguna razón. No podía ser.

—Baja aquí y dame un beso de buenos días, cariño. —Me di la vuelta, pensando que una sonrisa la animaría, pero la vista en las escaleras me robó la sonrisa y mi capacidad para moverme. Shye se quedó allí como un rayo de sol, sin nada más que mi camiseta blanca de algodón. La luz parecía prenderle fuego el cabello, con rosados suaves y anaranjados ardiendo a través de las hebras rubias. Mi camiseta se la tragaba hasta las rodillas, no se podía negar que la prenda pertenecía a un hombre en su vida. Yo.

Mía.

Contuve la necesidad posesiva que crecía dentro de mí, pero Shye debió haberla notado. O notó algo más que la puso nerviosa. Inclinó la cabeza, todavía de pie demasiado lejos de mí. Todavía escondida en las escaleras.

—¿Qué? —preguntó ella, sin moverse un centímetro—. ¿Por qué me miras así?

¿Como un hombre enamorado? ¿Como un hombre a punto de agarrar a su mujer y esconderla en su cama durante unos días? ¿Como un hombre cuya polla golpeaba en sus pantalones ante la idea de encontrar su hogar en el cielo entre sus piernas? ¿Como un hombre que tiraría cada trozo de comida que había hecho a la basura y en su lugar se daría un festín en su bonito coño?

Sin embargo, se habría escapado si le contaba algo de eso.

—Porque eres hermosa, y porque me apetece verte en mi ropa. Ahora, ven a comer. Incluso te dejaré mantener tus labios para ti misma.

Shye no se movió, se veía tan jodidamente adorable mientras se mordía el regordete labio inferior, que me volví hacia la estufa para darle un segundo para recuperarse. Algunos días, ella realmente estaba a la altura de ese nombre suyo. Pero cuando puse el tocino, ella se deslizó a mi lado en la enciamera. Con el toque de su mano en mi brazo, me sacudí y la miré, viendo la tensión en el rígido conjunto de sus hombros. Simplemente no lo entendía.

—¿Qué pasa, cariño?

Ella sacudió la cabeza antes de levantarse sobre las puntas de los pies y besar el único lugar al que podía llegar: mi clavícula. El toque de sus labios contra mi piel desnuda tenía al animal dentro de mí furioso por tomarla, por hacerla nuestra. Pero era un hombre paciente. Había esperado tres largos años por ella. También podía esperar por su timidez.

Aun así, aproveché mi oportunidad. Me incliné antes de que ella pudiera escabullirse, dejando caer un suave beso en sus labios. Nada demasiado profundo, con la boca cerrada, suave y dulce. Justo lo que ella necesitaba, aparentemente.

Shye sonrió cuando finalmente nos separamos.

—Buenos días.

—¿Has dormido bien?

—Como un bebé. —Se dirigió al armario y comenzó a coger platos y vasos para nosotros—. Gracias por dejar que me quede contigo. No creo que hubiera pegado ojo sola.

Dejándola, como si le hubiera dado una opción.

—De nada, cariño. Puedes quedarte en mi cama cuando quieras. Me apetece tenerte allí.

Sus mejillas se oscurecieron, su cabeza cayó para mirar la encimera, pero vi la sonrisa tirando de sus bonitos labios. Mi chica tímida.

—¿Por qué no te preparas un poco de café? —sugerí mientras sacaba las salchichas de la sartén—. El desayuno está listo y me apetecería disfrutarlo contigo antes de ir al trabajo.

Y necesitaba tener comida en la mesa antes de levantarla sobre la encimera y comerla en ese lugar.

No pensar en Shye cuando se suponía que debía trabajar se había vuelto difícil, pero definitivamente se hizo más fácil esa mañana. Aunque solo fuera por un momento.

—Las máscaras están aquí. —Finn corrió escaleras arriba a mi oficina, seguido por Deacon, quien llevaba una caja de cartón.

—¿Tienes las del tipo correcto? —Me puse de pie y me dirigí hacia allí, mi interés en el equipo que Deacon había encontrado me despertó. No pude evitarlo, alguien trajo un nuevo hardware y me convertí en un niño en Navidad, esperando jugar con los nuevos juguetes.

Algo que dudaba que pudiera hacer.

—Confiaste en mí para averiguar qué necesitábamos para quemar un laboratorio de metanfetamina. Me di cuenta de lo que necesitábamos para quemar un laboratorio de metanfetamina. ¿Me vas a interrogar ahora? —Deacon levantó una ceja y retrocedió, dejando que Finn y yo hurgáramos en la caja llena de respiradores de cara completa.

Cogí uno, pasando un dedo por el filtro interior. Muy bueno.

—Realmente no. ¿Qué piensas, Finn?

Mi hermano comprobó una máscara, levantándola y bajándola como si comprobara el peso.

—Puedo mandar hombres al bosque en una hora si quieres que los guíe.

Una punzada de preocupación me golpeó en el estómago, una que era más hábito que instinto. Siempre me preocupé por Finn, pero no podía cuidarlo todos los días. Tampoco podía despedirme del trabajo para abordar el otro trabajo yo mismo.

—Hazlo.

Los ojos de Finn se clavaron en los míos.

—¿No vendrás? —Joder, quería.

—Tengo una llamada de conferencia con un comprador de madera de Cleveland, y luego un amigo del ejército que ahora trabaja en el FBI ha llamado para compartir lo que sabe sobre los Soul Suckers. Confío en que tú y tu equipo manejaran esto. Solo no hagas nada si encuentras el lugar. Márcalo, llama y regresa. Haremos un plan una vez que obtengamos una ubicación verificada.

Finn asintió, mirando a Deacon como para pedir permiso. Técnicamente, Deacon era el jefe de Finn, por lo que no habría estado muy lejos de la verdad.

Deacon se encogió de hombros.

—Puedo manejar la barra por unas horas. Ve a poner a tu G.I Joe, chico.

—Toma a Gage. —Podría haber estado bien con la partida de Finn, pero todavía no era lo suficientemente estúpido como para enviar a un hombre sin un respaldo serio, considerando las amenazas en contra nuestra—. Necesita un largo paseo por el bosque.

Finn me lanzó una sonrisa.

—¿Estás hablando de Gage o Rex?

—Es lo mismo, chaval —dijo Deacon antes de extender el puño. Finn golpeó los nudillos con su jefe antes de coger la caja de máscaras y bajar las escaleras.

—¿Crees que va a encontrar algo? —preguntó Deacon, mirando hacia las escaleras como si esperara a que Finn reapareciera.

—Sí. —No tenía dudas. Un laboratorio de metanfetaminas en esa propiedad tendría mucho sentido, teniendo en cuenta lo que había aprendido de Parris y algunas otras personas con las que me había puesto en contacto. Los Souls Suckers eran el cartel más grande de metanfetamina en estos lares. La cocina estaría allí, pero también podrían hacerlo unos cuantos hombres que intentasen ponerla en funcionamiento o vaciarla.

—Yo también. —Deacon me dio un golpe en el brazo antes de dirigirse a las escaleras—. Y cuando lo haga, los sacaremos.

Gruñí, mis pensamientos ya se aceleraban. Habían pasado casi dos semanas desde el incendio en casa de Shye. Solo trece días desde la primera vez que tuvimos problemas con los Soul Suckers, y ya teníamos dos casas destruidas y una amiga muerta en Justice. ¿Teníamos que llevarlo a cabo? Si encontráramos la cocina, arrasaríamos el lugar y el bosque que la rodeaba. ¿Y si encontrábamos algún Soul Sucker en la zona?

No lograría salir de la montaña.

Alder

Esa noche, giré por mi camino temprano. Había estado atrapado en mi oficina todo el maldito día. La llamada del agente del FBI no me había dado nada más de lo que ya sabía, así que fue una pérdida de tiempo. Pero lo peor era que había estado completamente abocado al trabajo. El comprador de madera de Cleveland se tomó un total de dos horas para explicar con gran detalle cómo tenía una cliente rica que pensaba que las manchas de hongos de mi Beetle Kill Pine serían perfectas para los pisos de su cocina, pero solo si eran más grises que azules y más sólidas que moteadas. Le había explicado que no podía controlar a los malditos escarabajos, pero él se negaba a escuchar. Quería una garantía de color, la cual no podía proporcionarle. Solo podía darle prioridad en la próxima tanda de madera aserrada.

La verdad era que el hongo, y por lo tanto el color, se extendía cuanto más tiempo los pinos estuvieran muertos. La propiedad Hansen había perdido la mayoría de sus árboles antes de que yo hubiera vuelto a casa ocho años atrás, y habría apostado mi negocio que esos encajarían con las necesidades del cliente, pero no pude convencerlos. No aún. Especialmente con lo que estaba sucediendo fuera de la propiedad.

Finn y su equipo habían encontrado lo que supusieron era la cocina de metanfetaminas, un granero antiguo, abandonado en una parte muy boscosa de la cresta. También lo encontraron rápido. Si no hubiera tenido más conocimiento, habría pensado que Finn sabía que el lugar estaba allí afuera por cómo Gage describió lo rápida que había sido la tarea. Sin embargo, imposible. Nos habría dicho si hubiera sabido.

El equipo había establecido un perímetro alrededor de la construcción para que pudieran vigilarlo sin entrar. Una vez en el lugar, dos hombres estarían en el aire listos para sacar a cualquiera que se acercara. Francotiradores de precisión… ya que Deacon no había ido a la búsqueda, eso tenía que ser idea de Gage. Me gustó.

Ya la explotación forestal era bastante difícil, y agregar la destrucción de una casa de droga a nuestra carga de trabajo parecía casi tonto. De verdad, era más una precaución para la seguridad de mis hombres que trabajaban en esos bosques… y una jodida advertencia fuerte a los Soul Suckers para que sacaran sus culos de Justice. Para siempre. El sitio estaría vigilado hasta que pudiéramos enviar a un equipo lo suficientemente fuerte para barrer la propiedad; un equipo que definitivamente yo *estaría* liderando y luego el granero viejo y abandonado convertido en laboratorio de drogas tenía que ser destruido. Entonces, y solo entonces, podríamos pensar en enviar a nuestros equipos allí para cosechar.

Mañana, tal vez el día siguiente. Quería que esta mierda acabase, pero teníamos que monitorear el área primero. Asegurarnos de tener toda la información que pudiéramos conseguir antes de entrar a esa cocina. Preferiría ir lleno de conocimiento y planes que con pistolas disparando.

Pero la jornada laboral terminó, y anhelaba un poco de tiempo con mi chica antes de volver a caer en la planificación de envíos de madera y de la destrucción del laboratorio de metanfetaminas y la redada. Shye había estado sola en casa todo el día. Bueno, no sola. Había dejado a Bishop con ella en caso de algún problema, así que no me sorprendió verlo sentado en mi porche cuando entré por el camino.

—¿Qué pasa, hermano? —Sonrió y volvió a mecerse en su silla una vez que hube salido de mi camioneta. Cómo el hombre lograba parecer una serpiente de cascabel lista para golpear mientras sonreía, nunca lo sabría, pero esa era la impresión que dejaba. Al parecer, necesitaba vigilar sus colmillos—. ¿Qué te tiene tan atolondrado?

Se encogió de hombros.

—Tu chica me hizo la cena, eso es todo.

Hijo de puta. Ahí estaba, la mordida. Le eché un vistazo a la puerta, deseando que Shye saliera por ella. Estaba preguntándome si todavía estaba en la cocina… si cenaríamos juntos, o si ella ya había comido. Si había estado pensando en mí hoy mientras yo había estado obsesionándome con ella. Debí de haber parecido tan irritado como me sentía al pensar en no tener mi tiempo con mi chica porque Bishop s e rio.

—Estás tan ido, hombre.

Me pasé una mano por el cabello, incapaz de discutirle eso.

—¿Hay noticias?

Bishop se puso serio muy rápido.

—Los Soul Suckers trataron de detenerse en Katie's.

Era el único restaurante de la ciudad, recientemente inaugurado por la mejor amiga de secundaria de mi hermana pequeña. Uno ubicado en un edificio que le había ofrecido gratis por tres años cuando ella me había llamado para decirme que extrañaba su hogar y quería volver, pero necesitaba un trabajo. Ella no tenía absolutamente nada que ver con la mierda de los Soul Suckers.

—¿*Trataron* de detenerse?

—Dos muchachos en motos dieron algunas vueltas alrededor de la calle principal y luego se detuvieron afuera. Deacon ya estaba allí para almorzar, así que aseguró el edificio cuando pasaron por primera vez y mantuvo a Katie en la parte de atrás con él.

Jódeme.

—Ese fue un maldito momento de suerte, pero odio confiar en la suerte. La siguiente vez, podríamos no tener a un hombre allí.

—Es por eso por lo que he puesto a toda el pueblo en bloqueo hasta que podamos establecer algunos perímetros. Pensé que no estarías en desacuerdo, pues es necesario.

—Ni un poco. ¿Incluso hiciste que la oficina de correos cierre?

—Barney está clasificando el correo en su garaje. Dice que puede hacer la recogida en la mañana, luego se llevará todo a casa con él. Llamará a la gente si aparece algo importante. De lo contrario, lo retendrá todo hasta que uno de nosotros pueda hacer su ruta con él.

—Jesús. —Me dejé caer junto a él, mirando fijamente hacia el camino de entrada al bosque más allá. La calle principal en bloqueo, Katie teniendo que esconderse en su propio restaurante, Barney reteniendo nuestro correo para que no tuviera que salir solo, y un jodido laboratorio de metanfetamina en el bosque. Estábamos bajo ataque—. Crees que van a planear un golpe para nosotros, ¿verdad?

—Sí. Creo que van a perseguir a alguien aquí en un momento. Ir por un golpe directo para demostrar un punto. La pregunta es quién resultará ser el foco de eso. —Se puso de pie, y las tablas del suelo crujieron bajo sus pies—. Cierra bien, hombre, y llama a uno de nosotros si algo parece fuera de lo común. No necesitas ir a perseguir a la gente en una toalla otra vez.

Idiota. Aun así, asentí, sabiendo que encerraría mi mierda en el momento en que entrara. No podía arriesgar la seguridad de Shye. Un pensamiento que me recordó…

—Gracias.

Bishop se volvió con el ceño fruncido.

—¿Gracias por qué?

—Por quedarte aquí hoy mientras fui a trabajar. Por vigilar a Shye. — Su sonrisa me puso nervioso.

—Oh, no, ese placer fue todo mío. Ella realmente es algo especial, ¿o no?

Sí, y ese *algo* era mío. Mi problema era el mujeriego del grupo, saltando de cama en cama y nunca asentándose. No podía culparlo, su última novia realmente le había hecho una jugada. Aun así, no consiguió saltar en la cama de Shye. Ni siquiera llegó a *pensárselo*.

Probablemente lo mataría si lo intentara.

—Sal de aquí para que pueda pasarme la tarde con mi chica.

—Sí, sí. Mantenla toda para ti. Un buen hermano estaría dispuesto a compartir.

—Nunca en tu jodida vida.

Bishop sonrió y caminó hacia su camioneta, casual como siempre, pero lo ya sabía. El hombre tomaba su trabajo en serio, tomaba sus deberes para con sus hermanos aún más, y no fallaría en una tarea que le había asignado. Sabía que podía confiar en él para ser el guarda de Shye, pues haría lo que fuera necesario para asegurarse de que no le pasara nada, porque su hermano necesitaba que lo haga. Fin de la discusión. No quiso decir que no coquetearía con ella en cada oportunidad que tuviera. A veces, se tenía que aceptar lo bueno con lo malo. Mi hermano definitivamente tenía de ambos.

Bishop casi estaba en su camioneta antes de volverse y de repente parecía serio.

—Es una chica dulce. Tranquila, definitivamente amable. Sé que Deacon está preocupado por su pasado, pero si está relacionada a los Soul Suckers, no es intencional. Simplemente no puedo verlo.

Sí, yo tampoco.

—Lo sé.

Abrió la puerta del lado del conductor y se apoyó todavía serio. Todavía pensando.

—Si está en problemas, estaremos peleando por más que solo nuestras cosas. Tendremos que manejar la de ella también.

—También lo sé.

—Solo estaba asegurándome. Cambiará nuestros planes, ¿sabes? Podrían venir por ti o por ella, y no lo sabremos hasta que lleguen aquí.

Exactamente, lo cual era algo que había estado carcomiéndome.

—La mantendré a salvo sin importar qué.

—Sé que lo harás, hermano. Y me tiene a mí y a Gage a solo un mensaje de texto de distancia. Ha estado quedándose en mi casa mientras trabaja en esa vieja cabaña que está remodelando.

—¿Dejaste entrar a ese perro en tu casa? —Bishop era un poco fanático de la limpieza, huellas de patas fangosas y pelo de perro probablemente lo llevarían a beber.

—Confía en mí, Rex es el compañero de cuarto más fácil de tratar. —Bishop se deslizó dentro de su camioneta y bajó la ventanilla mientras arrancaba el motor—. Buena suerte.

Necesitaba más que suerte.

Cuando entré, mis pensamientos sobre los Soul Suckers, el posible laboratorio de metanfetamina, y el peligro relacionado a los dos desapareció. Shye estaba de pie en la cocina. No, no de pie. Bailaba. La chica movía las caderas y sacudía el culo de una manera que debería haber sido ilegal. Mi sangre se precipitó hacia el sur, pues mi polla se llenó hasta el punto del dolor en segundos. No podía moverme, ni siquiera podía respirar, demasiado alarmado porque cualquier cosa que hiciera la haría detenerse. Nunca querría que se detuviera.

Pero me vio, y cuando lo hizo, sonrió. Preciosa, impresionante, guapa… absolutamente despreocupada por el momento. Algo en su expresión, en sus ojos felices, me llamaban tanto como su sacudida de culo lo había hecho. Quería más su alegría que su cuerpo, su felicidad más que la mía. Había tanto que podía hacer para garantizarle eso, tanto tiempo para arriesgarme, así que finalmente me di permiso para intentarlo.

Caminé sigilosamente por la cocina sin pensar y la agarré, tirando de ella contra mí. Juntándonos con rudeza. Su boca se abrió en un jadeo cuando agarré su culo, y me aproveché. Besándola profundo y rudo, como merecía ser besada. Sabía tan jodidamente dulce. Y cuando me agarró los brazos y me acercó más, cuando deslizó sus manos por mi cuello y me aseguró hacia ella… estaba acabado.

Quería que fuera mía. Inmediatamente y por completo.

Incapaz de resistir un segundo más, agarré sus muslos y levanté su pequeño cuerpo en la encimera. Aunque quedaba más baja que yo, era más cerca. Y justo a la altura correcta para poner mi polla al nivel de su coño. Definitivamente se dio cuenta de ese hecho. Envolvió sus piernas alrededor de mi cintura, tirando de mí. Dándome toda la luz verde que necesitaba. Me acerqué y tiré de ella hasta el borde para que pudiera presionar mi miembro en ella. Para que pudiera volver a escuchar esos pequeños gemidos y jadeos que me había dado esa noche en la cocina de su trabajo. Parecía que habían pasado meses desde entonces, con nada más que tensión sexual y necesidad conduciéndome a través de los días. Pero esta noche… Esta noche, derrumbaríamos todo eso.

Así que empujé contra ella, tirándola hacia mí a la vez, buscando cualquier tipo de reacción. Ya podía sentir el calor de ella. Prácticamente podía sentir la humedad acumulándose entre sus piernas. Joder, quería probarla, hacerla temblar, gritar y perder el control con mi lengua. Lo necesitaba como el aire.

—No puedo mantenerme alejado —murmuré, mis dedos cavando en la carne de su culo mientras tiraba de ella contra mí—. Te necesito demasiado.

Shye gimió y siguió mis movimientos, diciéndome sin palabras lo que quería. Lo que necesitaba. Empujé más fuerte, gruñendo en cada presión, colgándome en sus caderas para mantenernos conectados. Convirtiéndonos en un par de seres lujuriosos, necesitados empeñados en el mismo objetivo. Follar. No sería hacer el amor, ni acostarnos, ni cualquier otro eufemismo… estaríamos follando esta noche. Y no podía esperar por eso.

Shye jadeó en una sacudida particularmente ruda y su cabeza cayó hacia atrás con un gemido retumbando en su pecho. Expuesta ante mí con las tetas levantadas y los pezones duros, tan jodidamente preciosa, tan completamente mía, que mi control se rompió.

—¿Eso se siente bien? —empujé más fuerte cuando asintió, apretándola con fuerza en los muslos. Asegurándome de que sintiera cada centímetro de mi polla presionando en su sexo—Joder, ya estás temblando. ¿Estás mojada, cariño? ¿Ese bonito coño está empapando tus bragas por mi polla?

—Alder. —Mi nombre sonaba como un reproche, pero su cuerpo nunca dejó de moverse, sus caderas rodando en las mías. La chica me deseaba, lo cual jugaba a mi favor porque mi polla moría por ella. Aunque tendría que esperar. Tres años de soñar con esta chica me había dejado con una cosa en particular que quería, y no era empujar mi miembro dentro de ella. Era observarla cuando se desarmaba en mis manos, en mi boca, una y otra vez. Había obtenido esa primera probada, le había robado una segunda la noche anterior, pero quería más. Mucho más.

Y Shye parecía dispuesta a dejarme.

—Alder, por favor. Por favor.

—Ruégame así otra vez y podría correrme en los pantalones, cariño —dije con los dientes apretados, lamiendo la longitud de su cuello para mordisquearle la mandíbula.

—Sí —jadeó, hundiendo los dedos en mis hombros. Haciéndome daño de la mejor manera.

—No aún. Quiero hacerte llegar primero. Necesito sentirte. Quiero deslizar mi lengua dentro de ti para lamer todo ese dulce jugo de coño. He estado anhelándolo. —Alcancé entre nosotros, bajando los pantalones suaves, elásticos que llevaba. No podía quitárselos sin dejarla ir, lo cual no iba a suceder todavía, pero hice suficiente espacio para deslizar mi mano adentro. Para sentir su carne caliente, húmeda—. Maldita sea, cariño, ¿todo esto es por mí? Definitivamente estás empapada.

Shye se movió como para retirarse, pero no había forma. Agarré sus caderas y caí de rodillas. Esos pantalones y bragas estuvieron en el suelo un segundo después, sus piernas arriba y sobre mis hombros, mi cara directamente en su coño. No había imaginado esa carne rosa tan jodidamente bonita.

Pasé un dedo por sus labios, haciendo círculos. Provocando.

—He soñado con esto. Desde esa noche en el restaurante cuando finalmente me dejaste probarlo, he estado muriendo por arrastrarme de vuelta entre tus piernas y observarte deshacerte debido a mí. He estado esperando saborearte de nuevo. Voy a lamer este coño tan bien, cariño.

Shye agarró mi cabello mientras me miraba. Boca abierta, ojos brillantes. Hambrienta. Mi chica parecía hambrienta. Entendí esa mirada, había estado tan malditamente hambriento por ella.

Y estaba a punto de comerme todo.

Lamí un camino por donde había ido mi dedo, sosteniendo su mirada mientras estimulaba con la lengua en su obertura. Se sacudió y gimió, rodando de nuevo las caderas, con los muslos en mis hombros temblando mientras me tomaba mi tiempo. Le apetecía eso, al parecer. Una vez más, lamí ese camino, dándole solo lo suficiente para sentir. Sin golpear nada importante todavía.

Pero mi chica tenía un lado codicioso. Apretó mi cabello con un puño y tiró, apretando sus piernas en mis hombros para acercarme más.

—Alder, por favor

Fue el placer que me hizo entrar.

—Me encanta oírte rogar por mí.

Abrí los labios alrededor del clítoris y succioné, dejando que la lengua agitara el pequeño y caliente bulto en gran medida. Shye prácticamente saltó de la encimera, retorciéndose y gimiendo lo suficientemente fuerte para que la gente que pasaba escuchara. Bueno. Que escucharan; sabrían que esta chica era mía, y yo sería el único que haría feliz su coño de ahora en adelante. El único que conocería su sabor.

Queriendo reclamar su coño de alguna manera, envolví mis brazos alrededor de sus piernas y la jalé más cerca, dándome un festín con ella. Desesperado por mantener sus jugos en mi lengua, para hacerla temblar y corcovear contra mí aún más.

Cuando succioné con más fuerza, se tensó, tirando de mi cabello, cantando algo que sonaba como mi nombre. Algo sin palabras y más ruido que lenguaje. Dándome otra cosa por la que luchar siempre: empujarla más allá del punto de las palabras, hacer que murmurara sonidos que no podía entender cada vez que la comía. Porque esta no sería la última vez, de ninguna manera.

Con una rápida inhalación, dejó de moverse, absolutamente paralizada. Aferrándose al borde del deseo y esperándome para empujarla. Así que envolví los labios alrededor de mis dientes y mordisqueé suavemente una última vez, dándole a su clítoris la presión que necesitaba. Empujándola justo al borde de su orgasmo. Provocándola a través del placer mientras sacudía y acurrucaba su cuerpo hacia mí.

Ni siquiera le di tiempo para que terminara de correrse antes de levantarla, tirar su pequeño cuerpo por encima de mi hombro y subirla por las escaleras con la mano en el culo.

Lamer su coño en la encimera estaba bien, increíble, realmente, y definitivamente era una de mis cosas favoritas para hacer, pero quería que montara mi polla. Quería enterrarme dentro de su coño, y por eso, se merecía una cama.

Shye

Sin fuerzas. Mi cuerpo quedó completamente flácido bajo el control de Alder. Sus grandes y ásperas manos me apretaban los muslos mientras me levantaba, y su boca capturó la mía en un beso que me robó el alma, su atención me llevó al borde y luego me empujó justo allí. Todo respecto a este hombre era demasiado grande, demasiado, pero no lo suficiente. Quería más, y tenía la sensación de que él estaba a punto de entregármelo.

Cuando me llevó a su habitación, ni siquiera se detuvo. Me arrojó en su cama y rápidamente me siguió hacia abajo. Cubriéndome. Rodeándome completamente. El suave y dorado resplandor de la lámpara de noche le iluminó el rostro, pero sus ojos ardían con algo más. Algo como cuidado y preocupación, necesidad y alivio. Algo que no podía recordar haber visto en nadie. Solo él.

Nunca me había sentido tan segura y cálida. Anhelada. Tan jodidamente deseada.

—Tú y yo. —Me acarició el cuello con dulzura, rozándome de una manera que hizo que mi espalda se arqueara—. Vamos a romper esta cama. La convertiremos en polvo, juntos.

Sin duda podría esperar.

—No con toda tu ropa en el camino.

Su profunda risa hizo que su pecho vibrase, y la forma en que se extendió su sonrisa, lenta y ardientemente mientras se retiraba me hizo temblar. Tanta promesa en esa mirada. Tanto desafío también. Una a la que respondí.

Me moví primero, tirando de su camisa mientras sostenía su mirada. Me dejó luchar por un segundo antes de depositar un beso grande y húmedo en mis labios para luego rendirme a sus pies. Mantuvo esa mirada hambrienta sosteniendo la mía mientras se quitaba la ropa. Cada centímetro de su figura dura y musculosa se reveló a su tiempo. Cada trozo de carne y piel descubierto por sus manos. Había visto su fuerza pero no la fuente completa de ella. Ni siquiera la noche anterior cuando lo había visto en la ducha. No hasta que se paró junto a la cama… desnudo. Tantas idas y venidas en las que concentrarse, tanto poder en la composición de su cuerpo. Cada músculo definido y obviamente cuidado.

Quería lamer cada centímetro.

Y, por supuesto, no pude evitar mirar hacia abajo, pues mis ojos se enfocaron en su gruesa polla.

Gruesa era una subestimación.

Siempre me había dado cuenta de que Alder era más grande que otros hombres, más que el hombre promedio, más ancho, alto y más musculoso, pero incluso su miembro estaba a la altura . Sin su mano en el camino, obtuve la imagen completa, y fue impresionante, por decir lo menos. Largo y muy grueso, no había delicadeza en ello. Había una punta roma y una corona ancha que parecía que podría abrirse paso a través de mi cuerpo.

No podía esperar para tener eso dentro de mí, sin importar lo asustada que pudiera estar.

—Esa mirada en tu rostro es tan excitante, cariño. —Envolvió el puño alrededor de la polla, acariciándola con tirones largos y lentos—. Te ves hambrienta por mí. ¿Es eso, cierto? ¿Necesitas mi polla dentro de ti? Esto te llenará a la perfección, ¿no es así, Shye?

Dejando de lado mi miedo, extendí mis piernas desnudas más ampliamente, y el aire frío golpeó mi vagina, por cierto.

—No sabría, pero estoy deseando averiguarlo.

Se quedó inmóvil, sus ojos prácticamente brillaron incluso cuando su frente se frunció inquisitivamente.

—No sabrías… ¿Estás diciendo que nunca has…?

Negué con la cabeza antes de que terminara de preguntar, de repente me preocupé de que mi inexperiencia fuera un factor decisivo.

—Ni una sola vez. He jugado con juguetes, pero los hombres… Bueno, mi padre era muy estricto. —Junté las rodillas mientras se levantaba y miraba fijamente, deseando poder cubrirme una vez más. Deseando que él hiciera algo—. ¿Eso es… está bien?

Mi tranquila pregunta pareció sacarlo de su estupor. Se puso sobre mí antes de que pudiera respirar y su cuerpo pesado me inmovilizó. Sus caderas extendieron mis piernas más ampliamente.

—Madre mía. ¿Está bien? Es… —gimió, rodando sus caderas contra las mías, su polla extendiendo mis labios y golpeándome justo en los lugares correctos mientras me apretaba con fuerza—. Ese hecho no debería gustarme tanto como lo hace. Seré el primero y último, cariño. Eso es lo que seré para ti. Tú primera y última vez. Reclamaré este dulce coño como mío si me lo permites. —Me besó suavemente con la lengua deslizándose entre mis labios. El beso se profundizó lentamente, su cuerpo presionándome más en el colchón cuando dejó de contenerse. Tan grande, tan fuerte. Y muy sexy cuando se apartó y dijo—: Dime que esto es mío, cariño. Me aseguraré de que lo que hagamos sea muy bueno para ti. Dame tu coño, y te mostraré.

Asentí, incapaz de hablar mientras trabajaba su miembro en mi sexo. Mientras presionaba, se deslizaba y bromeaba. Sin embargo, ese asentimiento debió haber sido suficiente. Su boca se encontró con la mía otra vez, y toda la dulzura de antes desapareció. Brutal era la forma en que habría descrito su beso. Abrumador y apasionado, también. Dominó cada uno de mis movimientos, manteniéndome en mi lugar ya que era el dueño de mi boca. Mientras avivaba el fuego que ardía dentro de mí que había despertado a la vida.

Alder deslizó sus manos ásperas por mis piernas, agarrando con fuerza, arrastrando fuertes gemidos mientras trabajaban sobre mi carne. Tan necesitado, ese toque. Codicioso.

Cuando llegó a mi cintura, se sostuvo y nos hizo rodar, acomodándome para que me sentara a horcajadas sobre sus caderas. Me levanté con las manos en su pecho, mis ojos encontraron los suyos. Mis muslos se abrieron de par en par a su alrededor. Mi aliento atrapó el peso de su mirada, la necesidad. El deseo. Su gran polla empujó donde estaba tan mojada para él, y sabía que era eso. Estábamos a punto de unirnos de la manera más íntima. Pero me sentí… expuesta.

Algo me frenó.

—No creo que pueda hacer esto como… esto. Aquí arriba.

Alder simplemente me mantuvo quieta, mirándome con una mirada en el rostro que me hizo sentir hermosa y deseada. Y con sus manos sujetando mis muslos con tanta fuerza, bien podrían haber sido bandas de acero.

—No soy un hombre pequeño, cariño. —Rodó las caderas, demostrando su punto mientras su polla presionaba contra mí desde mi culo hasta el final más allá de mi clítoris—. Puedes controlar qué tan profundo y rápido me muevo estando tú arriba. Si te meto debajo de mí ahora mismo, no será lento ni superficial. Voy a ir profundo desde el principio porque estoy muy tenso. He esperado demasiado tiempo para tenerte en mi cama para ser amable, y no quiero hacerte daño.

Yo le creí. Nada acerca de Alder Kennard era amable, ni su cuerpo, ni su toque, ni su actitud. Pero eso me encantaba de él. Me encantaba lo segura que me hacía sentir. Como rodarme encima de él, dándome el control para llevarlo dentro o no. Para establecer el ritmo, la profundidad, la velocidad.

A Alder le apetecía controlar todo, así que sabía cuánto significaba para él darme este regalo. Y quise devolverle el favor.

—Está bien. —Me moví contra él, amando la forma en que sus ojos se oscurecieron y sus dedos se clavaron en mi carne mientras arrastraba mi centro húmedo sobre su polla—. Solo esta vez.

—Me apetece la implicación de más de esto, cariño. —Se levantó, moviéndose para subirme la camiseta mientras yo jadeaba y sostenía la tela, sabiendo lo que encontraría si la quitaba. Temerosa de arruinar este momento.

—Por favor. —Mi voz se quebró y él se congeló—. Quiero dejármela puesta.

Sus ojos sostuvieron los míos, serios y seguros. Completamente en el momento conmigo.

—Lo que necesites, te lo daré, Shye. Lo que te haga sentir más cómoda.

Y ahí estaba, esa dulzura que tanto amaba de él. Esa bondad que mantuvo oculta. Suspiré mientras soltaba mi camiseta, tan lista para él. Para más. Para esto.

—Gracias.

—No me lo agradezcas. Si es entre chuparte las tetas y hacer que rebotes en mi polla, mi polla siempre ganará. Pero algún día, voy a poner mi boca en esto. —Agarró mis pechos, apretando fuerte pero no dolorosamente. Frotando los pulgares sobre los pezones antes de dejar caer sus manos a mi cintura—. Eres tan jodidamente bonita. —Me besó dulcemente antes de acostarse de nuevo, con esa sonrisa arrogante tirando de las comisuras de su boca—. Ahora móntame, cariño.

Manos en su pecho, hice lo que me dijo. Balanceándome, rodando, arrastrando mis caderas sobre las suyas. Gimiendo cada vez que esa cabeza gruesa chocaba contra mi clítoris. Mantuvo sus manos en mi cintura, sus ojos de acero azul fijos en mí. Quemándome con una mirada de puro deseo. Tan caliente, todavía en control incluso cuando me dejó moverme como necesitaba. Como yo quería. Permitiéndome usar su cuerpo para encontrar mi propio placer. Pero eventualmente, todo mi roce debió de haber llegado a él, porque me agarró de las caderas y me sujetó, arqueándose sobre mí y gimiendo ruidosamente.

—Joder, cariño. Me voy a correr por en todo ese coño caliente si sigues así, y preferiría entrar dentro de ti. Déjame conseguir un condón.

La idea de algo entre nosotros me dolía físicamente.

—Estoy en control de natalidad, si quieres…

¿Cómo se decía? Había escuchado a hombres hablar sobre follar sin condón, pero no me sentía cómoda con el lenguaje que usaban. ¿Ir desnudo? ¿En carne viva? Mi cara se calentó ante la idea de decir tales cosas. Mientras tanto, Alder me miró fijamente, con sus manos sujetándome con fuerza. Sabiendo lo que quise decir sin tener que pronunciar las palabras.

—¿Estás segura de eso?

—Sí, pero… Creo que debería preocuparme por enfermedades…

—Estoy limpio. No he estado con nadie en mucho tiempo. —No pude evitar preguntar:

—¿Por cuánto tiempo?

Se incorporó de nuevo, los músculos de su estómago se contrajeron mientras lo hacía, poniendo su rostro contra el mío hasta que todo lo que podía ver y sentir era a él.

—Más de tres años. He sido tuyo desde la primera vez que te vi en la parada de camiones, cariño. Desde la noche que te conocí.

Oh… La preocupación, el miedo y el nerviosismo desaparecieron. Lo besé esa vez. Duro, áspero y fuerte, cerré mi boca con la suya y lo empujé a recostarse, levantando mis caderas para que él pudiera poner una mano entre nosotros. Para poder frotar la cabeza de su polla sobre mí una última vez antes de deslizar la punta hacia adentro. Tuve que centrarme en la sensación de él estirándome.

No había nada amable en su invasión, incluso lenta, su miembro trabajando dentro, extendiéndome, dándome espacio y dejándome para lidiar con la tensión del estiramiento. Sin embargo, fue un buen dolor, porque justo después vino una sensación de plenitud que nunca había experimentado. De totalidad que nunca había soñado que fuera posible. Dejé que mi cabeza cayera hacia delante para mirar, necesitando ver de dónde venía tanta sensación.

—Joder, eso es tan bonito. ¿Puedes verlo, cariño? —Alder usó sus pulgares para separar mis labios, mirando hacia donde su polla me abrió—. Mira tu pequeño coño tratando de estirarse a mí alrededor. Podría ser la cosa más caliente que he visto en mi vida.

Quería estar de acuerdo con él, pero en ese momento, presionó un dedo en mi clítoris, rozando de un lado a otro de una manera que me hizo ver las estrellas. Mi gemido tragó cualquier palabra que pudiera haber dicho. Yo me iba a correr y ni siquiera estaba dentro de mí, pero yo estaba a punto. Y él lo sabía.

—Eso es todo, Shye. Puedo sentirte temblando en toda mi polla ya.

Quiero ver qué tan húmeda te pones cuando te corres, qué tan suave y jugoso se vuelve este coño. Dámelo.

Apretó mi clítoris, y ya estuve. Con la cabeza hacia atrás, el cuerpo arqueado, grité de placer mientras cada músculo se cerraba sobre él. Alrededor de él. Todo en él. Siseó algo que no pude entender, agarró mis caderas y empujó, sentándose dentro de mí incluso cuando mi coño lo ordeñaba. Mientras caía hacia adelante contra su pecho e intenté recuperar el aliento y temblaba por completo.

Cuando finalmente me detuve, Alder pasó sus manos sobre mi camiseta, todavía empujando las caderas hacia mí pero disminuyendo la velocidad. Todavía tan grueso y dura dentro de mí.

—¿Estás bien hasta ahora?

Las palabras eran demasiado duras, así que simplemente asentí. Su pecho vibraba con su risa tranquila.

—¿Puedes tomar más, cariño?

Miré sus ojos tormentosos y me perdí por un segundo. Dios mío, el hombre era guapo. Tan resistente, tan intenso. Todo en él era una advertencia, una que elegí ignorar. Una hacia la que corrí en lugar de alejarme.

Así que asentí de nuevo.

Nos dio la vuelta, abrió mis piernas y me abrió alrededor de él.

—Necesito ir profundo, cariño. Sin embargo, dime si te duele. —Se inclinó para presionar un pequeño beso en mis labios, gimiendo cuando le mordí el labio inferior antes de alejarme—. Pequeña bromista. Me haces querer estamparme en este coño, pero no te haré daño. Nunca te haría daño.

Le creí, así que envolví los brazos alrededor de su cuello y lo sostuve mientras me embestía. Gruñendo, se aferraba a mí y empujaba tan fuerte que no podía quedarme quieta. Una y otra vez, dentro y fuera, empujaba y salía. Duro y poderoso. Follándome como siempre había soñado que lo haría.

Y cuando se corrió, cuando su cuerpo se inclinó y gimió su liberación, me entregué a esa tensión por última vez. Sacudiéndome y jadeando y mordiéndole el cuello para no gritar su nombre otra vez. Cayendo tan fuerte en mi orgasmo, tan repentinamente, que no me importó cuando se puso de lado y me llevó con él.

No noté la forma en que me rodeó con su cuerpo. No presté atención cuando sus manos se deslizaron de mi cadera a lo largo de mi columna vertebral y por la parte posterior de mi cuello. Debajo de mi camiseta.

No me di cuenta de lo estúpida que era hasta que sus músculos se tensaron contra mí cuando inclinó la cabeza para mirar por encima de mi hombro.

—Shye, cariño, ¿cómo te hiciste estas cicatrices?

Capítulo
12

Shye

Estúpida. Era tan estúpida.

—¿Shye? —Alder estaba sentado, frunciendo el ceño. ¿Cómo se suponía que iba a responderle? ¿Con la verdad? Él me odiaría por tomar las decisiones que tomé. Así que hice lo único en lo que podía pensar: agarré la sábana y la saqué mientras me arrastraba fuera de la cama, cubriéndome lo mejor que podía.

Al parecer, no resultó muy bien. ¿Por qué no podíamos haber estado en la oscuridad?

—¿Qué diablos es eso? —Alder prácticamente saltó, tiró de la sábana y me giró para que pudiera ver mi vergüenza. La marca de mi espalda, justo sobre la ondulación de mi cadera. La que me había ganado la noche en que mi hermanastro me enseñó lo que era deberle a los Soul Suckers.

—No es nada.

No era nada, pero no podía forzar las palabras. No podía admitir todo lo incorrecto que había hecho.

—Cariño, eso no es que no sea nada. Se parece mucho al logotipo de Soul Suckers o… ¿Te marcaron los gilipollas esos?

Ese símbolo quemado en mi carne era un signo de propiedad. Un recordatorio de la deuda que tenía. Peor que las cicatrices, me marcaba como propiedad.

Como propiedad de los Soul Suckers. La propiedad de mi hermanastro.

¿Ves esto, Shye? Este es un símbolo de propiedad, puedes hacer lo que nos plazca. Y es para siempre, hermana. No importa a dónde vayas, esto te marca como propiedad de los Soul Suckers.

Nada de nada. Todo.

—Tengo que irme. —Alder se puso rígido.

—¿Ir a dónde?

A cualquier sitio.

—A casa. Tengo que ir a casa.

—Tu remolque ya no existe, cariño. —Alder se paró frente a mí, pareciendo más preocupado de lo que nunca lo había visto—. Esta es tu casa ahora. Conmigo.

Te quedarás aquí y observarás cualquier cosa inusual. ¿Me escuchas, Shye? Nos debes dinero, y así es como ganas tu sustento. Así es como empiezas a pagarnos. Aquí es donde perteneces ahora, y si haces tu trabajo, podríamos arrancar esa marca de tu cadera e incluso decir que has saldado tu deuda..

—No. —Lo empujé y salí corriendo intempestivamente. Como una tormenta que no tenía control. Al igual que el resto de mi vida. ¿Pero esto? ¿Quedarme con Alder o elegir no hacerlo? ¿Elegir protegerme? Podía controlar esto. Todavía tenía algo que decir.

—Shye —gritó Alder, persiguiéndome.

—No puedo quedarme aquí. —Corrí al dormitorio de invitados y le cerré la puerta de golpe. Incluso la eché llave. Algo entre nosotros para que no pudiera verme desmoronarme. No podía ver mi verdad. Había arruinado las cosas antes, y ese error había matado a mi padre y marcado mi cuerpo. La cagué por segunda vez, confié en personas en las que creía que podía confiar, y eso me metió en lo que era esencialmente una servidumbre asegurada. No podía echar todo a perder de nuevo. Mi mente y mi cuerpo no podían más. Y si venían detrás de Alder por mi culpa, nunca sobreviviría.

Una respiración, dos, disminuye la velocidad por un segundo y piensa... Es hora de moverse.

Tiré lo que pude en mi bolso y algunas ropas. Alder siguió gritando tras la puerta, intentando que la abriera, rogándome que hablara con él. Amenazando con romperla si no lo dejaba entrar. No necesitaba haberse molestado, tan pronto como tuve mis escasas posesiones reunidas, abrí la puerta de golpe.

—Me voy.

Y luego pasé corriendo junto a él.

Mi corazón se rompió un poco más con cada paso, pero no había vuelta atrás. Él había visto las marcas que me habían dejado, lo descubriría eventualmente, ¿y cuándo lo hiciera? Él me odiaría o trataría de defenderme. De cualquier manera, estaría fuera de su vida porque si él me defendía de los Soul Suckers, ellos vendrían por él. Incluso podrían matarlo. No podría vivir con eso.

—¡Shye! Detente. —Alder bajó las escaleras detrás de mí, pero no me detuve por él. Tenía mucho más en juego para escapar que él para mantenerme allí. Así que salí corriendo y me dirigí a mi camioneta, sin siquiera mirar atrás.

Pero Alder fue rápido, y me agarró antes de que llegara a mi destino, girándome y amenazándome.

—¿Qué diablos está pasando aquí, Shye? ¿Por qué no te detienes a hablar conmigo?

Abrí la boca, sin tener ni idea de lo que planeaba decir, pero de repente se encendió un proyector en el granero, haciendo que el edificio y el campo a su alrededor brillaran. Ambos nos giramos, parpadeando en el resplandor. Tardé diez segundos en comprender lo que estaba viendo, lo que significaba esa luz. Qué malo fue que se encendiera el campo.

Alder siseó una maldición.

—Shye, necesito que vuelvas a la casa.

—No puedo quedarme aquí. —Pero no pude apartar los ojos de esa luz que nunca había visto antes. La que me decía que algo era diferente… malo. Oh, joder, ya había fallado, ellos venían a por mí, y no había manera de que Alder me dejara tratar con ellos—. Ambos deberíamos ir.

—No voy a ir a ninguna parte, y hablaremos sobre por qué de repente estás dispuesta a huir de mí en un momento. Pero eso es una luz con sensor de movimiento, lo que significa que algo se está moviendo afuera.

Mi sangre corrió fría, mi corazón acelerado. Estábamos fuera de tiempo.

—Alder, deberías saber…

—Shye, no hay tiempo. Necesito que metas tu trasero dentro de la casa. —Me empujó hacia el porche y caí de rodillas detrás de mi camioneta. Oh, Dios, ni siquiera estaba vestido todavía. De sus caderas colgaban unos pantalones de chándal, holgados y grises, pero por lo demás, no llevaba nada. Ni siquiera un par de zapatos.

No podía dejarlo atrás así.

—Ven conmigo por favor.

Sacudió la cabeza.

—Arriba, ve a mi habitación. Hay un arma en la mesita de noche, ¿recuerdas? Ve a por ella. Cierra la puerta de la habitación, coge el arma y quédate ahí.

—Alder, no…

—¡Ve!

Un sollozo se arrancó de mi pecho, pero me fui. Corriendo a través de las sombras del porche, deteniéndome solo por un momento para mirar al hombre que tenía que dejar atrás. Solo. En peligro.

—Vamos, cariño —dijo, pareciendo mucho más seguro de lo que me sentía—.

Arriba y encuentra el arma.

—Alder…

—Ahora, Shye. Y prepárate para disparar.

Capítulo

13

En el segundo en que escuché a Shye cerrar la puerta principal, finalmente exhalé el aliento que había estado conteniendo.

—Hijo de puta. ¿Qué acababa de suceder?

Cómo esta noche había pasado de magníficamente perfecta a un desastre tan deprisa, no tenía idea. Finalmente, *finalmente* después de tres largos años, había tenido a Shye Anderson en mi cama. Y había sido increíble. Cada toque, cada respiración, cada pequeño sonido de placer que le había sacado del cuerpo, era totalmente inolvidable. Hasta que lo que fuera que habíamos construido entre nosotros se deshizo estrepitosamente. Tenía que volver adentro y averiguar qué había sucedido, por qué las cicatrices le cubrían la espalda, por qué las escondió de mí, y quién le puso esa marca en la cadera. Pero todo eso tendría que esperar. Teníamos compañía, así que mi primera misión era mantenernos a ambos vivos.

Agachándome, me arrastré a través de las sombras hacia mi camioneta, deslizándome dentro y cogiendo la escopeta desde atrás del asiento mientras vigilaba el granero. Sin movimiento, sin rastro de nadie en el campo junto al granero, y esa luz se había encendido a pesar de no ser extremadamente sensible. Alguien tuvo que haber estado en algún lugar alrededor de la puerta para que se encendiera. No había ninguna duda en mi mente, los Soul Sucker habían llegado.

En mis primeros días en el Ejército, probablemente habría vuelto al granero, examinado la situación e irrumpido de una manera extrema. Pero había llevado a cabo un entrenamiento extenso para unirme al equipo de las Fuerzas Especiales y ganar mi boina verde. Había soportado emboscadas y ataques furtivos, entrado en lugares, y estado inmediatamente rodeado de fuerzas enemigas. La única razón por la que regresé de eso era porque había tenido el entrenamiento correcto, un equipo malditamente bueno a mi lado y hombres en los que confiaba para que me cubrieran la espalda. No era momento de atacar armado y solo esta mierda, era momento de acuclillarse en un lugar de defensa y llamar refuerzos.

Manteniendo el arma fija en el granero, retrocedí hasta la puerta principal de la casa. Había estado tan concentrado en detener a Shye que solo me había puesto pantalones de chándal antes de perseguirla afuera. No había cogido ni la pistola ni el móvil, ni siquiera un par de zapatos, algo que necesitaba remediar de inmediato.

Una vez dentro de la casa, trabé la puerta y apagué todas las luces del primer piso. Si iban a venir a por mí, tendrían que tratar de encontrarme en la oscuridad en una casa que no conocían. Mientras no tuvieran gafas de visión nocturna, las sombras serían una ventaja para mí, lo cual me hizo pensar que tal vez deberíamos comprar algunas gafas de visión nocturna. Algunos excedentes militares. Si estos tíos querían guerra, les haríamos una. Y con Deacon de mi lado, tenía acceso a algunos juguetes geniales con los que mucha gente no puede jugar.

Pero primero, necesitaba lidiar con quien fuera que estuviera en el granero. Encontré mi móvil en la cocina y envié un mensaje de texto rápido a Gage y Bishop.

Tengo compañía.

Gage respondió primero.

Cinco minutos.

—No es lo suficientemente pronto.

Envié un mensaje de texto más con las palabras *tened cuidado con el granero en el extremo sur,* luego dejé el teléfono en la encimera y tomé mis botas de trabajo del armario. No más pies descalzos para este trabajo. Una vez que tuve las botas puestas y atadas, me dirigí a través de la casa hacia la caja de interruptores. Mis pensamientos sobre la oscuridad eran válidos, y necesitaba todas las ventajas que pudiera obtener para asegurarme de que el apoyo llegara a nosotros antes que los Soul Suckers. Necesitaba cortar la electricidad de la casa, del granero y de todas las luces exteriores.

La mayoría de las propiedades habrían tenido una caja separada para los graneros y las dependencias, pero me había asegurado de instalar un interruptor de emergencia en la casa. Por si acaso.

Estábamos en modo *por si acaso*, así que apagué todo. Todo el valle se hundió en la oscuridad, el valle que conocía de adentro hacia afuera. La casa y los graneros que había comprado antes de que siquiera hubiera dejado el ejército para mudarme. Este era mi territorio, tenía la ventaja.

Me deslicé por el pasillo hacia el baño más cercano al garaje. El que nadie usaba nunca. Desde detrás del tanque del váter, saqué la *Beretta* 9mm que Deacon me había dado, la que tenía el silenciador ya montado. Un soldado necesitaba estar preparado, y me lo había tomado en serio una vez que los Soul Suckers habían comenzado a hurgar en el pueblo. Tenía otras tres armas escondidas en el piso principal de la casa, pero esta era la más limpia. La que no podía rastrearse hasta mí. Entre la *Beretta* y mi escopeta, me sentía lo suficientemente armado para lograrlo hasta que Gage y Bishop aparecieran. No estaba planeando un ataque, estaba planeando resguardar la casa.

Armado y listo para rodar, me arrastré al estudio para vigilar el granero a través de las ventanas orientadas al sur. Bastante pronto, mis ojos se ajustaron a la oscuridad, y las estrellas comenzaron a brillar a través del manto negro que cubría la propiedad. Me quedé en las sombras, quieto como una piedra, mirando sobre el campo hacia el granero. Esperando que los Soul Suckers mostrasen sus caras. Esperando que el apoyo viniese a por mí. Esperando por lo que se sentía como un largo y maldito tiempo.

Gage y Bishop se deslizaron al garaje por la entrada, pues el sonido de pasos y chirridos en el suelo los delató. Las uñas de Rex cliqueaban en los pisos de madera mientras seguían a su dueño, por supuesto. Nunca había estado más agradecido de ver a esos cabrones o a ese chucho en mi vida.

—¿Te quedas escondido adentro?

Bishop me miró largo rato por encima del hombro, luego puso los ojos en el mismo granero que yo había estado mirando fijamente.

—Seguro. Escabúllete en el lado norte en caso de que todavía estén en el granero.

—¿Todo está bien? —preguntó Gage, manteniendo la voz baja.

—Hasta ahora, pero no he salido ahí afuera todavía. No quería dejar a Shye sola.

—¿Está arriba? —preguntó Bishop, y asentí—. Bien. Entonces, ¿cuál es el plan?

—Quédate aquí con Rex y vigila a Shye —dije dándole la escopeta—. Gage y yo exploraremos qué mierda está pasando ahí afuera. Llama a Finn para que venga y sea un apoyo para ti. Podemos usar un par de ojos extra.

Mi hermano no me cuestionó.

—De acuerdo.

—Bishop. —No pude evitar el indicio de dientes apretados en mi voz, la orden. El miedo—. Está armada y probablemente aterrorizada. No subas allí a menos que sea absolutamente necesario, y si lo haces cuídate.

—No te preocupes, hermano. Tengo esto, mantendré a tu chica a salvo. —Bishop se mantuvo abajo cuando cruzó hacia el rellano oscuro, sacó su pistola y la preparó.

—Rex. Síguelo. —Gage señaló a Bishop y el perro se fue hacia mi hermano. Los dos se instalaron en el rincón más profundo, más oscuro, y prácticamente desaparecieron en las sombras, listos para defender a mi chica, Shye.

Recé para que Bishop estuviera a la altura de su promesa.

Sin decir una palabra, Gage y yo nos escabullimos y rodeamos la casa en el lado norte para permanecer fuera de la vista del granero. Una vez en los bosques que prácticamente rodeaban mi propiedad, tendríamos que cruzar un sendero pequeño y abierto para llegar allí, pero la oscuridad debería cubrirnos bien. Aun así, le di a Gage una señal con la mano para que me cuidara la espalda, y fui primero. Mi propiedad, mi chica… era mi riesgo el estar en la parte frontal.

Gage me siguió de cerca, ambos nos mantuvimos agachados y nos movimos deprisa a través de las altas hierbas y cercas. Llegamos al granero sin incidentes, ambos presionando nuestras espaldas contra la pared y con nuestras armas apuntando al cielo. Fácil. Demasiado fácil. O estos cabrones tenían una trampa dentro o eran demasiado inmaduros para saber lo que se avecinaba.

Esperaba seriamente la segunda opción.

Unas cuantas señales con las manos y Gage se dirigió hacia atrás mientras yo me deslizaba dentro por una puerta lateral. El antiguo granero era tan estándar como podía ser. Construido para alojar caballos, tenía un gran pasillo central y dos pasillos laterales divididos por filas de establos. No usaba ese edificio, excepto para guardar algo de madera extra de cuando instalé mis pisos, y los establos estaban vacíos, así que no había muchos lugares donde esconderme. Sin embargo, no quería decir que podía ser demasiado arrogante. Un movimiento equivocado y estaría muerto. Shye estaría sola para manejar a los Soul Suckers sin que yo la cuidara. No pasaría.

Me arrastré por una fila de establos vacíos, escuchando cualquier señal. Cualquier movimiento. Por un breve momento, mientras reinaba el silencio y hacía que el latido de mi corazón pareciera tan fuerte como una banda de música, pensé que tal vez habían pasado por sobre mí. Tal vez lo hubiera arruinado, y Bishop y Shye estaban en peligro. Tal vez los habíamos perdido. Un equipo entrenado podría haberlo hecho, podría haberme derrotado en mi propio juego y haberse deslizado a través de nuestra red. Joder, era lo que habría planeado hacer si hubiera sido quien organizó el ataque.

Pero luego llegué al final de los establos y el pasillo central del granero se abrió. De pie en el centro había un hombre demasiado pequeño para ser Gage, y no había manera de que Bishop hubiera dejado a Shye sola en la casa. Este tenía que ser nuestro intruso. Estaba de pie con un rifle de asalto apuntando hacia la puerta principal del granero. De pie, mirando y apuntando.

Tardé diez segundos en darme cuenta de que estaba esperando que alguien le tendiera una emboscada al entrar por esas puertas gigantescas, pero no se me había pasado por la cabeza la idea de hacer algo tan atrevido.

¿Creía honestamente que era lo suficientemente estúpido como para entrar por la puerta?

Aparentemente sí, porque nunca se movió, ni siquiera cambió su posición. Simplemente me miró y apuntó, recordándome a Deacon en sus días como francotirador. Aunque Deacon hubiera sabido que un militar no atravesaría la puerta principal si pensara que existiera una amenaza. Tampoco se habría destacado en un espacio abierto como ese, completamente expuesto. Este Soul Sucker no tenía ni idea. Le habría llamado gilipollas, pero luego una sombra se movió a lo largo de la pared del fondo y mi opinión subió un nivel. Él había traído refuerzos. Al menos había hecho algo bien, aunque eso no lo ayudaría. Yo también había traído refuerzos, y los míos eran mucho más letales que cualquiera de los que tenía en su equipo.

Pude ver a Gage cuando se instaló directamente frente a mí y entre los dos formamos la base de un triángulo con el gilipollas en la punta, y su refuerzo justo a un lado. Le envié a Gage la señal de que tenía al idiota y él asintió. Era hora de hacer cosas malas por buenas razones.

Centrado en el refuerzo, Gage avanzó a lo largo de la pared. Escondido en las sombras, arma levantada y lista. No era que lo necesitara, no necesitaba herramientas para ser destructivo. Le tomó cuatro segundos agarrar al tío de refuerzo por la garganta y asegurarlo en una retención que evitaba que gritara por ayuda. En el segundo que tuvo al tío, entré en el pasillo central y crucé el espacio abierto, rápido pero silencioso, acechando por atrás al gilipollas. Llevaba un chaleco de los Soul Suckers, algo que no había podido ver hasta que estuve prácticamente encima de él. Definitivamente no fue una sorpresa, sin embargo.

El chaleco no me frenó, y nada de lo que hice reveló mi posición. El pobre idiota nunca supo lo que venía por él. Con un golpe rápido, le di un codazo en la nuca y le quité el arma de las manos antes de volver la empuñadura en su contra. Dos golpes en la cara le hicieron caer. Y se quedó abajo.

Gage se acercó a mi lado, luciendo tan arrogante como la mierda mientras tiraba al rrefuerzo ahora inconsciente al lado del gilipollas. También dejó caer una linterna que funcionaba con pilas y los iluminó, arrodillándose para mirar bien a nuestros visitantes.

—Lo habría conseguido en un solo golpe.

—Sí, sí, lo dices ahora. —Metí la *Beretta* en la parte trasera de mis pantalones. No era lo ideal, pero tendría que hacerlo, ya que mi pistolera estaba de vuelta en casa. Lo que tenía que hacer no era un trabajo de pistola. El rifle de asalto del idiota causó una gran impresión—. ¿Aseguras tu lado del granero?

Gage se puso de pie.

—No soy un pueril novato.

Me tomó un segundo darme cuenta de que se refería a un nuevo soldado. Jesús, la Marina tenía una extraña jerga. Finalmente asentí, mirando a los dos Soul Suckers a mis pies. Ambos tenían sus nombres de carretera en parches cosidos en la parte delantera de los chalecos. La etiqueta del idiota decía Castor, la otra… Vaya, vaya, vaya.

—Tenemos a Spark aquí. Como en fuego, no en bujía —dije, apuntando el arma al refuerzo. Gage gruñó, sabiendo a dónde iba esto.

—Cam se va a enfadar porque no puedo apretar el gatillo.

—Estaría aún más enfadado si tuviéramos al tipo que mató a Leah y lo dejásemos escapar.

—Es cierto. ¿Y ahora qué?

Le di un golpe a Castor con mi bota.

—¿Estás despierto, niño?

Nuestro amigo se quejó, así que lo empujé de nuevo. Un poco más fuerte esta vez.

—Vamos, hombre. No tenemos toda la noche.

Gage se agachó al lado del tío y usó una mano carnosa para mantenerle la cabeza inmóvil.

—Tal vez una patada en las costillas lo despertaría.

—Joder —escupió Castor, quitándose a Gage de encima antes de sentarse, pareciendo demasiado seguro de sí mismo, considerando que lo habíamos tendido en el suelo del granero.

—Bienvenido a mi casa —dije, apuntándole con el arma, evaluando las opciones para extraer la información que quería—. Diría que te sientas cómodo, pero parece que ya lo hiciste. Así que estoy seguro de que me disculparás si no termino comportándome como un anfitrión perfecto.

Beaver me miró con ojos desafiantes, pero también hizo una jugada de novato. El cabrón puso sus palmas en el suelo como si estuviera a punto de ponerse de pie. Gran error. Le pisé la mano derecha, asegurándome de que el tacón de la bota se apoyara en sus dedos, cambiando mi peso a esa pierna para que le doliera lo suficiente.

Y luego sonreí.

—¿Qué diablos estás haciendo aquí?

El tío hizo una mueca e intentó apartar su mano, pero no me inmuté. En su lugar, aumenté la presión sobre ese pie hasta que sentí el estallido de sus huesos al romperse. Contuvo el grito que estaba seguro de que quería soltar, pero no podía esconder el sudor que le goteaba en la frente o lo pálido que se había vuelto cuando le había molido la mano. Medido y lento siempre dolía mucho más que rápido.

—Voy a intentarlo de nuevo. —Empujé el cañón del fusil en su sien—. ¿Qué diablos estás haciendo en mi propiedad?

Beaver sostuvo su lengua durante otros pocos segundos, pero el siguiente estallido de debajo de mi pie lo hizo hablar.

—La chica. Vine a recoger lo que es nuestro.

Shye. El hijo de puta habló de Shye como si fuera un objeto, uno que los Soul Suckers pensaron que tenían derecho a reclamar. De ninguna maldita manera.

—Debiste haber dicho que venías a por mí, hijo. —Bajé hasta conseguir verle el rostro—. Tomaré a tu gente durante todo el día de mierda, pero nadie amenaza a mi chica. Tu supuesta propiedad sobre Shye Anderson ha terminado.

—Nuestro matón no va a por eso.

—Muy jodidamente mal. —Mantuve mis ojos en Beaver mientras inclinaba la cabeza hacia Spark—. Oye, Gage. ¿Quiénes fueron los dos chicos que incendiaron el lugar de Shye?

—Spark, seguro. Alguien que estaba con él. Un cabrón débil que Camden atrapó.

—¿Y a quién tenemos aquí? —Apuntaba mi arma a Spark.

—Ese sería Spark, jefe.

—Así que asumo que nuestro amigo Beaver aquí es el que Camden ha derribado.

Me puse de pie y apuntaba el arma en la cara de Beaver.

—Parece que tenemos dos para cuidar.

—No he ocasionado esos incendios —dijo Beaver, con los ojos mirando fijamente el extremo de mi arma—. Spark usualmente se moviliza con Coyote, pero esta noche está en otro trabajo.

—¿Un trabajo en Justice? —Porque si ese fuera el caso, teníamos mucho más de qué preocuparnos que estos dos cabrones. Gage se acercó más, probablemente pensando lo mismo. Si este tío, Coyote, estaba en Justice, necesitábamos conseguir información para poder interceptarlo.

Afortunadamente, Beaver sacudió la cabeza.

—No sé dónde, pero no aquí. Spark y yo fuimos los únicos enviados a Justice.

Para robarme a Shye. Le disparé a Gage una mirada, sabiendo que era hora de hacer la llamada para saber qué hacer con nuestros intrusos. Bueno, qué hacer con Beaver; Spark había sellado su destino en el segundo en que eligió encender una cerilla en mi pueblo.

Pero incluso mientras analizaba la elección correcta, las palabras de Parris de la noche que lo conocí resonaron en mi cabeza. Tuvimos que pelear como un miembro del club para vencer a miembros del club. Los Soul Suckers habían mandado a dos hombres a tenderme una emboscada, uno con un maldito rifle de asalto, y habían matado a Leah aparentemente sin pensarlo dos segundos. Mi entrenamiento del ejército me dijo que enviara a Beaver de vuelta a su gente con un mensaje.

Esto no era un trabajo del ejército.

—Gage. —Saqué mi *Beretta* de la cintura, tomando nota de la forma en que los ojos de Beaver se ensancharon cuando le apunté justo antes de dispararle. Gage siguió mi ejemplo, terminando a Spark con un solo disparo en la cabeza. Tranquilo, rápido, y tan limpio como se podría esperar.

Gage habló primero.

—Amenaza eliminada.

Me quedé mirando a Spark y a Beaver con el estómago agitado. No por los asesinatos, no, esos dos eran amenazas directas para mí y para los míos. Nada más que autodefensa, aun cuando la ley técnicamente no lo viera de esa manera. No, la eliminación de una amenaza fue fácil. Saber que venía algo más grande hacia nosotros, era una historia diferente. Debido a que vendrían en búsqueda, una vez que los Soul Suckers descubrieran que estos dos no regresaron a casa, enviarían a más hombres a Justice. Y tendríamos que lidiar con ellos también.

Sin embargo, no encontrarían ninguna prueba de que Beaver y Spark hubieran encontrado su final en mi granero. Para cuando Gage y yo termináramos, no habría ninguna señal de que algo había pasado esta noche. Nos liberaríamos de la evidencia, de los cuerpos, las armas y las manchas de sangre. Al final, no importaría. La policía nunca podría averiguar qué pasó, pero los Soul Suckers lo harían, incluso sin pruebas. Definitivamente habíamos empezado una guerra, y por mucho que odiara admitirlo, los Soul Suckers usarían a Shye como un peón.

Pensé que la mantenía a salvo al tenerla conmigo. Resulta que la pondría en medio de la cruz.

—¿Jefe? —Gage se puso de pie, observándome, esperando—. ¿Quieres que me encargue de esto?

No había manera de que pudiera concentrarme en una tarea tan importante en ese momento.

—Sí. Necesito que lo hagas.

Gage asintió una vez, con su rostro en calma y espalda recta. Todo ese entrenamiento militar que había pasado como un SEAL regresando a la vanguardia. Como andar en bicicleta.

—Sube a la casa y envía a Bishop —dijo, tomando el control—. Podemos manejar la limpieza. Tú lidia con Shye.

Solo escuchando su nombre se sentía como garras calientes raspando desde dentro de mi pecho.

—Voy a tener que enviarla lejos.

No habló al principio, así que supe que tomaba en serio mi declaración.

Finalmente, gruñó, el sonido de alguna manera fue una reprimenda.

—El lugar más seguro para esa chica es siendo cuidada por uno de nosotros.

—Irán tras de ella por mi culpa. Por esto.

—No los dejes.

Una respuesta tan fácil para un problema tan complicado. No podía controlar lo que venía, ni siquiera podía adivinar cómo los Soul Suckers atacarían a continuación. Pero sabía que lo harían con una fianza que me quemaría la sangre. Y mantener a Shye conmigo significaba poner su vida en riesgo todos los días. Yo era un bastardo egoísta seguro, pero no tanto.

Le entregué a Gage la *Beretta* para que se deshiciera de ella.

—Haré lo que sea necesario para mantenerla a salvo.

Gage me miró con aquellos ojos morados llanos, sin emoción y vacíos, antes de despedirse con la cabeza una vez, liberándose de mí. Mi tiempo en el granero había terminado, lo que significaba que necesitaba lanzarme a un nivel más profundo del infierno. Por mucho que odiaba lo que sabía que debía hacerse, me volví y me dirigí a la casa.

Era hora de arrancarme el corazón.

Shye

Cada paso lejos de Alder parecía más difícil de dar. La distancia se sentía mal, el miedo que crecía dentro de mí se agravaba por el hecho de que lo había dejado solo afuera. Este era un mal plan, pero era lo que él quería, así que me obligué a subir las escaleras y apresurarme a su habitación.

La escena de mi crimen, en cierto modo.

Realmente, había cometido muchos crímenes contra Alder en todo Justice. En la parada de camiones la noche que nos conocimos, cuando me preguntó qué me hizo mudarme al pueblo le conté la historia que me había contado mi hermanastro. En la oficina de correos cuando nos encontrábamos. En la tienda de comestibles de Rock Falls. Cada día y noche que pasamos juntos, cometí crímenes contra él, mintiendo, escondiéndome detrás de la vida falsa que pretendía vivir. Todo mientras hacía la invitación al club de motociclistas para que probablemente viniera a matarlo.

Pero él quería que me escondiera, así que me escondería.

Haciendo lo que Alder quería, cerré la puerta con llave y me dirigí a su mesita de noche. Se sentía mal el pasar por sus cosas casi furtivamente, pero me había dicho que buscara el arma, así que abrí el primer cajón al que llegué, de donde recordaba que había sacado un arma la noche en que apareció Bishop sin avisarnos. La noche que lo había visto desnudo por primera vez.

No es el momento de pensar en eso, Shye.

Cajón. Derecha. Pistola, condones, caja nueva sin abrir ni siquiera y un pedazo de papel. Alcancé el arma, pero algo sobre el último objeto me llamó la atención y lo sostuve. Dudé, luchando contra mí misma porque mirarlo sería un exceso de velocidad, pero no hubo forma de detenerme. La curiosidad me ganó, así que agarré y desdoblé la sencilla hoja blanca.

Una nota. De mi parte. Una que casi no habría recordado escribir si no la hubiera visto. Había chocado con la camioneta de Alder cuando salía del trabajo una noche y no había podido encontrarlo dentro, así que le dejé una nota en el parabrisas, disculpándome y prometiéndole pagar los daños. Me había dicho al día siguiente que las marcas en el parachoques no eran importantes, y que no tenía necesidad de pagarle. ¿Por qué habría guardado la nota?

Tres años. He sido tuyo desde la primera vez que te vi en la parada de camiones, cariño.

Mi corazón saltó, y tuve que luchar para evitar que mis lágrimas cayeran. Tres largos años de mentirle por los Soul Suckers… solo unos meses más y debería haber sido libre. Tal vez podríamos haber construido algo entonces. Tal vez podría haberle dicho adiós a mi pasado y realmente haber estado con él.

Tal vez no estaría luchando contra los Soul Suckers en este momento.

Metí la nota dentro del cajón, levanté la pistola y descubrí un objeto más. Una foto… de mí. Alguien debió de haberla tomado en el festival que el aserradero celebraba todos los años. Mi cabello era más corto y la blusa que llevaba puesta la reconocía por haberla tirado en el primer invierno que pasé en Justice; entonces la foto tenía que haber sido tomada durante mi primer verano en el pueblo. Lo que significaba que Alder había estado aferrado a esa foto durante tres años. No había estado mintiendo. Todo ese tiempo, lo había visto tan grande y fuerte, un hombre totalmente duro. Pero los últimos días me había mostrado un lado de él que extrañaba. Un lado dulce, uno que cuidó con todo su corazón.

Uno del que de alguna forma me había enamorado.

Sin previo aviso, las luces se apagaron y la casa quedó en silencio. El miedo se arrastró por mi espalda. El ataque empezaba. Agarré el arma con fuerza y metí la foto en el cajón, con las manos temblando todo el tiempo. *Calma, Shye. Mantén la calma.*

Decidida a ser valiente, por Alder, me acurruqué en la esquina de la habitación, escondiéndome detrás de la cama, y puse el arma en mi regazo. Tenía la sensación de que no la necesitaría. Confié en Alder para que me mantuviera a salvo, lo cual era un nuevo sentimiento para mí. Desde la muerte de mi padre, desde que mi hermanastro se había involucrado más con los Soul Suckers, había estado viviendo asustada.

Alder me hizo sentir segura. Le había pagado con mentiras.

Eso no podría durar mucho más. Y como el amanecer de un nuevo día, una luz dentro de mi mente brilló con la solución. El hecho de esconderse terminaba esta noche. No más mentiras. No más deshonestidad. Le diría a Alder la verdad sobre mi pasado, sobre mi padre y nuestra familia y sus vínculos con los Soul Suckers, sobre el abuso de mi hermanastro y mi deuda con él, y sobre el peligro que corría conmigo. De esa manera, podría elegir si quería estar conmigo o no.

La idea de que él eligiera *no* me dolía, pero tenía que estar lista para aceptarla.

El tiempo pasaba a duras penas, los minutos se sintieron como horas mientras esperaba en la oscuridad una señal de lo que estaba sucediendo afuera. La primera llegó cuando las luces volvieron a encenderse. Parpadeé ante el repentino brillo, me puse de pie pero manteniendo la espalda contra la pared y la pistola de Alder en mano. La segunda llegó cuando unos pasos se acercaron a la puerta. Mi estómago se anudó con el sonido. Alder estaría corriendo, se apresuraría a llegar a mí. Sabía que él haría cualquier cosa para defenderme. Pero estos pasos sonaban lentos… casi cuidadosos. Un reticente crujido en los pisos de madera.

Oh, madre mía, ¿y si le hubieran hecho daño? Podría estar sangrando al otro lado de la puerta. O podrían haberlo matado y haber enviado a alguien a por mí. A tomar de mí lo que les debía.

No otra vez.

Apuntando el arma a la puerta, respiré hondo y me preparé para disparar. Mi papá me había enseñado a manejar una pistola casi como una broma, pero esas lecciones se habían quedado conmigo. Podía disparar y lo haría si tuviera que hacerlo. Realmente esperaba no tener que hacerlo.

—Shye. ¿Estás bien ahí dentro? —La voz de Alder rompió el silencio y casi me sentí aliviada. Al menos estaba vivo. Pero todavía tenía que estar segura.

—¿Alder? ¿Y el granero?

—Ya se terminó. Todo va a estar bien. ¿Por qué no me abres la puerta?

Puse el arma en la cama y corrí hacia la puerta, giré el pestillo y la abrí casi de un tirón. Salté al hombre al otro lado, envolviendo mis brazos alrededor de él mientras mi corazón latía sin piedad. Lo besé antes de mirarlo, me aferré al cuerpo que había conocido tan bien. Me abrazó igual de fuerte y su boca se encontró con la mía con el mismo frenesí. Su lengua se deslizó más allá de mis labios cuando me presionó contra la pared y agarró mis muslos firmemente.

Lo deseaba. No solo era lujuria, lo quería. Cada pulgada. Cada momento. Cada tic y cada rasgo. Quería al hombre que me besó como si fuera un trofeo que ganar, que me sostuviera como si fuera un premio. Quería el *felices para siempre* con mi dragón porque el príncipe nunca me amaría tan intensamente.

Pero tenerlo, realmente tenerlo como mío, significaba lo que tanto temía que tenía que pasar. Era el momento de la honestidad. Odiaba la idea de exponer todos mis secretos, de decirle cómo le había mentido, pero era lo mejor. Era lo correcto. Ningún futuro podría construirse sobre una base falsa. Y quería un futuro con él. En el fondo, siempre lo había querido.

Pero antes de que pudiera hacer o decir algo, Alder se apartó, me puso de pie y dejó un espacio entre nosotros. Espacio para el que no estaba preparada. El espacio que gritaba que algo todavía estaba mal. Se quedó allí, en el pasillo, a un metro de distancia, pareciendo casi derrotado. Un hecho que me congeló el corazón.

—¿Qué pasa?

No podía mirarme a los ojos.

—Tienes que irte.

Mi estómago se desplomó, una grieta gigante se abrió en mi corazón y mi aliento se detuvo cuando susurré:

—¿Por qué?

—No puedes quedarte más aquí, cariño. No es seguro.

Las grietas en mi corazón se extendieron, enviando un dolor insoportable a través de mi alma. Esto no podía estar sucediendo. No entonces, no cuando finalmente estaba lista para seguir adelante.

—Estoy a salvo contigo, Alder.

Pero hacia adelante no era la dirección que quería ir... al menos no conmigo.

Sus ojos finalmente se encontraron con los míos, ardiendo, enfadados. Emociones que nunca había visto dirigidas hacia mí.

—Eso no es cierto, y lo sabes. Te enviaré a la casa de mi hermano

Elijah en Denver por unos días. Solo hasta que te consigamos un nuevo remolque para tu propiedad. Tal vez si llamo a la compañía de seguros…

—¿Por qué estamos hablando de seguros? —Me ahogué, las lágrimas cayendo—. No me importa el seguro. Quiero quedarme contigo.

Sacudió la cabeza y dio otro paso atrás, alineándose con algo en el pasillo.

Algo que no había notado. Algo que solidificó la decisión de Alder en mi cabeza.

Era la maldita bolsa que había empacado cuando intenté huir de él.

Él ya había planeado esto, la bolsa, a dónde iría y probablemente cómo llegaría allí. No tenía ninguna duda de que alguien de los aserraderos o uno de sus hermanos me esperaría cuando bajara las escaleras. Y para alejarme de Justice. Él no iba a escuchar mis argumentos.

—Lo siento. —Me entregó la bolsa que había empacado. La que tenía toda mi ropa y demás cosas, la que tiré cuando decidí dejarlo en lugar de hablarle de mis cicatrices.

Irónicamente, esa vez quise irme y terminé quedándome. Ahora, quería quedarme y él me obligaba a que me marchase.

Capítulo 15

Alder

Soy un tonto.

La oscura risa de Bishop ciertamente no ayudó a mi estado de ánimo. Tampoco su estúpida respuesta.

—Podría haberte dicho eso.

Llevé la botella de cerveza a mis labios y tragué con fuerza para tratar de combatir el palpitante dolor de cabeza. No podía dejar de ver la cara de Shye cuando le dije que tenía que marcharse. Ese destello de dolor absoluto. La sonrisa se extinguió, la luz se apagó… ese destello, que podría haber jurado era algo que podría convertirse en verdaderos sentimientos, desapareció.

Gage tomó una cerveza y se unió a nosotros en la mesa del comedor; Rex lo observó desde donde estaba tendido, junto a la puerta principal, como si estuviera esperando para irse a casa.

—Estoy con Bishop en este caso. Eres tonto.

Necesitaba que estuvieran de acuerdo conmigo. Shye se había ido exactamente hacía veinte minutos, llevada por mi hermano Finn tal como le había indicado y me arrepentí de haberla dejado salir durante diecinueve minutos y medio. Joder, ni siquiera me había explicado realmente la situación. Después del sexo, con las cicatrices y lo del granero, mi mente no había estado en el lugar correcto para lidiar con el resbalón de una mujer. Así que la envié lejos y me arrepentí completamente de esa decisión.

—La cagué.

Gage se encogió de hombros.

—Querías protegerla.

—Ella está más segura conmigo. Al menos, si estuviera aquí, la vigilaría. Me aseguraría de que tuviera todo lo que necesita.

—Entonces, ¿por qué no está aquí? —Gage levantó una ceja, clavándome esa mirada de tiburón. Obligándome a admitirlo de nuevo.

Idiota.

—Porque soy un tonto.

—Hemos establecido eso. Ahora, ¿qué tal si averiguamos cómo evitar que los Soul Suckers lo usen en tu contra? —Bishop me dio una patada en la silla, ganándose una mirada fulminante. Él simplemente sonrió a cambio antes de ponerse serio una vez más—. No tengo ningún interés en enterrar a un hermano, incluso si es un completo gilipollas cuando se trata de mujeres.

Gage gruñó su acuerdo.

—Ídem.

—No veo a ninguno de vosotros mejorándolo —les dije, tomando otro trago de cerveza. Bishop se estremeció pero Gage simplemente miró hacia atrás. Bishop había salido con Anabeth Monroe a lo largo de sus años universitarios, pero esa relación se había estrellado de una manera que lo envió directamente al programa de la Navy SEAL por alguna razón. Yo estaba en las Fuerzas Especiales en ese momento, y la vida de pareja de mi hermano no era una prioridad máxima, pues parecía manejar las cosas lo suficientemente bien. No fue hasta que ambos volvimos a casa que me di cuenta de que el hombre se negó a permitir que otra mujer se acercara a él, pues la anterior lo lastimó. Claro, lo había visto salir con mujeres desde entonces, pero ninguna local, y nunca más de una vez.

Gage… bueno, nunca lo había visto con nadie más que con mis hermanos o su perro. Ni siquiera sabía *si* él salía. Sin embargo, los dos eran quienes me daban consejos de relaciones.

Tonto no era una palabra lo suficientemente fuerte.

—Entonces, ¿cuál es el plan? —preguntó Bishop, alejando la conversación de lo que sabía que no quería hablar, es decir Anabeth. Pero no importaba cuántas mujeres hubiese recogido en sus muchos viajes, cuánto había pasado por alto su separación, sabía que su corazón aún le dolía por la chica que había perdido.

También sabía que terminaría igual que él si perdiera a Shye.

—¿Jefe? —Gage me miró con la cabeza ladeada y los ojos duros. Joder, necesitaba concentrarme.

—El plan es que vayamos a la ofensiva. —Rodé la botella mirando hacia la mesa—. Tienes que actuar como un miembro del club para poder ir contra uno, y un miembro no permitirá que otro grupo simplemente entre en su territorio. Lucharán por ello. Atacarán a los intrusos.

Bishop se reclinó con el ceño fruncido.

—¿Atacar cómo?

—Primero vamos a por su dinero y lo hacemos a su estilo. No solo para cerrar la cocina, sino para demostrar un maldito punto.

Gage asintió.

—Así que quemamos su negocio.

—Ese tramo de bosques tiene muchos pinos muertos —dijo Bishop, siempre el más cauteloso—. Comenzaremos un incendio allá, pero tendrá que ser controlado.

—No sería la primera vez que tenemos que quemar en condiciones secas. —Gage dio una patada hacia atrás, equilibrando la silla sobre dos patas. Shye le habría dicho que se sentara correctamente para que no rompiera la silla. Aprendí esa lección en la parada de camiones al principio de mi obsesión, por eso luego iba a sentarme siempre a la mesa de sillones fijos de la esquina. Odiaba decepcionarla. Por supuesto, esta noche, lo había hecho mucho peor. La lastimé.

Maldita sea, tenía que dejar de pensar en ella. Respiré hondo, tratando de concentrarme en el plan. Cuanto antes terminara esto, antes traería a Shye a casa.

—Así que traemos al equipo de Cam para limpiar el sitio, luego quemamos el lugar de mierda. Entre los dos miembros desaparecidos que enviaron aquí, sabrán que no estamos jugando.

—Cam podría querer ser el que lo prenda —intervino Bishop, dando un buen punto—. Sé que me gustaría vengarme si fuera mi chica. ¿No lo harías?

Solo la idea…

—Quisiera enterrar a cada hijo de puta que pudiera tocar a mi Shye.

—Claro, y ya nos encargamos de Spark. Así que traemos a Cam para que prenda el fuego y preparamos el lugar para que se queme. —Gage alzó la botella y bebió la cerveza antes de continuar—. ¿Y cuando nos persigan por eso y por los miembros del granero?

—Los sacamos uno por uno, como hicimos esta noche. No hay segundas oportunidades. Sus tíos desaparecen en Justice, sabrán por qué. —Les di una mirada significativa—. Pero lo haremos con cuidado. Nada puede volverse contra nosotros.

Gage se encogió de hombros como si le hubiera dicho que cambiara el aceite de un camión del Aserradero Kennard, no que se deshiciera de algunos cadáveres, las armas que usábamos para matarlos y que preparara la escena del crimen en el futuro.

—Ejecutaré cualquier limpieza que se necesite hacer.

Por eso era tan buen hombre para tener en un equipo. Se ocupaba de la mierda, no importaba qué.

—Me pondré en contacto con Cam —dijo Bishop—. Vamos a establecer un equipo para vigilar la cocina. Sin embargo, probablemente tomará un día prepararlo.

Asentí.

—Limpieza mañana, incendio al día siguiente. Bishop, quiero que vayas a la casa de la Srta. Hansen. Mira si necesita ayuda o si estaría dispuesta a mudarse más cerca del pueblo. No quiero que ella se involucre en nada.

Él asintió.

—Voy a corroborarlo.

—¿Eres dulce con la mujer? —preguntó Gage sonriendo—. Parece ser que vas a verla mucho.

—Salí con su nieta, así que sé que ella lo es todo. Tiene una debilidad por mí. —La cara de Bishop se volvió tormentosa. El hecho de que no le hubiera contado a Gage sobre Anabeth me hizo retroceder. Ella había sido una parte tan importante de su vida, aunque creía que había sido hacía mucho tiempo. No había regresado a Justice por al menos una década. Algo bueno, también. Tuve que ocuparme de Bishop la última vez que la había encontrado. Lo encontré en Las Vegas, ahogado en una botella tras perseguirlo por toda la ciudad. Me había llevado dos días limpiarlo y llevarlo a casa.

Pero recordar a Anabeth y el dolor que le infligió a mi hermano solo me hizo pensar en mi Shye, quien nunca me haría daño. Ella me dio tanta alegría con su presencia y su dulzura, y la había recompensado enviándola lejos. A la mierda la planificación; necesitaba arreglar las cosas con mi chica antes de que terminara sola y emocionalmente cerrada como se había quedado mi hermano. No quería una serie de rondas de una noche para mantener mi polla mojada. Quería cenas en mi mesa, el culo de Shye balanceándose de esa manera perversa mientras bailaba por nuestra casa. La quería envuelta en mis brazos todas las noches y despertarla cada mañana con mi cara o mi polla en su coño. Quería cada momento que tenía para darme, y quería que todo empezara de inmediato.

Incluso un tonto podía ver que ese era el premio por el que valía la pena luchar.

—Entonces, ¿estamos bien? ¿El plan está listo? —Miré de uno a otro, deseando volver a encaminar la conversación para que pudiéramos terminar. Cuando ambos asintieron, golpeé los nudillos en la mesa—. Excelente. Deshacernos de algunos cuerpos y prender fuego el lugar, muchachos.

Pateé mi silla hacia atrás y me dirigí a la puerta principal, agarrando mis llaves mientras me iba.

—¿A dónde vas, Alder? —preguntó Bishop, con una obvia sonrisa en su voz. No era que me importara. Ya no.

—Voy a traer a mi chica a casa. Soy un gilipollas, pero no soy tan estúpido como para no aprender de mis errores.

Gage soltó una carcajada antes de señalar a mi hermano.

—Tú pagas, chico guapo.

—Joder. —Bishop cogió su billetera frunciendo el ceño—. Tres minutos más, y habría ganado la apuesta.

—¿Apostaron dinero a cuánto tiempo me llevaría ir tras ella? —Vaya idiotas.

Bishop levantó un hombro, todo casual. Como si apostar por mi vida amorosa fuera completamente normal. Sin embargo, no había tenido una cita en tres años, tal vez lo era.

—¿Te quedarás aquí para hablar con nosotros o irás a buscar a tu chica? —preguntó Gage mientras tomaba los billetes de mi hermano. Habría respondido, pero ya estaba fuera de la puerta. Que se jodieran. Ellos sabían a dónde iba. También sabían que no debían estar en mi casa cuando volviera. Estaba trayendo a mi chica de regreso a casa, y necesitaríamos algo de tiempo a solas. Tiempo desnudos. Adoraría cada centímetro de ella hasta que finalmente me perdonara.

Solo esperaba que funcionara porque no tenía idea de qué otra cosa podía hacer para decirle lo mucho que lo lamentaba.

Capítulo
16

Elijah Kennard se diferenciaba mucho de los hermanos. Especialmente de Alder.

—Las instrucciones para la máquina de espresso están en el cajón, aunque con gusto te prepararé un capuchino o un café con leche si lo deseas. O Lainie puede ayudarte.

Eché un vistazo a la única hermana de los cuatro hermanos Kennard. Se sentó en la sala de estar, con las piernas cruzadas, los pies balanceándose mientras leía en una tableta. Pensaría que eso la relajaría, pero no. Con el cuerpo rígido y el ceño fruncido firmemente en su lugar, la ira prácticamente emanaba de la bonita rubia. Ciertamente no parecía que quisiera ayudarme con nada. De hecho, parecía enfadada porque había invadido su espacio. Encantadora.

—No me quedaré mucho —dije con voz más susurrada. Finn, el gemelo de Elijah y el hombre que me trajo hasta aquí, ya se había ido para volver a Justice, lo que significaba que estaba atrapada por el momento. Sin embargo, no tenía que quedarme así—. Probablemente estaré fuera de tu vista por la mañana.

La mirada de halcón de Elijah se apoderó de mí, haciéndome sentir como si hubiera mirado dentro de mi cabeza y encontrado cada uno de mis secretos. *Ese* era un rasgo de los Kennard.

—Mi hermano dijo que te quedes aquí hasta que se ocupe de lo que está pasando en Justice.

—Alder no es mi jefe.

Elijah finalmente sonrió y las similitudes entre él y Alder salieron a la luz. De las mejillas hacia abajo, era la viva imagen de su hermano. Y hombre, eso me dolió.

Lainie resopló desde su lugar en la sala de estar.

—No estarías aquí si no estuvieras haciendo lo que el gran jefe te dijo.

Cualquier bravuconería que me había movido a hablar desapareció, dejándome vacía, mi rostro calentándose ante la acusación.

Y al igual que su hermano, Elijah vino a rescatarme.

—Ya basta, Lainie.

Realmente necesitaba alejarme de estos caballeros Kennard. De todos ellos.

—Creo que iré al cuarto de huéspedes. Estoy muy cansada.

Elijah miró el reloj. Casi la una de la mañana, si el reloj detrás de él era correcto.

—Por supuesto. ¿Necesitas algo?

Necesitaría escapar y la fuerza para finalmente rendirme.

—Debería estar bien, gracias. Y gracias por dejar que me quede. Te lo agradezco.

—No hay problema.

Asintiendo con la cabeza hacia él y evitando intencionalmente a la hermana, me apresuré a bajar por el pasillo hacia el pequeño dormitorio que me habían mostrado cuando llegué. No había nada especial en ello: paredes beige, alfombras color canela, muebles indescriptibles. Nada especial y nada único. No como el calor y las salpicaduras de color en la casa de Alder o los tonos ahumados de la madera Beetle Kill Pine en los pisos que se robaban el espectáculo allí. La casa de Elijah, aunque obviamente cara, se sentía vacía. Temporal, tal vez.

La casa de Alder se sentía como un hogar.

Sin embargo, me pidió que me marchara, me empujó por la puerta y me metió en el coche de Finn en el momento en que su hermano se detuvo en la entrada de la casa. Nunca me contó qué pasó en el granero, pero esa tenía que ser la razón. Algo había cambiado a causa de esos sucesos. Algo se había interpuesto entre nosotros. Y tenía la sensación de que sabía qué.

Respirando hondo y rezando por calma ante uno de mis mayores temores, saqué mi móvil   y me dirigí al único contacto que nunca quise volver a usar. Luego hice la llamada.

Mi hermanastro se dio cuenta al segundo tono.

—Vaya, pero si es la pequeña alborotadora. Te hemos estado buscando, Shye. No tenía ninguna duda, pero no era mi preocupación inmediata.

—¿Por qué quemaste mi remolque?

Colt, también conocido como Pistol, ejecutor de la sección Soul Suckers en Boulder y destructor de mi vida, sonaba completamente casual cuando dijo:

—No sé nada de eso, pero si lo supiera, diría que fue una venganza. Se suponía que ibas a vigilar nuestra cocina.

—Lo hice.

—No, Shye. No puedes mentirme así. Si hubieras estado haciendo tu trabajo, no habríamos tenido que enviar gente para tratar con un Kennard, con ese tío detrás del que te has estado escondiendo.

Sabía que se darían cuenta de que me estaba quedando con Alder, pero aun así fue una patada en el estómago escuchar la confirmación.

—Alder no tiene nada que ver con esto.

Colt se rio, un sonido áspero y burlón que me hizo querer terminar la llamda. Me hizo querer esconderme.

—No intentes hacerte la ignorante. Sabemos quién dirige ese pueblo. Cierto, no fuimos por él directamente al principio. Tuve que lidiar con el otro, el que necesitaba que le enseñaran una lección sobre el respeto a los Suckers y a ocuparse de sus propios asuntos. Escuché que tenías un asiento en primera fila, ¿las llamas te mantienen caliente, hermanita?

Bastardo.

—Camden, el gerente de la fábrica, es a quien te refieres. Quemaste su casa, enfermo hijo de puta.

—No sé de qué estás hablando. Yo no incendié nada. —Porque estábamos hablando por el móvil, y porque probablemente no había quemado la casa, simplemente ordenó a sus hombres que se encargaran de ello. Y si la dura risa de su voz era un indicio de ello, lo disfrutó. Un pensamiento que confirmó cuando dijo—: La Bella Durmiente fue un buen toque, ¿no? Toma mi dinero, yo tomaré tu muñeca. Negocio justo.

Muñeca. Se refería a Leah. Jesús, solo un psicópata pensaría que el asesinato era un negocio justo.

Mi voz se rompió mientras murmuraba:

—Ella no tuvo nada que ver contigo.

—Era un medio para un fin. El hombre se enfrentó a mi equipo por estar en el bosque, y mis hombres se sintieron amenazados. Lo habría dejado pasar, pero debió de haberle avisado a su jefe, porque su precioso Alder instaló equipos de seguridad en esos bosques. Ni siquiera podemos sacar un cargamento de nuestra cocina por su culpa. Pero tendrá lo que se merece, pase lo que pase. Siempre tomamos lo que se nos debe. ¿No es así, hermana? Lo sabes todo sobre la venganza.

El teléfono tembló contra mi oído y tuve que respirar profundamente para resistir la tentación de lanzarlo a través de la habitación. La venganza. Una vez me vi obligada a vengarme de los Soul Suckers. Para los hombres involucrados con el club Soul Suckers, la venganza usualmente significaba una multa o una paliza, dependiendo de la severidad del incidente. El peor castigo era que te quitaran la insignia, que te echaran del club. Pero para las mujeres que se quedaban y estaban involucradas, la venganza llegaba en una forma diferente. Si una mujer traicionaba al club, pagaba con su cuerpo.

Yo era virgen cuando mi padre murió, y su nombre y rango en el club me habían protegido lo suficiente para evitar que me violaran. Pero Colt insistía en que tenía que pagar por mi papel en la muerte de su padre, que mi deuda debía ser cobrada. Como no estaba dispuesta a abrirle las piernas por nadie del club, literalmente terminé siendo castigada con un látigo. El mismo Colt me cubrió la espalda de cicatrices, las cuales servirían de recordatorio de mi gran error. Me recordarían que fue mi culpa que mi padrastro, y presidente del club, muriese. Cada abultada cicatriz y la marca de propiedad que llevaba en la cadera eran producto del hombre que tenía al otro lado del teléfono.

No podía dejar que Alder se involucrara en semejante mierda.

—¿Qué pasa, Shye? —preguntó Colt, alejándome de mis pensamientos—. ¿Estás harta de esconderte? ¿Planeas venir a recibir otro castigo por fallarnos? ¿O vamos a tener que ir a recogerte? Prez ya ha enviado gente a Justice, ya sabes.

Sí que lo sabía. O al menos, asumí que eso era lo que había sucedido en el granero.

Soul Suckers en la propiedad de Alder, en su pueblo. Esto no podía seguir así.

—Ya no estoy en Justice.

—Eso es muy desafortunado. Nos hiciste perder el tiempo, hermana. Pero ya que no estás allí, podemos agregar las horas y el kilometraje de gasolina por enviar a un par de personas por ti directamente a tu factura. Joder, tal vez les dé el visto bueno para que se lleven lo que les debes directamente. —Sus palabras enviaron un escalofrío de miedo a mi espina dorsal, pero así... así era cómo funcionaban los Soul Suckers. Aquello que esperaban. Y si iba a mantenerlos alejados de Justice, tenía que aceptarlo.

Todo el mundo tenía una deuda que pagar, y el tiempo para proteger la única moneda que me quedaba había terminado.

—Entraré por mi cuenta, pero con una condición.

—No estás en posición de hacer demandas. Además, no puedo prometer que esta vez mantendré ese coño a salvo. Nos hiciste perder mucho dinero.

Pensó que yo quería proteger mi cuerpo, cuando en realidad, quería que Alder estuviera a salvo. Eso podría funcionar a mi favor: tenía una mercancía que entregarles. Algo que ofrecer a cambio. Pensar en ello me enfermaba, pero hacía lo que había que hacer.

Cerré los ojos y busqué profundamente cada pizca de coraje que tenía. Ya no era virgen. Había pasado una noche increíble y sensual con Alder, que simplemente tendría que ser suficiente para superar lo que se avecinaba. Podía pagar mi deuda con la única cosa que el club no había sido capaz de quitarme y luchar desde dentro para mantenerlos alejados de Justice. De Alder.

—Entiendo lo que hay que pagar, y no estoy tratando de evitar que los muchachos tomen lo que se les debe. Tengo una condición diferente, de la que podemos hablar en persona. —Porque si le diera demasiado tiempo para pensar, atacaría antes de que llegara. Necesitaba hacer esto bien, trabajar para convencerlo de que me dejara pagar la deuda de Alder por encima de la mía.

Colt gruñó, sonando demasiado contento para mi gusto mientras respondía:

—Sí, bueno, ya lo veremos cuando estés aquí. Tampoco vayas a hablar ahora. No queremos que tu castigo sea peor de lo que ya es, ¿verdad?

—No hablaré. —Una mentira. Si eso significara salvar a Alder, si pensara que alguien podría hacer algo con el club, le diría a todo el mundo todo lo que sabía sobre los Soul Suckers. La lealtad al club lo había significado todo para mi padre, pero Colt había ido demasiado lejos. Conmigo, con Camden, con Leah... y ahora con Alder.

Demasiado lejos.

—Mueve el culo hasta el club, entonces —dijo Colt con voz áspera como la grava. —Tengo algunos juguetes nuevos con los que jugar y quiero probarlos en ti.

Me ardía la espalda al pensarlo, y una sola lágrima cayó por mi mejilla.

Pero me quedé de pie, con los hombros hacia atrás, con la barbilla en alto. Si yo fuera a ir al infierno, sería por mis propios medios...

Y por mis propias razones.

—Estaré allí mañana.

Capítulo
17

El viaje a la casa de Elijah usualmente tomaba dos horas sin tráfico. Lo hice en noventa minutos. Ayudó que no hubiera coches en el camino tan tarde por la noche. También me ayudó el hecho de que rompí todos los límites de velocidad para llegar más deprisa hasta mi chica.

El motor de mi camioneta rugió por las calles de la ciudad de Denver cuando finalmente llegué al vecindario de Elijah, y el fuerte estruendo rompió el silencio de la noche. O de la mañana, dependiendo de cómo se viese la hora, supongo. Shye normalmente ya estaría dormida, pero dudé que fuera así. La noche había estado demasiado llena de emoción y adrenalina. Estaría despierta y probablemente sufriendo, todo porque había tomado una mala decisión. Una que haría cualquier cosa para compensarla.

¿Y yo? El dolor de perderla aún me comía, pero la llama de la rabia que ardía en mis entrañas por lo que había pasado antes esa noche me dominaba. ¿Los Soul Suckers querían venir a por mí? ¿Querían intentar mostrarme quién era el jefe? Los dejaría, y luego los derribaría uno por uno hasta que mi chica, mi familia, mi negocio y todo mi pueblo estuvieran a salvo una vez más. Sin opciones, sin segundas oportunidades, sin advertencias. Y de ninguna manera se acercarían a Shye de nuevo.

Después de mucho tiempo en la camioneta, mis llantas finalmente rodaron en la entrada de Elijah. Las luces brillaban a través de varias ventanas, diciéndome algo más que Shye estaba probablemente despierta. No era lo que esperaba. No estaba de humor para lidiar con la inevitable actitud de mi hermana. Si Lainie decidiera lanzar uno de sus ataques de «qué pasaba conmigo», tendría que ignorarla y lidiar con ella otro día. Necesitaba ver a Shye.

Con la suave sonrisa de mi chica en mente, metí la camioneta en el garaje y corrí hacia adentro, ni me molesté en golpear. Elijah debió de haber sabido que vendría porque se sentó en la cocina con Lainie, los dos parecían esperarme. Elijah incluso me disparó una sonrisa sarcástica, pareciéndose tanto a una versión más sana y joven de Finn que casi me hizo detener. Casi...

—Segunda puerta a la derecha —dijo asintiendo con la cabeza hacia las escaleras—. Trata de no romper nada, ¿de acuerdo?

Ni siquiera intenté hacer una promesa tan ridícula. En vez de eso, subí corriendo las escaleras, tomando los escalones de dos en dos. Necesitando ver a mi chica, queriendo arreglar las cosas entre nosotros. Le rogaría si tuviera que hacerlo, si tuviera que arrodillarme y arrastrarme por ella si quisiera. Costara lo que costara, arreglaría esto entre nosotros.

Cuando llegué a su puerta, no me detuve. Simplemente la atravesé, ignorando el crujido de la manija que golpeó la pared de yeso y que probablemente tendría que pagar para que se arreglara. No me importó. Todo lo que me importaba era Shye, por eso me congelé en el momento en que mis ojos se posaron sobre ella. Y por qué de repente sentí como si me hubiera tragado un cubo lleno de plomo.

Esto podría ser más difícil de lo que pensaba.

Shye se sentó en el borde de la cama con una de mis camisetas, los ojos enrojecidos y el rostro surcado. Cielos, la había hecho llorar varias veces en las últimas horas. Parecía exhausta y estresada, como si sus emociones hubieran intentado consumirla y hubiera tenido que luchar para seguir con vida. Nunca me perdonaría por hacerla pasar por eso, pero rogaría por su perdón.

—Soy un idiota.

Sus ojos marrones se negaron a encontrarse con los míos, y no se movió excepto para responder con un «cierto» suave.

—Un idiota ignorante y egoísta que no estaba pensando.

—Sigo sin discutir contigo.

Quería que me mirara, que me diera algún tipo de señal de que no se había aislado completamente de mí. Pero no me dio nada. Ni un suspiro, ni una mirada, ni un escalofrío. No había señal de ningún tipo. Era hora de ser honesto con ella.

—Esta noche, dos hombres irrumpieron en el granero como parte de una emboscada. Los Soul Suckers vienen a por mí porque nuestra cosecha en Widow's Ridge cerró su laboratorio de metanfetaminas.

Los ojos muertos finalmente se encontraron con los míos, vacíos y planos. No era mi Shye para nada.

—Lo sé.

Su simple respuesta me detuvo.

—¿En serio?

Ella asintió y se puso de pie, acercándose más. Prendiéndole fuego a mi corazón a cada paso.

—Mi hermanastro es el encargado del club de Boulder. Mi padre, o sea mi padrastro, realmente fue presidente por un tiempo. —Más cerca aún, sin mirarme a los ojos—. Juro que nunca quise involucrarme en nada de esto.

El dolor en su voz me mató. Me arrancó el corazón del pecho.

—¿Involucrarte en qué, cariño?

Negó con la cabeza, con el corazón destrozado y asustada.

—Se suponía que debía avisarles si alguien venía a husmear por el lado de la cresta donde yo vivía. Nada más.

La verdad me golpeó como un puño en el pecho y casi me tumba hacia atrás.

—Sabías que el laboratorio de metanfetamina estaba allí. —Negó con la cabeza.

—No específicamente, no. Pero sabía que algo tenía que haber ahí si me iban a poner en ese remolque para vigilar. No quería saber qué exactamente, así que nunca pregunté.

Mis pensamientos se desordenaron. Ella lo sabía. Ella *sabía* que estaban tramando algo, y nunca me lo dijo. Nunca pidió ayuda. Ella nunca dijo…

—Me habrían matado si se lo hubiera dicho a alguien —murmuró, como si estuviera leyéndome los pensamientos. Lentamente, con las manos temblando, se puso mi camisa sobre la cabeza y giró, mostrándome la espalda. La confusión se convirtió en rabia cuando junté las piezas de lo que estaba viendo. Lo que había sentido con mis propias manos al principio de la noche. La razón por la que huyó de mí.

—Te azotaron.

—Treinta latigazos o treinta hombres, esa era la opción que me dieron para pagar por el daño que le había causado al club. Cuando tienes una deuda, tienes que pagarla, y mi única moneda era la carne o el sexo. —Se giró para mostrarme la marca en la cadera. Dos «S» superficiales y afiladas, una al lado de la otra, «Soul Suckers»—. Elegí la carne de nuevo, la segunda vez, no porque quisiera, sino porque no tenía otra forma de hacerlo.

—¿Qué clase de deudas? —La alcancé, necesitaba tocarla, sentirla, queriendo abrazarla. Y Dios hizo que me matara a medias cuando saltó lejos de mí, demasiado asustadiza para dejar que me acercara a ella.

—Maté a mi padre. —Jaló de la camisa, cubriéndose una vez más—. Fue un accidente automovilístico, un accidente con un semirremolque, pero yo estaba conduciendo, y la policía lo consideró mi culpa por saltarme un semáforo en amarillo. Como no era mi padre biológico, el club decidió que no se me permitía ningún tipo de protección familiar. Pensé que mi hermanastro intervendría por mí. Él me había conocido cuando mi padrastro se casó con mi madre años antes. Supuse que les explicaría qué había pasado y que no había sido intencional, pero me dijo que el club estaba antes que la familia. Así que él fijó el castigo. —Negó con la cabeza y se acurrucó sobre sí misma mucho más—. Lo fijó y lo llevó a cabo.

Su hermanastro iba a ser hombre muerto, ya llegaría a eso.

—¿Y tener que vigilar el laboratorio de metanfetamina? —Su rostro se volvió atormentado, sus ojos ardían de ira.

—No salí ilesa del accidente. Los Soul Suckers pagaron el funeral de mi padre y mis gastos mientras me recuperaba. Nueve meses de vivienda y facturas médicas, con intereses, mi deuda final fue de cuatro años de trabajo. —Sus hombros se relajaron de nuevo, su ira desapareció—. Me quedaban seis meses cuando todo esto empezó. Por eso incendiaron mi remolque, no hice el trabajo que me habían asignado.

—Joder, Shye. ¿Por qué no...?

Me giré tomándome del cabello y paseé por la pequeña habitación. No necesitaba terminar la pregunta porque ya sabía la respuesta. No *podía* haberme dicho nada. Ya la habrían destrozado, le habrían quitado la vida y abusado de ella hasta el punto de que solo le quedaba un camino para su supervivencia. No le quedaría nada que dar, ninguna manera de protegerse, y no querría ver a nadie más atrapado en el mismo pantano. Su silencio era un signo de autopreservación y altruismo, no de engaño.

Shye debió de haber pensado que mis pasos silenciosos significaban algo negativo, sin embargo, finalmente comprendía la imagen completa de su vida. Las lágrimas cayeron de sus bonitos ojos, y me dio la espalda. Escondiéndose de nuevo.

—Sé lo que he hecho, Alder. Sé lo malo que es todo esto. Voy a Boulder a ver a mi hermanastro...

—Al carajo con eso. —La agarré y la sostuve. Evitó que tirara todo por la borda—. Te vienes a casa conmigo. Quiero que estés a salvo, y eso significa que estarás bajo mi vigilancia de ahora en adelante.

—No puedo —dijo ella casi aterrorizada—. Ya vienen por ti para vengarse.

—No me importa.

—Sí, pero puedo arreglarlo. Puedo hacerlo, Alder. Puedo ir a ver a Colt y convencerlo de que me deje pagar por mis errores. Puedo asumir la responsabilidad de que hayas encontrado la cocina.

Esta chica me sacaba el corazón con una cuchara. Como si alguna vez fuera a dejar que se pusiera en la línea de fuego por mí.

—Sobre mi cadáver, Shye. No va a suceder.

—Alder...

—Maldita sea, Shye. —Tiré de su cuerpo contra el mío, incapaz de contenerme un segundo más. Demasiado aterrorizado de que se alejara de mí, de nosotros, para ser gentil—. ¿Crees que voy a dejarte ir allí sabiendo que esos cabrones te van a golpear o a violar? ¿Realmente crees que soy el tipo de hombre que permitiría que eso le pasara a alguien?

Negó con la cabeza, con ojos llorosos otra vez.

—No lo eres, pero aceptaré los castigos para que estés a salvo. Así que dejarán a todos en Justice en paz.

—No nos *dejarán* ir a ninguno de los dos. Ahora tienen la vista puesta en nosotros, y ser razonables no es la forma en que operan.

—Pero todo es culpa mía. Si les digo eso, si les dejo tomar lo que quieren de mí...

—No. —Joder, no. Solo pensar que le quitaran algo a ella me dio ganas de prenderle fuego al mundo—. Esto no es algo que tengas que arreglar. ¿Es tu culpa que tu padrastro muriera? Incluso si conducías el coche, no lo mataste a propósito. ¿Es tu culpa que la gente que debería haberte protegido y cuidado eligiera abusar de ti? ¿O que Camden perdiera los estribos con esos motociclistas o que me niego a darles la espalda y dejar que cocinen metanfetaminas en esa montaña? Nada de esto es culpa *tuya*.

Se ahogó con un sollozo, dejando caer su cabeza en mi pecho.

—Te matarán. Si intentas protegerme de ellos, te *matarán*.

Joder, esas lágrimas me rompieron el corazón. La envolví en mis brazos, abrazándola fuerte. Haciendo todo lo que podía para mantenerla unida.

—No, cariño. No lo harán. Lo intentarán, igual que esta noche, pero no lo lograrán. No se los permitiré.

Unos ojos grandes e inquisitivos me miraron llenos de dudas.

—¿Cómo puedes estar tan seguro?

—Porque ya tengo planes para lidiar con ellos, y con un equipo fuerte a mi alrededor. Soy un Boina Verde, cariño. Deacon también. Bishop y Gage son de los SEAL, y Cam es un Marine. Nos quitaron a Leah porque no estábamos preparados para un ataque; eso no volverá a suceder. Nosotros seremos los que ataquemos.

Ella negó con la cabeza.

—Enviaron a dos hombres tras de ti.

—Y los dos están bien atendidos. —La hice callar cuando esos grandes ojos se encontraron con los míos y el color de su rostro desapareció—. No quiero ponerte en riesgo contándote más, pero eliminamos esa amenaza.

Se quedó en silencio durante mucho tiempo, mirándome. Lentamente recuperaba el color y parecía recompuesta.

—Mataste a los Soul Suckers que fueron a tu casa esta noche.

Fue una declaración, no una pregunta. Una a la que sentí la necesidad de responder.

Asentí con la cabeza.

—Tuve algo de ayuda. Y lo haría de nuevo. Estaban ahí para sacarme del camino y llevarte de vuelta con su presidente. —Me acerqué más, asegurándome de que entendiera mi sinceridad mientras le decía—: Nadie te hará daño, cariño. No se los permitiré.

Respiró hondo, tembloroso, todavía parecía tan preocupada... pero no estaba huyendo. De hecho, tenía un fuerte control sobre mí. Se agarró a mis brazos y me preguntó:

—¿No tienes miedo?

—¿De ellos? No. ¿De perderte? Estoy aterrorizado. —Solo el pensamiento me tenía con las manos temblando, y el cuerpo inclinándose sobre el de ella para ganar más contacto—. Puedo manejar esto. Te prometo que mi equipo y yo podremos lidiar con lo que intenten. Confía en mí para que cuide de ti. —Le pasé la nariz por la mejilla, agarrándola fuerte. Casi tenía miedo de perderla—. No me dejes, Shye.

Se ahogó con una risa, subiendo una mano por mi rostro para ahuecarla sobre mi mejilla y bajar mi rostro hacia ella.

—¿Dejarte? Pensé que tú me dejarías a mí después de todo esto.

Vaya chica loca.

—Te amo demasiado como para alejarme de ti.

Ella jadeó y yo me aproveché de su boca abierta para presionar la mía y deslizar la lengua hacia adentro. Ese beso se convirtió en más y ambos rápidamente unimos nuestros cuerpos, intentando sentirnos de nuevo. Tratando de reconectarnos.

En cuanto tuve los brazos y las piernas de Shye a mi alrededor, la agarré por el culo y me moví. Comencé con prisa a ponerla debajo de mí, pero una vez que la acosté en la cama, me tomé mi tiempo para adorar su cuerpo como se lo merecía. Besos tiernos, lametones pequeños, un masaje de cuerpo entero, todo con suavidad y lentitud. Me di cuenta de que era mía, que le había dado mi corazón y que siempre me esforzaría en cuidarla. Que nada volvería a interponerse entre nosotros.

—Alder. —Me empujó hacia atrás respirando fuerte, mirándome adorablemente despeinada y lista para que la follara—. ¿Qué hay de Elijah y Lainie?

—No son mi prioridad ahora mismo, cariño. —Entré por otro beso que ella permitió antes de alejarse de mí.

—Podrían oírnos —dijo casi escandalizada. Solo podía sonreír.

—Bien. Vamos a enseñarles a los dos una o dos cosas.

Y luego la desnudé. Tiré de mi propia ropa una vez que la tuve desnuda y lista para mí. Abriéndome camino en su caliente y húmedo cuerpo, me sentí como nunca antes, como quien regresa al hogar. Saboreé el momento, meciéndome lentamente, manteniendo nuestras bocas fusionadas mientras usaba mi cuerpo para mostrarle lo perfecta que era para mí. Cuánto me esforzaría por ser perfecto para ella.

Cuando la tuve arañándome la espalda, rogando por más, más fuerte y más deprisa, me moví hacia abajo de su cuerpo. Besando, lamiendo, frotando mi camino a la fiesta entre sus muslos. Y luego me zambullí para probarla.

Me dijo que me amaba la primera vez que la hice acabar con mi lengua. Y cuando volví a meter mi polla dentro de ella, casi me desmayé con el alivio de estar unido a ella de nuevo, pues supe que esto era todo para nosotros. Ella sería mía. Para siempre. Igual que yo sería de ella.

El sexo siempre se sentía bien, pero había diferentes niveles. Con

Shye, el sexo era asombroso, pues era emocional y ardiente al mismo tiempo. Sabiendo que siempre sería el único hombre que conocería su sabor, conociendo la forma en cómo su coño se apretaba alrededor de mi polla, cómo ella se arqueaba y se aferraba a mí a medida que se acercaba a su liberación, le había añadido un extra. Nuestro sexo de reconciliación esfumaba todo lo malo que había experimentado últimamente.

—Alder, por favor. —Shye tiraba de mis hombros e inclinaba las caderas, tratando de hacerme mover más deprisa, para meterme más profundamente dentro de su coño apretado y cálido. Cedí a esa petición, bombeando violentamente, arrastrándola hasta la parte superior de la cama con la fuerza de mis embestidas. Persiguiendo mi propia liberación mientras buscaba señales de la próxima liberación de ella.

Cuando la tuve completamente a mi merced, rogando y cantando sonidos que deberían haber sido palabras, mientras su cuerpo temblaba debajo de mí, deslicé una mano entre nosotros y rocé su clítoris. Explotó a mi alrededor, gritando mi nombre y clavándome las uñas en la espalda. El hermoso y tembloroso sexo de *mi chica* me succionaba más adentro de su cuerpo. Con su coño todavía ordeñando mi polla, la seguí hasta la cima, entrando con fuerza en su pequeño y apretado cuerpo. Me rendiría de la única manera que siempre lo haría... a ella, para ella, por ella.

Más tarde, después de haber pasado demasiados minutos en la quietud de los dos envueltos el uno alrededor del otro, sentí el signo revelador de que Shye pensaba demasiado. Cierto, se acurrucó en mi cuerpo y me permitió sostenerla contra mí, pero se sentía demasiado rígida para alguien que acababa de ser follada de la forma en que lo había hecho. Algo aún no estaba bien.

—¿Qué pasa, cariño?

Suspiró y apretó la frente contra mi pecho, tardando mucho tiempo en hablar finalmente.

—Todavía estoy preocupada. Quiero decir, ¿qué vas a hacer con todo esto? Los Soul Suckers vendrán a por nosotros dos. Vendrán a por el pueblo.

—Ni siquiera lo pienses. No se acercarán a ti.

—No solo estoy preocupada por mí.

—Y yo tampoco. —La puse debajo de mí una vez más—. Justice no está a la venta, especialmente para una banda de motociclistas propensos al incendio provocado. Si llegan al pueblo, los echaremos a patadas. Si nos atacan, les devolveremos el golpe. Si vienen a por mí, me ocuparé. Si vienen a por ti, volaré su maldito mundo en pedazos.

—No valgo la pena.

Esas palabras me destriparon, el tono vertió sal sobre la herida.

—Shye, lo vales todo para mí. —Pasé la lengua por sus labios, probándola. Mordisqueando ese labio inferior regordete antes de tirar hacia atrás—. Nadie volverá a hacerte daño, cariño. Enterraré a cualquiera que lo piense.

Ella mantuvo sus ojos en los míos y sus brazos abrazándome fuertemente alrededor del cuello. Esa mirada, la forma en que parecía *necesitarme* realmente, me hizo querer darle la vuelta y follarla hasta que no pudiera respirar. Pero aún no estaba preparada para eso. ¿Y yo? Todavía necesitaba asegurarme de que era mía. O más bien... que yo era de ella. Que ella me quería tanto como yo a ella.

—Ven a casa conmigo, Shye —dije, apenas un susurro en sus labios—. Te prometo que cuidaré de ti. Que te mantendré a salvo. Te necesito, cariño. Devuélveme a mi chica.

Se inclinó para besarme, me apretó fuerte y tiró de mí hacia ella mientras respondía con un simple:

—Sí.

Y eso era todo lo que necesitaba para saber que estaríamos bien.

Capítulo
18

Alder

Shye aún estaba dormida cuando salí de la cama y bajé las escaleras. Necesitaba hacer una llamada, establecer algunas cosas. Cosas que ella no podía saber. El tipo de cosas con las que solo confiaba en una persona.

Teléfono en mano, me instalé en la encimera de la cocina, mirando por la ventana. Había demasiadas luces, pero no suficientes estrellas. Estaba bien por una o dos noches, pero Justice era mi hogar. El lugar donde había echado raíces. El pueblo donde me casaría con la chica que dormía arriba y donde criaríamos a nuestros hijos.

Solo había una cosa que vería de camino, así que marcar el número tan familiar era realmente fácil.

—Me preguntaba si llamarías —dijo Deacon tan pronto como contestó el teléfono—. Escuché que condujiste a casa de Elijah para buscar a tu chica. ¿Todo bien?

Perfecto, y sin embargo…

—Ella está bien, pero necesito un favor.

—Dime. —Era todo negocios. Ninguna tontería. Exactamente lo que esperaba, y por qué lo llamé.

—Necesito que llames a Parris y programes otra reunión.

Deacon se detuvo, el silencio tomó un tiempo demasiado largo.

—¿Me vas a dejar saber por qué?

—Por el hermanastro de Shye. —Colt, el ejecutor—. Él es el vínculo entre ella y los Soul Suckers. Tengo la intención de romper ese vínculo.

—¿Buscas información o algo más?

Buena pregunta, y una que no tenía problemas en responder.

—Solo información. Me encargaré de *algo más* personalmente.

—¿Planeas informarme?

Sí, lo haría. La historia de Shye no era mía para contarla, pero podía darle suficiente. Un sabor de la rabia que alimentaba mi decisión.

—Él la azotó, la dejó marcada y planea llevársela de vuelta al club para saldar una deuda. No creo que deba decirte cómo una mujer paga por algo con un hombre así.

La voz de Deacon bajó retumbando como un gruñido:

—Asegúrate de que no lo haga.

—Entonces entiendes lo que necesito.

Nombres, direcciones, hábitos, amigos, a quién jodió, a quién le debía dinero, dónde compraba comestibles, con qué frecuencia bebía. Todo. Un dossier completo sobre el bastardo.

Así podría encontrar una manera de acabar con él.

Sin embargo, no tenía que decirle nada a Deacon. Él ya lo sabía.

—Envíame un mensaje de texto con todo lo que sepas de él, y haré la llamada.

También me haré cargo de la deuda por deberle un favor a Parris.

Un favor podría haber sido un boleto de oro en el mundo del club. Eso era algo que ambos habíamos descubierto rápido.

—No tienes que hacerlo.

—Sí, lo haré. Y cuando llegue el momento de romper el enlace, estaré a tu lado. —De eso, no tenía dudas.

—Guau, hermano.

—Te haré saber cuando tenga algo. —Terminó la llamada sin despedirse. No me importaba, tenía que lidiar con eso sin tener que preocuparme por los modales. Necesitaba obtener la información sobre el hermanastro de Shye, necesaria para desarrollar un plan de asalto, necesaria para cubrir todas mis bases.

Luego necesitaba despellejar vivo al maldito por lo que le había hecho a ella. Lo que todavía podría tratar de hacer. Porque no había manera de que lograra poner sus manos sobre ella. Él tendría que pasar por mí primero, y yo no era un hombre que fuera fácil.

—¿Alder? —Shye se deslizó por las escaleras, luciendo tan jodidamente sexy con mi arrugada camisa que el aliento realmente se me quedó atrapado en la garganta.

¿Qué estás haciendo?

Todo lo que pueda para mantenerte a salvo.

—Nada, cariño. Solo estoy revisando el teléfono. ¿Por qué no estás en la cama?

Extendí la mano hacia ella y la acerqué cuando la cogió. Necesitaba sentirla contra mí. Ella se acurrucó en mi pecho y suspiró, tan malditamente pequeña en comparación conmigo. Tan delicada. Mi frágil niña con una fortaleza increíble.

—Me desperté sola en una habitación rara —dijo ella manteniendo la voz suave, sonando casi nerviosa—. Y temí que te hubieras ido.

Oh, joder, no. Le levanté la barbilla hacia arriba, mirando los ojos marrones más hermosos del mundo.

—Nunca. Eres mía ahora, cariño. Y soy tuyo. No voy a ninguna parte. —Su sonrisa nunca me había parecido más brillante.

—Bueno. Entonces volvamos a la cama. Es muy temprano para que te levantes, y no hay forma de que pueda hacer que funcione esa de máquina de café tan elegante.

Mi risa retumbó suavemente cuando me puse de pie y la seguí hasta las escaleras.

—Me quedé aquí una vez para una reunión con un cliente y casi tiré la puta máquina por la ventana.

—¿De verdad?

—Sí. Lainie estaba enfadada.

Los labios de Shye se torcieron en una especie de ceño fruncido.

—No creo que le guste.

La historia de Lainie era una para otro día.

—A ella no le gusta nada que tenga que ver conmigo o con Bishop, pero no te va a molestar. Mejor que no lo haga, al menos.

Acompañé a Shye a la cama y la rodé hasta debajo de mí una vez que estuvimos bajo las sábanas, respirándola mientras mecía las caderas contra ella, arrastrando mi polla por su muslo.

—¿Estás cansada, cariño? Porque estoy bastante seguro de que puedo mantenerte ocupada si no puedes dormir.

La risa suave de Shye se convirtió en un gemido cuando tiré de su camisa y chupé con fuerza un pezón pequeño y duro. Muy dulce, mi chica. Cada centímetro de ella. Y quería probarlo todo.

Arqueando la espalda y extendiendo las piernas, ella gimió en un tono entrecortado.

—Alder.

Sí. Nunca me cansaría de escucharla jadear mi nombre de esa manera. Cómo ella me necesitaba. Justo cuando la necesitaba.

Solté el pezón y me moví hacia abajo, le besé el vientre y le abrí más las piernas a medida que avanzaba.

—Me pregunto si tu sexo sabe diferente ahora.

Ella agarró mi cabello, tirando de él mientras bromeaba sobre la unión entre sus muslos con mi lengua.

—¿Diferente cómo?

—No lo sé, pero ya no eres virgen. El sexo virgen podría tener un sabor diferente al de uno que sea propiedad de Alder Kennard.

Su cuerpo tembló con una risita.

—¿Eso crees?

—Tal vez. —La extendí con mis pulgares, tomando una buena y larga lamida de su sexo—. Conozco una forma de averiguarlo.

Y lo hice. Lo descubrí.

Unas pocas veces.

Epílogo

Shye

No todos los días la gente de Kennard incendiaba un bosque. Está bien, no era un bosque. Solo una sección. Uno con un antiguo granero que había sido modificado para ser una especie de laboratorio químico ilegal. Uno que no deberían haber conocido. Así que supongo que se podría decir que no todos los días la gente de Kennard prendía fuego un laboratorio de metanfetaminas. Pero esa tarde, apenas dos días después de que Alder viniera a por mí a la casa de Elijah, eso era exactamente lo que harían los chicos.

Allí habíamos pasado el primer día en la cama, amándonos, juntos, pero al final, él tuvo que volver al trabajo. Necesitaba desmantelar el negocio de los Soul Suckers en Justice. Así que me subí a su camioneta y pasamos tres horas sin prisa en carreteras secundarias, en dirección a Justice, hablando, riendo y conociéndonos mejor.

Ignoramos las miles de llamadas telefónicas, correos de voz y mensajes de texto de Colt. Alder había dicho que cambiaríamos mi número, pero los dos sabíamos que no sería suficiente para romper el control de Colt sobre mí.

Había apagado el móvil el primer día y todavía no lo había vuelto a encender. Así fue como terminé sentada en el silencio de la casa de Alder, mi casa ahora también, supongo, sola y sin nada que hacer, excepto aferrarme al teléfono inalámbrico de la habitación de Alder. Mi habitación ahora, también. Las cosas estaban cambiando muy deprisa.

Algunas permanecieron igual, como Alder asegurándose de que hubiera alguien que me cuidara. Como Finn, que estaba sentado afuera en el porche, vigilando. No sabía mucho sobre el hermano menor de los Kennard, excepto que era un adicto en recuperación que amaba la tarta de arándanos de la parada de camiones. No había hablado mucho en nuestro viaje a Denver y mucho menos desde que había aparecido esa mañana. De hecho, Finn había estado fuera desde que Alder se había ido a Widow's Ridge, dejándome sola en la casa durante horas.

El agotamiento pesaba mucho sobre mis hombros, pero ni siquiera podía pensar en irme a dormir. Sin saber que Alder estaba allí afuera haciendo algo que ciertamente traería el infierno a su puerta de entrada. No por lo preocupada que estaba de que las cosas salieran mal y nunca lo volviera a ver. Los Soul Suckers podrían haberlos atrapado en el bosque. Podrían haber estado esperando. Alder me había dicho que no tenía que preocuparme, pero sin él…

No podía pensar en ello, así que en lugar de eso, levanté la pesada taza de Alder y tomé un sorbo del café que le había preparado antes de irse con Bishop. Tomé un sorbo, me preocupé, y me quedé mirando la puerta principal, deseando que Alder la atravesara, sentada en esa casa silenciosa y esperando algún tipo de noticia. Esperando con la tortura de no saber nada.

La primera señal de que estaba a punto de enterarme de lo que sucedió fue como un estruendo. Una camioneta conducía por la carretera, acercándose, y finalmente giró hacia el camino de acceso. Luego, oí pasos en el porche mientras Finn se movía frente a la puerta. Mantuve mi asiento, demasiado asustada para esperar que Alder se hubiera detenido. Diciéndome a mí misma que sería Bishop o Gage en su lugar, que venía a decirnos a Finn y a mí que algo había sucedido y que Alder no volvería a casa. Tenía ese temor.

Los segundos se arrastraban, cada sonido aumentaba y hacía que mi cabeza palpitara. Voces, más pasos, y luego nada. Silencio durante varios minutos largos. Finalmente me puse de pie, sin dejar de mirar fijamente a esa maldita losa de madera que me mantenía lejos del aire libre. Todavía esperando.

Pero entonces Alder abrió la puerta y entró, y mi mundo se enderezó. Tuve un breve momento de relajación antes de echarle un buen vistazo. Pero la relajación desapareció. Nunca lo había visto tan… mal.

No podía moverme y me quedé quieta a pesar de que quería correr hacia él. Temiendo cómo reaccionaría. Parecía más grande y más rudo de lo normal, más militar de lo que nunca lo había visto. Siempre supe que había estado en el Ejército, y definitivamente había actuado como un soldado a veces, pero esto era diferente. El hombre que tenía ante mí era todo negocios, completamente enfocado y listo para destruir cualquier cosa en su camino para completar su misión. Desde sus pesadas botas marrones sobre sus jeans hasta el escote de su camiseta negra, se parecía cada vez más a un hombre que preferiría quitarse la vida antes que escuchar una opinión. Y no pudo quitarme los ojos de encima.

—¿Todo listo? —pregunté finalmente cuando el silencio se hizo demasiado pesado.

Él asintió, todavía mirándome fijamente. Su cuerpo se tensó y sus ojos me devoraron con una fiereza que hizo que se me pusiera la piel de gallina en mis brazos. No sabía si estar excitada o asustada, tal vez ninguna de ambas. Tal vez ambas. Me moví con la taza de café, rebotando ligeramente en las puntas de mis pies, pero sin moverme. Era la presa del depredador, demasiado asustada para cometer un error y terminar en sus mandíbulas. Demasiado asustada de no hacerlo.

Pero incluso la presa tenía que arriesgarse en algún momento.

—Alder —susurré, todo mi cuerpo temblando con deseos de seguridad y lujuria. Uno decía que huyera, el otro que corriera. No podía decidir qué instinto seguir, así que necesitaba que me lo dijera. Que me diera alguna señal de lo que necesitaba. Lo que él quería. Dejé la taza.

Alder ladeó la cabeza, probablemente ante la súplica en mi voz. Mirándome. Esperando *algo*. Un animal finalmente al que se le quitaba la correa. Mi dragón se liberó y tuvo hambre de mí. Gemí al pensarlo, y finalmente habló.

—¿Vas a venir aquí y amarme, cariño? ¿O voy a tener que inclinarte sobre esa encimera y comerte el coño bien despacio para recordarte que eres mía?

Y así apareció mi elección. La única que tenía sentido. Estaba en movimiento antes de que pudiera siquiera pensar en moverme. Corrí hacia él con los pies descalzos, devorando el espacio entre nosotros, para saltar a sus brazos. Olía a bosque y humo, un duro recordatorio de dónde había estado y por qué. Pero cuando me agarró, cuando me levantó del suelo y me llevó como si no pesara nada, simplemente me fundí en su cuerpo fuerte y lo dejé.

Suya, en efecto.

—Estaba muy preocupada.

—No hay necesidad. Puedo manejar esto, mi equipo y yo podemos manejar esto.

—Sus ojos ardían con el fuego de una confianza que nunca había conocido, pero que obviamente tenía—. Estarás a salvo. Solo quédate conmigo, Shye, y lo superaremos. Te lo prometo. Vamos a destruir este club. Nadie te hará daño nunca más.

Y por más que sabía que eran solo palabras, tenía que creerle. Porque nunca me había dado ninguna razón para no hacerlo. Porque todavía era el hombre más grande y fuerte que jamás había visto. Y tenía fe en él.

—Te amo, Alder.

—Yo también te amo, cariño. Tan jodidamente mucho. Ahora, volvamos a hablar sobre cómo voy a comer ese dulce coño tuyo.

Mi dulce parlanchín, mi protector, mi dragón. No importaba lo que pensara de él mientras fuera mío.

En el momento en que escribí el final en VENGANZA, supe que otro libro vendría. ¿Cómo no iba a ser así? Alder no era el tipo de héroe que dejaba que una amenaza a su mujer persistiera, y definitivamente quería vengarse (¿ves lo que hice allí? Por lo que le hicieron). Jessica de OMG Reads acababa de terminar un ARC de VENGANZA cuando me envió un mensaje en Facebook sobre el final. Sobre el hecho de que podría confundir a los lectores. Espero que no lo hiciera, pero esta historia no podría ser escrita justo después de VENGANZA. Necesitábamos un poco de tiempo y acción, y Alder necesitaba poner sus patos en fila. No es de los que se arriesgan sin información de una situación.

Así que después de DESQUITARSE, y DISCULPAR, escribí una novela titulada REPARACIÓN. Esto se incluye aquí a continuación, y estoy segura de que responderá a algunas preguntas que puedas tener. Para aquellos que quieran leer en orden cronológico, salten esto y vuelvan a él después de DESQUITARSE, y DISCULPAR. Para aquellos que simplemente quieren más de Alder y Shye, ¡disfruten!

El cuarto libro de la serie Justicia vigilante nos lleva de vuelta al principio... y termina algo inconcluso.

Todos dejan cabos sueltos en sus vidas. El mío resultó ser del tipo que podría hacerme tropezar, podría hacerme caer de bruces. Podría ser útil para mis enemigos y lo usarían contra mí.

Mi chica necesitaba protección, y no se la había dado. No realmente. Todavía no, al menos.

Para asegurarle el futuro, necesitaba poner el mío en peligro. Necesitaba matar.

REPARACIÓN

kristin harte

Capítulo

1

Alder

La evidencia de la depravación de una persona se había convertido en el último signo de mi fracaso como hombre.

Las cicatrices que le acribillaban el cuerpo a Shye le cubrían la espalda con una mezcla de carne irregular que hizo que mi sangre ardiera de rabia. Cada línea, cada latigazo, era un amargo recordatorio de que le había fallado. Aunque no la conocía cuando se las hicieron, las veía como mi propia derrota personal. El hombre que la había lastimado, que le había surcado la piel y la había hecho sangrar, que la había marcado como si no fuera nada más que ganado, todavía estaba vivo.

Aún seguía siendo una amenaza para nosotros. Todavía tirando de las cuerdas que ponían en peligro a mi chica, a mi pueblo y a mi familia.

Casi a diario, seguía infundiéndole temor a la mujer que amaba más que a la vida misma.

Nunca sabía qué tipo de ánimo tendría mi Shye cuando llegara a casa del trabajo. Ella era una persona feliz de corazón, amable y generosa, alimentándose casi hasta la culpa. Normalmente tenía una sonrisa en la cara y algunas palabras para mí sobre cómo me había extrañado. Ella me preguntaba sobre mi día y me daba un pequeño abrazo y un beso. Esos días eran mis favoritos porque también tenía que decirle cuánto la extrañaba. Cuánto significaba para mí. Lograba pasar mis manos sobre sus curvas y sentir su pequeño cuerpo caliente presionarse contra el mío.

Pero de vez en cuando, tal vez un día cada quince, ella no me esperaba en la cocina. No estaba sonriente, feliz o lista para que la acaricie. Se quedaba escondida en un rincón oscuro o acurrucada debajo de una manta. Su rostro en blanco o tal vez lleno de lágrimas, sus músculos tensos. Regresaba a casa para encontrar a mi mujer atrapada en recuerdos de los que no podía rescatarla y rodeada de demonios que no podía matar por ella.

Sabía que hoy sería uno de los días malos en el momento en que me detuve en la casa.

—Ha estado callada. —Tres palabras. Eso fue todo lo que Finn necesitó decirme para que entendiera exactamente dónde estaba entrando.

—Gracias. Yo me ocuparé de ella.

Subí apresuradamente los escalones y crucé el porche, dejando que mi hermano se fuera a casa sin despedirme. Mi mente ya estaba centrada en mi chica, en lo que ella necesitaba, en encontrar una manera de sacarla de su ciclo de miedo lo más rápido posible. Abrí la puerta de entrada lentamente y llamé:

—¿Shye?

Nada. Sin respuestas. Algo que no era normal en ella. Tenía que estar escondida en algún lugar de la casa. No de mí, nunca eso. Gracias a Cristo, la mujer no me temía, porque creo que me habría roto el corazón tener que verlo. No, lo que Shye temía no lo encontraría dentro de mí. Jamás.

Me dirigí al escondite usual de Shye, cruzando los pisos color gris ahumado con pasos veloces pero tranquilos. Le encantaban mis pisos de pino coloreado gracias a los escarabajos y los tonos neutros de mi hogar en el bosque. Me dijo que se había sentido como un hogar desde el principio, que era lo que quería. Hubiera cambiado cualquier cosa, derrumbado toda la maldita estructura y comenzado de nuevo por ella, pero le encantó mi lugar desde el momento en que se mudó. Así que ahora era nuestro hogar, pero tenía sus preferencias sobre dónde pasaba su tiempo. Sobre los espacios que parecían más cómodos para ella. Uno de ellos era la sala de entretenimiento: grandes y mullidos sillones a juego amueblaban la habitación, un televisor de un tamaño respetable colgaba de una pared y mis libros se alineaban en los estantes que rodeaban el resto del espacio y enmarcaban los amplios ventanales que daban al valle. Oscura y cómoda, la sala siempre había sido mi favorita de la casa. Shye debió de haber estado de acuerdo.

Encontré a Shye acurrucada en uno de los sillones de cuero, con una manta suave que la cubría y un libro abierto en el regazo. Parecía completamente relajada a primera vista. Simplemente era una mujer mirando por la ventana el hermoso día de otoño. Pero luego se volvió ligeramente, lo suficiente para que yo viera el enrojecimiento de los ojos y la palidez del rostro. Por el tinte rosado de sus lágrimas a lo largo de sus mejillas, había estado llorando. De nuevo.

—¿Cariño? ¿Estás bien?

Ella finalmente volteó a verme y me dio la sonrisa más acuosa conocida por el hombre.

—No te escuché entrar.

Probablemente porque estaba atrapada en la rutina de revivir los recuerdos. De los años transcurridos entre el momento en que murió su padre y cuando yo la había arrebatado de su vida solitaria. De cómo su hermanastro la había torturado, golpeado y amenazado.

Todas las cosas que necesitaba tratar en algún momento. Pronto. Pero primero…

—Te ves como si tuvieses frío.

Ella se encogió de hombros, aún sin sostener mi mirada.

—Hacía un poco de frío antes.

—¿Por qué no te preparo la tina para un baño? Podemos sentarnos y conversar un poco mientras te calientas.

—No tienes que hacerlo.

—Quiero hacerlo. Además, siempre disfruto desnudarte.

Ella se rio, todavía sonaba demasiado suave para lo normal. Demasiado lejana. Todavía perdida en sus pensamientos. Sin embargo, la sacaría de ellos pronto. Le presté atención. Conocía sus signos de lucha y sus deseos casi tan bien como ella. Sabía lo que más necesitaba también, y se lo proporcionaría. Todavía no lo había hecho, no realmente. No completamente. Pero yo era un hijo de puta decidido. Firme y seguro. Ya llegaría allí.

Seguí a Shye escaleras arriba, mi cabeza inmersa en planes, pensamientos e información sobre el asunto en cuestión. No podía decirle lo que iba a hacer, porque intentaría detenerme. Estaría tan preocupada de que algo saliera mal que me suplicaría que no lo intentara. Y la escucharía, porque todo lo que quería era hacerla feliz. Darle lo que quería. Pero la necesidad tenía que superar a lo que quería, y lo que ella necesitaba era seguridad. Estabilidad. Eso significaba deshacernos de las arenas movedizas bajo nuestros pies.

Una vez que el agua de la tina comenzó a correr, me quité la ropa lentamente y amorosamente también le quité la suya. Verla desnuda siempre me excitaba, pero la mirada vacía y perdida de sus ojos, me impedía pisar el acelerador. Ella me necesitaba, pero no de esa manera. Al menos no todavía. Más tarde, querría mi peso sobre su cuerpo y mis brazos alrededor. Ella querría que la amara bien y despacio, querría perder la noción de todo menos de mí. Pasar unas horas siendo nosotros.

En ese momento, había alguien más en la habitación. El fantasma de un recuerdo que la obsesionaba, abarrotándonos a ambos. Entonces, esperaría y haría todo lo posible para romper el control de esa energía. Me aseguraría de que ella supiera que siempre la cuidaría, y le daría tiempo para olvidar una vez más.

Entonces, en lugar de darle besos, toques y empujarla hacia el pico del placer, la acomodé entre mis piernas en el agua caliente y comencé a lavarla. Cuidé a mi chica porque ella lo necesitaba. Necesitaba que fuera tierno con ella por un momento.

Estaba lavándole el cabello cuando murmuró:

—Eres el hombre más dulce.

No, yo era un hombre que le prestaba atención y estaba tan jodidamente agradecido por los regalos que me dio, que no discutiría con ella. No en este momento.

—Te mereces dulzura. Ahora, ¿qué te molestó hoy?

—No estoy…

—Shye.

Ella suspiró, recostándose contra mí mientras pasaba los dedos por su cabello mojado.

—El cumpleaños de Colt es hoy.

Colt. Su hermanastro. También conocido como un ejecutor de los Soul Suckers apodado Pistol. También conocido como el hijo de puta que intentó forzar a Shye a follar con treinta hombres por algún tipo de deuda después de que su padre muriese en un accidente automovilístico. Y cuando ella se negó, él le causó las cicatrices de la espalda. Treinta hombres o treinta latigazos.

Colt no merecía celebrar otro cumpleaños.

Le enjuagué el champú del cabello y la incliné hacia delante, permaneciendo en silencio. Dándole la oportunidad de contarme más. Al menos, hasta que ella se estremeció cuando le toqué la espalda.

—Alder…

—Te amo, cariño. —Besé a lo largo de su hombro, trazando las líneas de brutalidad con mis labios. Mostrar amor donde una vez le habían mostrado odio. Sin detenerme hasta que se hubo relajado nuevamente en mi abrazo.

Ella finalmente suspiró.

—Sé que lo haces.

No había manera de que entendiera cuánto, así que le besé las cicatrices nuevamente.

—Cada centímetro de ti.

—Esos son unos feos centímetros.

—Eres hermosa. Siempre.

—Y tú eres encantador.

—Todavía lo intento.

—Todavía tienes éxito. —Ella se giró y se puso a horcajadas sobre mí. Frente a mí en la bañera incluso cuando el agua salpicaba por los costados. Se parecía más a su ser normal—. Lamento estar tan molesta.

—No te atrevas a disculparte conmigo.

—No deberías tener que recoger mis piezas cuando me desmorono.

Ah, joder, no.

—Shye, me haces más feliz de lo que nunca creí posible. Entonces, sí, debería tener que hacerlo. Debería preocuparme, cuidar y hacer todo lo posible para mantenerte feliz porque no hay nada que me encante más que verte sonreír.

Y ahí estaba: su verdadera sonrisa. La que me daba solo a mí. La que me dijo que había encerrado a ese fantasma con fuerza. Por ahora.

—Sé que ya dije esto, pero espero que sepas que lo digo en serio cuando te digo que eres el hombre más dulce.

Ni siquiera cerca.

—Solo te devuelvo lo que me das. Ahora, vamos, salgamos de esta bañera y vistámonos. Tengo ganas de salir.

La sonrisa emocionada de su rostro se sintió como un golpe en mis entrañas. Había estado tan ocupado últimamente con el trabajo y haciéndome cargo del pueblo que no había pasado mucho tiempo mimándola como se merecía. Comenzaría a arreglarlo esta noche.

REPARACIÓN

Shye salió de la tina, cogió dos toallas y me entregó una mientras me preguntó:

—¿A dónde vamos?

Como si tuviéramos un montón de opciones.

—Estaba pensando que podríamos ir a La Cabaña de Baker a cenar, y después tal vez dirigirnos al bar country de Rock Falls para bailar un poco.

—Nunca me has llevado a bailar antes.

No lo había hecho, pero de repente quería pasar algunas horas con ella envuelta en mis brazos. Quería mecerme con ella de lado a lado mientras nos movíamos a través del piso de madera dura. Quería olvidar que Camden había renunciado al aserradero y dejado el pueblo, que Bishop prácticamente había hecho lo mismo con la cantidad de tiempo que él pasaba en Las Vegas con Anabeth, y que Gage y Katie habían matado al alguacil del condado la semana pasada, lo que había significado que tanto Deacon como nos vimos obligados a tomar una decisión de último minuto sobre la disposición del cuerpo de una persona relativamente pública. Ella necesitaba sacar su mente del pasado y yo necesitaba sacar mi mente del presente.

—Tal vez no, pero eso no significa que no pueda hacerlo esta noche. Vamos, cariño. Ponte un vestido bonito. Quiero presumir de ti un poco. Asegúrame de que todos los hombres del condado sepan que eres mía.

Su risa me calentó el corazón, pero mi sonrisa se esfumó en el momento en que salió del baño. Saldríamos esta noche. Le invitaría una buena cena, la llevaría a bailar. Le arrancaría las bragas para asegurarme que riera y se sonrojara varias veces. Y cuando la trajera a casa, la haría gritar mi nombre y seguro correrse en mi polla.

Pero mañana…

Mañana comenzaría a poner las cosas en movimiento. Mi chica necesitaba seguridad y protección.

Lo que significaba que yo necesitaba matar.

Capítulo
2

Alder

Que me sacaran del sueño en medio de la noche nunca había sido mi cosa favorita. Cuando era niño, normalmente era porque uno de mis hermanos tenía una pesadilla. Cuando crecí lo suficiente como para ayudar a mi padre a cuidar del pueblo, como todos los hombres Kennard estaban obligados a hacer, él tendía a despertarme porque había un problema que necesitaba resolverse. Una especie de emergencia que no podía esperar hasta la mañana.

Cuando me dirigí al ejército y me despertaban a medianoche se debía a los enemigos que llegaban o a las misiones que había que llevar a cabo de inmediato. O, simplemente, porque el oficial a cargo era un imbécil. Eso también había sucedido en mis primeros años, aunque llegué a ser el imbécil más tarde. El cambio fue el juego limpio y todo eso.

Una vez que me mudé a casa, si me despertaban en medio de la noche, era normalmente por un problema en el pueblo que necesitaba mi atención, tal como fueron mis años de adolescencia, cuando yo estaba completamente a cargo. Era totalmente responsable de las vidas de las personas que llamaban hogar a Justice.

Así que, sí, eran todas malas razones las que me arrebataban del sueño. Debido a mi historia, tendía a no gustarme que me despertaran. Al menos, no lo había hecho hasta que llevé a mi chica a mi casa y a mi cama.

REPARACIÓN

Tres años de quererla, preguntándome cómo sería amarla, y obtuve la respuesta. También aprendí a disfrutar de que ella me despertara. La mujer tenía tendencia a sacarme del sueño con sus manos sobre mi cuerpo, susurrando palabras obscenas suavemente en mi oído, y su cuerpo se preparado para mí. Grandes noches, pero no las mejores. Mis favoritas eran cuando me despertaba con los labios envueltos alrededor de mi polla. Como esta noche.

—Maldición, cariño —gemí y me arqueé con fuerza, deslizándome en el dulce y caliente cielo de su boca mientras me despertaba completamente. Ella tarareaba a mi alrededor y chupaba más fuerte, llevándome a lo profundo. Joder, me iba a correr. Probablemente solo sería en dos minutos y podría haber sido un adolescente excitado con el escaso control que tenía. O no lo tenía en absoluto.

Pero, Cristo, quería hacer que durara. Quería disfrutar de unos minutos extra de su amor por mí de esa manera. Quería grabar la imagen y la sensación en mi memoria. La forma en que su cabello me hacía cosquillas en los abdominales con cada movimiento de su cabeza, cómo mantenía sus manos apoyadas en mis caderas para hacer palanca. El calor húmedo de su boca me envolvía. Qué bien. Demasiado bueno para que cualquier hombre se resistiera. Esta mujer era demasiado pero no lo suficiente para una sola vez, y yo estaba allí con ella. Amando cada segundo de cielo e infierno que me daba.

Y cuando ella succionó esos labios, que estaban hechos para hacer exactamente lo que estaba haciendo, finalmente perdí la maldita cabeza. Con el placer aumentando en mis entrañas y mis pelotas apretándose, mi control se rompió. Pero no quería correrme en su boca.

—Sube aquí. —La agarré por debajo de los brazos y la arrastré a lo largo de mí, capturando su boca tan pronto como la tuve donde quería. Ella movió esas caderas pecaminosas sobre las mías hasta que me alineé bien, luego se hundió, llevándome dentro de ella. Pero no podía llevarme rápido. Mi chica era virgen cuando la conocí, y era mucho más pequeña que yo. Cada vez que teníamos sexo, tenía que ser cuidadoso, empujar mi camino hacia adentro lentamente. Para darle tiempo a que se estirara a mi alrededor, para que no gimiera de dolor. Ese primer minuto más o menos, cuando nos uníamos, siempre era una prueba de mi control, el calor, la tensión, la forma en que jadeaba y contenía la respiración mientras me abría camino más profundamente. Por todos esos desafíos que tenía que superar, no me corrí justo en ese momento.

Pero lo mejor, lo que más me apetecía y lo más alucinante que hizo mi chica fue cerrar los ojos y ronronear mientras yo me abría camino en lo profundo. Ronroneaba como un gato y ese ruido siempre surgía justo cuando me deslizaba por todo el camino. Justo cuando terminaba rodeado por su calor completamente. Ese sonido me hacía querer correrme fuerte cada vez. Yo había sido el hombre que la introdujo en el sexo, y saber que ella lo disfrutaba, que era capaz de entregarse al placer conmigo lo era todo. Nunca la merecería, pero me esforzaría al máximo para hacerla feliz. Y en este momento, hacer feliz a mi chica significaba hacer que se corriera.

—Alder, por favor. —Shye se sentó derecha, el cabello le caía sobre los hombros en ondas doradas, mi camiseta le cubría las partes que no le gustaba que viera. Sabía lo que quería, lo que amaba. Mi boca. O, más específicamente, mis palabras. Por mucho que no lo admitiera, le encantaba cuando le decía obscenidades.

—Eso es, cariño. Móntame duro. Déjame ver cómo tu pequeño coño mete mi polla hasta el fondo.

Rebotó más fuerte, gimiendo ruidosamente. Deslicé una mano entre nosotros, presionando el clítoris con el pulgar mientras trabajaba duro sobre mí. Mientras nos llevaba a ambos al borde de la liberación, luego se dejó llevar. La sensación de su corrida, la forma en que su coño se apretaba a mi alrededor y prácticamente me ordeñaba la polla, fue demasiado buena para resistirme. Demasiado. Había estado luchando el tiempo suficiente por querer correrme. Me levanté con fuerza, gimiendo mientras la llenaba. Mientras entraba en su calor.

—Joder. —Respiré hondo y la lancé por mi cuerpo, besándola bien fuerte cuando la tuve envuelta en mis brazos—. Me encanta cuando me despiertas con tu boca.

—Lo sé. —Se rio y se acurrucó sobre mí, agarrándose a mis brazos mientras recuperaba el aliento—. Me lo dices cada vez que lo hago.

Lo hacía.

—Solo quiero asegurarme de que sabes lo feliz que me haces.

Levantó la cabeza y llevó su boca a la mía, dándome uno de esos dulces, dulces besos que casi hicieron que mi corazón se detuviera. Sin embargo, su sonrisa cuando se alejó lo reinició.

—Me alegro de hacerlo porque siento lo mismo por ti.

—Bien. Entonces estamos empatados. —Le di una palmadita en el trasero y la ayudé a ponerse de pie, sabiendo que querría limpiarse un poco antes de volver a dormir. Después de que ambos nos ocupáramos de lo que necesitábamos, arrastré su traserito bajo las sábanas y la puse contra mi pecho—. ¿Estás bien ahora, cariño?

Tarareó su asentimiento.

—Cena, baile y amor por la noche. Esta ha sido la mejor noche de todas. —Mi risa sacudió el colchón.

—Me alegro de que lo hayas disfrutado.

Soltó un gran suspiro y se acurrucó más cerca.

—Nunca esperé ser tan feliz.

Ese comentario me robó todo el aire de los pulmones.

—¿No pensaste que te haría feliz?

—No pensé que harías algo conmigo. Después de que mi padre murió, después del accidente, nunca esperé... —Suspiró, frotando su rostro contra mi pecho. Escondiéndose—. Fuiste una sorpresa para mí, es todo lo que quise decir.

Pero no lo era, y ambos lo sabíamos. No esperaba ser feliz porque su hermanastro le había hecho la vida imposible y la amenazaba a cada paso. La había tratado como un objeto, como algo que le pertenecía. Algo de lo que podía abusar sin consecuencias. Y en el fondo, sabía que aún le preocupaba que él volviera a por ella. A mí también me preocupaba, por eso nunca la dejaba sola. Si no estaba conmigo, uno de mis hombres estaba con ella y la mantenía a salvo.

Pero el peligro acechaba, y había cosas que no podía controlar o anticipar. Un pensamiento que se había estado formando dentro de mí desde que el club de motociclistas del que formaba parte su hermanastro había quemado su remolque. Habían comenzado una guerra en Justice, trayendo una batalla directamente a mi puerta, e iba a tener que terminarla. Especialmente si quería mantenerlos tan lejos de Shye como fuera posible, lo cual hice. Quería asegurarme de que los hombres de Soul Suckers nunca más se cruzaran con ella.

¿Y entonces? ¿Cuando finalmente me asegurara de que no había amenazas sobre la cabeza de Shye que la asustara? ¿Cuando le allanara el camino para que tuviera una vida lo más feliz posible y sin temor? Me casaría con ella. Ya lo deseaba, lo anhelaba como nada, sin importar el poco tiempo que lleváramos juntos. La había deseado durante tres años antes de que me diera una oportunidad. No iba a perder más tiempo esperando. Pero primero, tenía que erradicar la amenaza para ella.

Lo que significaba que tenía que romper la conexión entre Shye y los Soul Suckers.

Capítulo
3

Alder

Por la mañana, los pensamientos que permanecían en mi cabeza no eran buenos. No eran recuerdos de una noche divertida con mi chica o la sensación de sus labios envolviéndome. No me desperté para disfrutar de las felices vibraciones residuales que me habían rodeado la noche anterior. Ninguna alegría persistió, ninguna sensación de saciedad importaba. Mis pensamientos esa mañana se habían oscurecido.

Eran mortales. Asesinos, incluso.

Shye no había dormido bien después de despertarme. De hecho, pareció tener pesadillas durante el resto de la noche, gimiendo en sueños hasta que la apreté fuerte y le susurré al oído para recordarle que estaba con ella. Que nada la alejaría de mí. Ella se tranquilizaba por un rato, y volvía a caer en un sueño inquieto hasta que el ciclo comenzaba nuevamente. Estaba exhausto, pero aún más que eso, estaba enfadado. Mi mujer merecía descansar tranquilamente. Merecía la paz de saber que la cuidaban, que no había nada para atraparla. Ningún demonio esperando para arrebatarla de la vida que amaba. Ella merecía sentirse segura, y el hecho de que no descansaba únicamente en mis hombros. Lo que significaba que tenía un trabajo que hacer. Uno para el que me había pasado meses preparándome. Había estado estudiando mucho, pero se acercaba el examen final. Y pronto.

REPARACIÓN

Seguí a Shye hasta La Cabaña de Baker, el restaurante donde trabajaba de camarera unos días a la semana. No era que ella necesitara hacerlo, pues le había prometido proporcionarle todo lo que deseaba. Pero a Shye le apetecía ganarse su propio dinero, y yo respetaba eso. Sin embargo, me negué a permitir que siguiera trabajando en la parada de camiones de la línea del condado. No podía vigilarla allí, así que me aseguré de que Katie, una chica local que se había mudado recientemente de Denver, tuviera todo lo que necesitaba para abrir un restaurante en el pueblo. Luego la convencí de que Shye sería la camarera perfecta para su nuevo negocio. Mi chica era muy trabajadora, ya lo había visto. También era amable y bonita, la persona perfecta para servir a los viejos leñadores gruñones que bajaban de las montañas todas las noches. Y todos esos hombres trabajaban para mí: no tenía que preocuparme por las manos errantes o las proposiciones.

Afortunadamente, las mujeres se llevaban bien e incluso estaban comenzando una amistad. Lo consideré una gran victoria. Justice consiguió un restaurante, Shye consiguió un trabajo y mi equipo consiguió un grupo conveniente de mujeres y un niño que necesitaban protección en la misma área: Katie, mi Shye y Mercy, propietaria de la ferretería del pueblo y su hijo pequeño. Y con la relación floreciente entre Katie y el mejor amigo de mi hermano, Gage, un ex SEAL de la Marina con una actitud casi tan amplia como sus hombros, sabía que esas mujeres estarían bien protegidas.

Especialmente cuando no podría estar allí... como hoy.

Gage estaba sentado en la barra del restaurante cuando entré con Shye. Sin embargo no estaba Rex, su compañero canino siempre presente, que era una vista tan regular que me pareció inusual no verlo al lado de su amo.

Ese hecho me puso al límite.

—¿Qué pasa, hombre?

Gage asintió con la cabeza, pero no se puso de pie, tampoco dijo una palabra. Simplemente se sentó y parecía listo para atacar. No tardé mucho en descubrir por qué.

Un hombre salió del baño, uno que no reconocí en lo más mínimo. Uno cuyos jeans rígidos, camisa oscura con cuello y gruesas gafas negras lo hacían parecer un poco... fuera de lugar. Como un disfraz de Clark Kent en lugar de Superman o algo similar.

—Tú debes ser Alder Kennard —dijo el extraño, inclinándose hacia mí—. Soy Zane Grogan, el subalguacil del alguacil Baker, creo que soy una especie de alguacil en este momento, ahora que él no está. —Su sonrisa me recordó a la de Bishop cuando se estaba preparando para bromear, como una serpiente de cascabel preparada para atacar. Afortunadamente, había estado lidiando con mi hermano y sus payasadas durante la mayor parte de mi vida. Sabía cómo manejar al subalguacil. Pero primero, necesitaba asegurarme de que mi chica estuviera fuera del camino.

Le di unas palmaditas en el culo a Shye y me incliné para darle un beso rápido en la mejilla, manteniendo mi cuerpo entre el de ella y el del intruso.

—Vuelve atrás, cariño. Te recogeré más tarde.

—Ten un buen día. Ven a verme a la hora de almorzar si puedes.

—Lo prometo. —Le lancé una mirada a Gage que lo sacó de su taburete. Se acercó y acompañó a Shye a la cocina, susurrándole y haciéndola sonreír. Shye se apresuró a cruzar el restaurante con Gage, pasando a toda prisa por el subalguacil, luciendo pequeña y casi asustada mientras yo la seguía con los ojos. Inaceptable, Grogan mirando y ella asustada.

—¿Te apetece lo que ves allí, Grogan?

Zane volvió su mirada azul hielo hacia mí, la mirada en su rostro era astuta.

Calculadora.

—De hecho, sí. Bonito lugar que Justice tiene en esta Cabaña de Baker. No puedo decir que haya tenido la oportunidad de venir aquí antes, así que no tenía idea de qué esperar cuando Mark, lo siento, el alguacil Baker, me dijo que su sobrina había abierto un restaurante aquí. Es más de lo que pensé que sería.

Sí. La sobrina de Baker era dueña del restaurante. También había ayudado a matar a su tío después de que él intentara y no lograra secuestrarla para los Sucker Soul. Por lo que entendí, Gage, que estaba de vuelta en la barra como una roca esperando aplastar lo que se encontraba en su camino, en realidad había apretado el gatillo. No es que importara si el subalguacil Grogan comenzó a cavar demasiado profundo.

—¿Algo que pueda hacer por usted, alguacil?

—Subalguacil, todavía. Al menos, hasta que se encuentre el cuerpo de Baker.

—No sabía que la investigación sobre su desaparición se había convertido en un homicidio.

—No lo ha hecho. Todavía no, al menos. —Él sonrió, mostrando demasiados dientes. No era una serpiente de cascabel a punto de atacar. Más bien como si alguien intentara demasiado parecer amistoso—. Pero Mark era un buen hombre, sólido y seguro. No puedo imaginar ninguna otra razón por la que desaparezca repentinamente a menos que haya un juego sucio involucrado.

Podía imaginar muchas razones, la mayoría de ellas porque buenas, sólidas y seguras eran las palabras menos precisas para describir a Mark Baker que se habían dicho.

—Veo. Entonces, ¿qué te trae por Justice?

—Solo estoy conduciendo por aquí, de verdad. Esperaba ver a la sobrina de Mark, tal vez hablar con ella sobre su tío, pero su perro guardián dice que no está.

Seguramente Katie estaba en la parte de atrás, probablemente con Rex a su lado, lo que significaba que Gage estaba interfiriendo. Hombre inteligente.

—Parece que tendrá que programar su conversación para otro día. Lamento que tu viaje haya sido en vano.

—No en vano. —Tomó una bolsa del mostrador, uno de los almuerzos empacados de Katie, y una taza de café para llevar—. Tu amigo me proporcionó esta comida para llevar, y logré conocerte.

Algo sobre eso sonaba más siniestro de lo que parecían las palabras mismas.

—¿Alguna razón por la que me estabas buscando?

—Realmente no. Me preguntaba qué ha estado sucediendo por aquí últimamente. He escuchado algunos rumores.

—¿Qué tipo de rumores?

Se encogió de hombros como si fuera una conversación casual.

—Que el pueblo se está tornando peligroso. Algunos hombres desaparecidos. Buenos hombres. Como el alguacil.

¿Buenos? Los únicos hombres desaparecidos eran los del club de motociclistas Soul Suckers que habían venido a quitarme a Shye. Y quienes intentaron secuestrar a la chica de mi hermano, Anabeth. Y algunos que habían atacado a Katie junto con su tío. No tan buenos, en mi opinión.

—No puedo decirte nada sobre los hombres desaparecidos. Sin embargo, esa pandilla de motociclistas de Soul Suckers ha estado por aquí bastante, tal vez deberías estar vigilándolos.

Su lenta sonrisa bien podría haber sido una amenaza en su rostro.

—Oh, ya los he vigilado. Tuve una larga conversación con un hombre llamado Pistol. Tenía muchas historias que contarme sobre ti y tu chica. Su nombre es Shye, ¿verdad?

Si Gage no hubiera saltado para presionar una mano en mi pecho, probablemente habría terminado en la cárcel por asesinar al subalguacil del condado en este momento.

—Alder. —Gage me hizo retroceder físicamente—. No lo hagas. —Sin embargo, mi atención no estaba en él.

—Si vuelves a traer ese nombre en esta pueblo, no importará quién esté cerca, te dejaré tirado donde estés.

Grogan no parecía sorprendido por mi ira.

—¿Es una amenaza, Alder Kennard?

—Es una promesa. —Empujé a Gage y me dirigí a la cocina, necesitando asegurarme de que mi chica estuviera bien, para saber que el hijo de puta de Pistol no había pasado sobre mí de alguna manera. Deseando de repente poder llevar a Shye a casa conmigo y empacar nuestras cosas. Nunca había huido nada en mi vida, pero tampoco había tenido tanto que perder. Si fuera solo yo, lucharía hasta la muerte. ¿Pero tener a Shye a mi lado? Eso lo cambió todo. Quería mantenerla a salvo, y quizás significara que no se quedara en Justice.

—Espera —gritó Grogan, levantando las manos—. Solo quería hablar contigo, Kennard.

—Sí, bueno, hablar es gratis. —Me detuve en la puerta de la cocina, asegurándome de sostener la mirada del cabrón mientras le dije—: Salga de mi pueblo, subalguacil Grogan.

—No eres la ley aquí.

Me reí. Fuerte y largamente. Prácticamente me carcajeé en el restaurante.

—Sabes, escuché eso del alguacil Baker hace solo unos meses. Esas mismas palabras exactas. —Mi risa se detuvo—. Estaba equivocado entonces y tú te equivocas ahora. Soy la única ley en este jodido pueblo.

Grogan no retrocedió.

—Quiero hablar contigo sobre los Soul Suckers.

—A menos que esa charla incluya detalles de cómo estás arrestando a esos hijos de puta asesinos, no tengo nada que decir.

Sus labios se afinaron, sus ojos se pusieron duros.

—No puedo arrestarlos. No sin algún tipo de caso para darle al fiscal de distrito.

—Como dije... —Extendí los brazos y retrocedí—. Conduzca de manera segura fuera del pueblo, subalguacil Grogan. La próxima vez, llame antes de cruzar Justice. Estamos muy ocupados por aquí.

Antes de que pudiera desaparecer en la parte de atrás, el gilipollas de Zane Grogan intentó una última vez:

—Mark Baker era un amigo mío, lo sabes.

—Deberías tener más cuidado a quién llamas amigo, porque te puedo garantizar esto: ese hombre te habría vendido en un abrir y cerrar de ojos. Al igual que vendió a todos los demás a su alrededor.

Y con eso, atravesé la puerta batiente hacia la cocina, dejando al subalguacil con Gage.

Shye estaba esperando por mí.

—¿Estás bien?

No respondí, solo la recogí y la llevé al pasillo trasero donde podría estar a solas con ella. Donde podría quebrarme aunque solo fuera por un segundo sin que nadie más lo viera.

—Alder, cariño. Me estás asustando.

Solo una cosa más para agregar a mi montón de cómo le había fallado. Me detuve, apoyándola contra una pared y deslizando mis manos por sus piernas. Enjaulándola contra el muro de hormigón con mi cuerpo, mientras trataba de recuperar el aliento.

—No es mi intención.

—Lo sé. —Ella tiró de mi cabello, haciéndome gruñir. Sabía cuánto me encantaba cuando lo hacía—. ¿Qué pasó?

—Nada, cariño.

—Alder. —Mi nombre era una reprimenda en sus labios. Uno que no podría ignorar por completo.

—No pasó nada. Todavía.

Ella me dio una mirada dura y preocupada.

—No sé si ese «todavía» me gusta.

Si ella supiera lo que estaba involucrado en ese «todavía», definitivamente no lo agradaría.

—Estará bien, ¿de acuerdo? Lo prometo.

Ella me miró, muy hermosa y frágil. Bendiciéndome con su sonrisa y sus ojos cariñosos y su cuerpo envuelto alrededor del mío. Era todo lo que podría haberle pedido a Dios antes de las guerras y las batallas, y la maldad de la vida me hizo difícil creer que existiera. Shye me hizo creer de nuevo con su bondad, su confianza. La simple fe que ella puso en mí sin dudar. La mujer me amaba, no había dudas en mi mente al respecto.

—Te amo, Shye —susurré incapaz de contenerme. Su sonrisa creció, iluminando todo el pasillo.

—Sé que tú me amas.

—No creo que sepas cuánto.

—Sí, Alder. Realmente te amo.

Palabras que quería escuchar, pero solo en un lugar diferente. O joder, este lugar. Si ella me los dijera con un predicador a nuestro lado, podríamos hacer lo que ella quisiera. Mientras al final, fuera mía en mayúsculas. De manera legal.

Yo era la ley en Justice, pero no por esto. No para registros y documentos del condado. Para ella, quería hacerlo oficial. Quería todo.

La quería unida a mí para siempre. Pero para conseguirlo, primero necesitaba quitar algunas cosas de nuestro camino.

Capítulo

4

Alder

Tardé casi una hora en poder dejar a Shye con Gage y Katie. Me llevó treinta minutos llegar al aserradero mientras retrocedía y recorría las calles de Justice para asegurarme de que el subalguacil no estuviera al acecho en algún lugar.

Afortunadamente, tuve el buen ánimo de enviarle un mensaje a Deacon en cuanto salí del restaurante, sin palabras floridas ni deseos de buenos días. Solo un simple *lleva tu trasero al aserradero*.

Entendería el mensaje.

Deacon tardó menos tiempo en llegar de lo que esperaba, ya que era muy temprano y solía ser un búho nocturno. Tan poco tiempo, en realidad, que me estaba esperando en mi oficina cuando finalmente llegué.

—Me sorprende que ya estés despierto.

Me lanzó una mirada que decía que no estaba de humor para bromear y me pasó una taza de café por el escritorio.

—Un gilipollas me envió un mensaje para que moviera el culo hasta aquí justo cuando me iba a dormir, pero viendo que mi trasero está unido al resto de mí, te quedas con todo el paquete.

Me dejé caer en mi asiento detrás del escritorio y tomé el café. Tenía un termo lleno que Shye me había hecho esta mañana, pero no era un hombre que rechazara una taza.

—Gracias.

—De nada, imbécil. —Tomó un sorbo del café, mirándome por el borde de la taza con esos casi inquietantes ojos verdes. Sabía lo que estaba esperando, una explicación de por qué lo había citado aquí. Podía quejarse todo lo que quisiera, pero era mi mejor amigo. Sabía que aparecería si se lo pedía... o exigía, por así decirlo. También sabía que no había nadie más a quien quisiera a mi lado mientras me ocupaba de lo que necesitaba. Conocía al hombre tanto como un soldado que como un amigo. Sabía que se aseguraría de que hiciéramos lo que necesitáramos en cualquier misión, sin preguntas, y que saldríamos limpios. Por eso lo llamaba a él en vez de a uno de mis hermanos.

—Ya es hora.

Apenas respondió a mi declaración, solo con una ligera inclinación de cabeza antes de apartar la taza de café del rostro.

—¿Tienes un plan?

—Creo que sí.

Eso lo hizo reaccionar. Un solo levantamiento de ceja que parecía un signo de interrogación en su rostro.

—¿Piensas o sabes?

Le di el tiempo que se merecía, dejé que todos los datos que Gage nos había dado sobre la vida de Pistol pasaran por mi mente, dejé que la información que habíamos adquirido del motociclista llamado Parris llenara los huecos. Permitió que todas las piezas del rompecabezas se deslizaran en su lugar en mi mente para crear una imagen sólida. Una que pudiera usar para entrar en la vida de Pistol.

—Lo sé —dije inclinándome hacia adelante—. Ya he pasado suficiente tiempo revisando detalles y aprendiendo cosas en las que nunca quise pensar. Algunas cosas pueden estar en marcha, pero la base de mi plan es sólida. Podemos ocuparnos del problema.

—¿Estás seguro de que no se volverá contra Shye de alguna manera?

Me encantaba que pensara en mi chica, y eso demostraba que tenía mis mejores intereses en el corazón. Porque si alguna vez resultara que fuera contra Shye, nunca lo superaría.

—Me aseguraré de que no suceda.

La ceja del signo de interrogación volvió a su sitio, y Deacon tomó otro sorbo del café antes de decir:

—¿Cuándo empezamos?

—Esta noche.

REPARACIÓN

Pasamos las siguientes horas repasando la información que habíamos reunido sobre Pistol. Deacon revisó mi plan base, ampliándolo, teniendo en cuenta ciertos detalles de información que suponía intrascendentes pero que él consideraba importantes. Cuando terminamos, nos las arreglamos para revisar una cafetera, una caja de galletas de la esposa de uno de mis empleados, tres bolígrafos y un marcador que terminó siendo arrojado a la pared durante una discusión particularmente estresante sobre la limpieza post misión. Pero al final, tuvimos un claro y conciso plan de ataque. Uno que probablemente tomaría unos pocos días en llevarse a cabo.

Lo que significaba que tenía que dejar el pueblo por un tiempo. Y a Shye.

Volví a casa al final del día, temiendo la conversación que necesitaba tener con Shye. Sabiendo que me diría que estaba bien, que estaría bien sin mí durante unos días. También sabiendo que estaría mintiendo.

—Alder —me dijo en cuanto entré por la puerta principal, apartándose de la estufa y corriendo hacia mí. Pero mi chica era inteligente y muy observadora, especialmente cuando se trataba de mí. Esa sonrisa se desvanecía cuanto más se acercaba.

—¿Qué pasa?

¿Se ve? Inteligente.

—Te amo, nena. No importa lo que pase.

Se sintió rígida mientras la rodeaba con mis brazos. No podía culparla. Esa respuesta había sido una mierda, pero no estaba listo para dejar todo por ella. Todavía no. Necesitaba abrazarla, saber que estaba a salvo. Entonces podría interferir en los engranajes de nuestra vida juntos.

—Dímelo. —Jaló de mi cabello, besándome el cuello mientras me susurraba otra vez—: Dime.

No había suficiente aliento en mis pulmones.

—Tengo que irme por unos días.

—¿Por qué?

Negué con la cabeza, resistiéndome a mentirle. Tampoco estaba dispuesto a decírselo.

—Finn vendrá a quedarse en la casa contigo.

—Alder. —Fue una amonestación en sus labios. Una que me dolió más de lo que había pensado que podría.

Le agarré la cara y la acerqué, presionando los labios en su oreja.

—Sabes que no puedo decírtelo. No puedo meterte en esto. —Me agarró las muñecas, sacudiéndose. Temblando.

—¿Cuándo?

—Esta noche. Pronto.

—Bien.

Y eso fue todo... una palabra, y tuve su aprobación. Su confianza. Su... todo. No me lo merecía. Pero ella sabía qué clase de hombre era cuando nos encontramos, sabía que yo era un soldado. Un protector. Me había observado casi tanto como yo la había observado a ella durante esos tres años en los que anduvimos en círculos uno con el otro. Llegó a esta relación sabiendo que haría cualquier cosa para protegerla.

Y lo haría.

Cualquier cosa.

—Vamos —dijo con un suspiro cuando no le ofrecí más información—. Preparé la cena. Vamos a alimentarte antes de que tengas que ir a hacer... lo que sea.

Le atrapé la muñeca antes de que pudiera irse.

—¿Estás bien, nena?

—Lo estaré. Una vez que vuelvas a casa conmigo. A salvo. Sí, lo entendí.

La cena fue tranquila, solo nosotros dos tratando de no pensar en lo que se venía. Después, cargué el lavavajillas y lavé las cacerolas. Normal, nada inusual, excepto por la sofocante tensión que nos rodeaba. Cuando Finn llegó, le echó un vistazo a Shye y desapareció en la sala, diciendo que necesitaba comprobar las puntuaciones de algún juego. Tenía la sensación de que simplemente intentaba darnos espacio, así que lo dejé ir sin decir nada más y subí a hacer las maletas. Shye me siguió en silencio. Vigilante. Preocupada.

Revisé mi bolso por si faltaba algo y lo tiré sobre la cama. Luego fui por mis armas. Afortunadamente, tenía la mayoría organizadas de tal manera que podía tomar un bolso o un maletín y llevármelo todo. Pero había unas pocas, un puñado de artículos, que se guardaban por separado ya que tenían tan poco uso. Unos pocos explosivos, algunos equipos de visión nocturna, y ropa de cuerpo blindado se añadieron a la pila. Mi sección de por si acaso las cosas se iban a la mierda, por así decirlo.

Shye debió de haber estado pensando en la misma línea. De repente se acercó por detrás de mí, y su pequeño cuerpo envolvió el mío, con los brazos serpenteando por mi pecho y su cabeza acurrucada en mi columna.

—Te amo, Alder.

Mi corazón casi se quiebra con la dulzura de esas palabras, y cogí una de sus manos para llevármela a los labios. Un beso, dos. Me aferré a ella tanto como pude.

—Yo también te amo, nena. Más que a nada en el mundo.

—No necesitas hacerlo.

Me di la vuelta, deseando verle el rostro. Para ver sus ojos. No importaba cuánto me mataran las lágrimas en ellos.

—Aunque lo hago. Es hora de limpiar lo último de este desastre, y soy el único hombre que lo hará. ¿De acuerdo?

Su labio tembló, rompiendo algo dentro de mí en puro dolor.

—No quiero perderte.

—No lo harás.

—¿Qué pasa si no llegas a casa?

—Lo haré. Pase lo que pase, llegaré a casa. Siempre. —La tomé en mis brazos, prácticamente acunando su pequeño cuerpo contra mi pecho. Diciendo en serio cada palabra de mi promesa a ella—. Estoy haciendo esto por nosotros, Shye. Y una vez que termine, una vez que sepa que estás a salvo, me casaré contigo, y pasaremos el resto de nuestras vidas envueltos así. Tú y yo. Y tal vez un perro.

Resopló una especie de risa.

—Eso crees, ¿eh?

—Lo sé, aunque el perro es solo una posibilidad. No me apeteció que Rex te quitara tanto tiempo cuando lo tuvimos esos días. —Le di un beso suave queriendo probarla, pero conteniéndome. Sabiendo que necesitaba más palabras en ese momento. Serias, no más bromas—. Me encargaré de la amenaza a ti, entonces podremos empezar nuestra vida juntos. Una vez que haga mi trabajo como tu hombre.

—Oh, Alder. —Se levantó para besarme de nuevo, para poner la más suave presión de sus labios contra los míos antes de volver a bajar—. Me casaría contigo hoy si me lo pidieras.

Eso, al menos, fue un punto brillante de mi día.

—Te preguntaría ahora mismo si tuviera esta mierda bajo control. Así que, prepárate, preciosa. Tendré una pregunta para ti cuando vuelva a casa.

Cogí las maletas, sabiendo que era hora de ponerse en marcha. Deacon me esperaba en el The Jury Room. Cuanto antes me fuera, antes me ocuparía de toda esta mierda. Y más pronto podría volver a casa con mi chica y la vida que siempre quise.

Shye me siguió hasta la puerta principal y salió al porche, viendo cómo cargaba la camioneta. Parecía un ángel apoyada en el poste de la escalera mientras la última luz del sol se escondía tras las montañas y los árboles y la bañaba en un brillo dorado.

¿Cómo se suponía que iba a despedirme de ella?

¿Cómo no iba a hacerlo, sabiendo lo que había al acecho?

Una vez que tuve la camioneta lista para salir, me apresuré a volver al porche. De vuelta a ella. Le di un último beso profundo, asegurándome de pasarle las manos por el trasero solo porque podía, antes de alejarme. Antes de bajar las escaleras. Antes de dejarla. Pero volvería, y entonces...

—Prepárate, nena.

—¿Para qué? —La hice sonreír.

—Para mí cuando te pida que te cases conmigo en cuanto llegue a casa.

—Oh, lo haré, pero será mejor que tú también estés preparado.

—¿Para qué?

Giró sobre sus talones y voló hacia la puerta, solo me respondió una vez que estaba prácticamente dentro de nuevo.

—Para que diga que sí.

No pude contener la sonrisa. Sí, estaría listo para eso. Solo había un obstáculo en mi camino, y me encargaría de resolverlo. Era el momento.

Era hora de matar a su hermanastro.

Capítulo
5

Alder

Bueno, ¿no es este el escondite perfecto? —Deacon miró por la ventana lateral con el rostro en la sombra—. Este tío nos tendió una buena trampa, ¿no?

—Seguro que lo hizo. —Doblé la esquina por última vez antes de estacionar en la acera en un tranquilo tramo de calle residencial a una cuadra de nuestra meta—. Vamos a pie por ahora. Volveremos a por las cosas.

No tenía sentido avisar que algo sucedía, las luces de fondo eran difíciles de ocultar.

—Suena como un plan. —Deacon saltó de la camioneta y cerró la puerta en silencio mientras miraba el oscuro y casi desierto vecindario. Sí. Nuestro hombre había preparado bien su propio asesinato, aunque aún no lo supiera.

Pistol, o Colt, alias hombre muerto, vivía en una casa de un solo piso en las afueras de la ciudad de Boulder. Su casa se encontraba de espaldas de la calle, con grandes arbustos crecidos a su alrededor y enormes árboles que daban sombra a la mayor parte de la propiedad. *Lamentable* habría sido una buena manera de describir la propiedad, *descuidada* también funcionaba. Sin embargo, encajaba perfectamente. El vecindario en sí había empeorado con los años, ya que había muchas casas vacías en su calle, junto con otras que parecían necesitar rehabilitación.

Por suerte para nosotros, nuestra investigación había descubierto que había un lugar vacío justo enfrente de la casa de Pistol. Como la mayoría de las casas de la calle, nuestra casa temporal estaba a la sombra de grandes y viejos árboles y arbustos. Dudaba que alguien pudiera ver el lugar desde la calle. La situación era la que hubiéramos deseado en las Fuerzas Especiales: fácil de llegar, fácil de acceder al objetivo para vigilarlo, fácil de eliminarlo. La única parte difícil sería tener la paciencia para esperar el momento adecuado y atacar. No era una misión estándar del gobierno, esto involucraba a mi mujer, y encontrar el control para no ir corriendo por la calle para romperle el cuello al cabrón que le infundía miedo en su corazón era probablemente la cosa más difícil que había tenido que hacer.

Deacon se encargó de la entrada, siempre había sido útil de esa manera, así que me ocupé de meter el equipo, cruzar los patios y mantenerme fuera de las aceras, por si acaso. En cuanto nos acomodamos, preparamos el equipo para capturar imágenes, vídeo y sonido desde la casa de Pistol. ¿Legal? No, por supuesto que no. Tampoco lo que planeaba hacerle una vez que tuviéramos suficiente información para hacer nuestro movimiento.

A la mañana siguiente, mientras Pistol se dirigía a su almuerzo semanal con el presidente del club, gracias, Gage, por toda tu investigación, me colé en su casa para instalar algunos micrófonos. No creí que nos dieran nada útil, pero verificar los objetivos y la información era algo que no nos molestaba ni a Deacon a mí. Casi un hábito. Escuchábamos y observábamos durante un día o dos antes de entrar en acción.

Lo que significaba tiempo lejos de mi chica, y eso no me ponía de buen humor.

Algo que mi compañero en este esfuerzo no apreciaba.

Ese primer día fue largo.

—Aquí —dijo Deacon en nuestra segunda mañana en la casa mientras me ponía enfrente una taza de café y una rosquilla de una de esas cadenas—. Recogí el desayuno mientras estaba en mi vigilancia perimetral.

No había forma de que ese café fuera tan bueno como el de Shye.

—No tengo hambre.

—No, pero eres un gilipollas. Toma un poco de azúcar, tal vez tu humor mejore.

Lo único que mejoraría mi estado de ánimo sería terminar esta misión y volver a casa con mi chica. Una imposibilidad en este momento. Ni siquiera podía enviarle un mensaje de texto sin preocuparme de que estuviera atada a esto. Nadie podía saber que estábamos en Boulder, según nuestros amigos y Shye, estábamos en Las Vegas para un fin de semana de chicos. Incluso teníamos a Bishop haciendo algunas compras en el camino con un par de tarjetas de crédito que le enviamos, solo para cubrir nuestras bases. Si alguien preguntaba, había un rastro de que Alder Kennard y Deacon Manns estaban pasando tiempo en el Las Vegas Strip. Mientras nadie buscara cámaras, lo que pasaba en Las Vegas se quedaba en Las Vegas.

Así que, sí. Estaba de mal humor. Deacon probablemente ya estaba cansado de tratar conmigo.

Tomé el maldito café y la rosquilla.

—Gracias.

—Así está mejor. —Tomó un sorbo del café antes de colocarse en su lugar contra la ventana del frente. Le hubiera gustado estar más arriba, en una ventana del segundo piso o en el techo, incluso, pero no teníamos esa opción con la casa en la que estábamos de cuclillas. No importaba. Si llegaba el momento, le dispararía. Aunque no era lo que queríamos, prefería tratar con el bastardo frente a frente. Dejarle ver lo que le esperaba en lugar de darle el regalo de una muerte súbita. Además, disparar al otro lado de la calle, sin importar el silenciador que tenía Deacon en el rifle de largo alcance, podía llamar la atención. Definitivamente no queríamos eso, pero sacaría a Pistol de cualquier manera. Siempre y cuando ni Deacon ni yo pudiéramos ser acusados del asesinato, pensaba que sería un buen plan. Sin embargo preferiría que fuera perfecto.

—¿Crees que Camden va a volver? —preguntó Deacon de la nada, desviando mi atención de la casa de enfrente.

—Sí —dije después de darle a la pregunta el pensamiento que merecía—.

Algún día. Pertenece a Justice tanto como los demás.

—Lo que le pasó... cambia a un hombre. Puede hacer que sea una persona diferente de la que conoces.

Cierto. Los Soul Suckers habían incendiado la casa de Camden mientras él estaba fuera, atrapando a su esposa dentro y matándola en el proceso. Habíamos eliminado a uno de los cabrones que lo había hecho, pero el otro, un Soul Suckers con el nombre de Coyote, seguía ahí fuera. Camden lo sabía, sabía que uno de los hombres responsables de la muerte de Leah aún respiraba, y ese hecho lo había carcomido hasta que se quebró. El impacto del asesinato de Leah aún me afectaba profundamente. No podía ni imaginar cuán profundo era para él. Si esos cabrones hubieran llegado a Shye como lo intentaron...

—Joder. —Negué con la cabeza cuando Deacon levantó la vista—. Solo... estoy preocupado por Shye.

—Finn está con ella.

Mi hermano menor, uno de los gemelos, y un exdrogadicto.

—Sí.

Y aun así, la duda me carcomió, ¿estaba haciendo lo correcto? ¿Shye estaba a salvo?

¿Había tomado buenas decisiones por ella, por el pueblo, por todos? La muerte de la esposa de Camden me había hecho perder la cabeza, y el hecho de que Camden me culpara de esa muerte antes de dejar el pueblo me hizo perder la confianza. ¿Y si todas mis decisiones estaban equivocadas? ¿Y si...?

—Detente. —Deacon señaló con el dedo cuando miré hacia él—. Te conozco demasiado bien y casi puedo oler tus pensamientos quemándote la cabeza. Deja de dudar de ti mismo. Nadie podría haber predicho lo que pasó con el remolque de Shye o la casa de Camden. Nadie. Ni siquiera el gran y poderoso Alder Kennard.

Vaya gilipollas.

—Debí dejarte con Shye y traer a Finn conmigo. Al menos él no habla tanto.

—Sí, pero entonces estaría a solas con tu mujer.

—¿Estás diciendo que intentarías robármela?

—Un hombre no puede robar lo que no quiere ser robado. Pero yo soy un hijo de puta encantador. Hasta Felicia lo dice.

Una mujer de Rock Falls con la que Deacon había pasado un poco de tiempo.

—¿Has tenido qué... tres citas? Yo esperaría que tu encanto funcionara.

—Te haré saber que las fiestas de pijamas están ocurriendo. Tengo esto en la bolsa.

—Sí, bueno... las bolsas se rompen, hijo de puta. Será mejor que refuerces esa cosa.

—¿Eso es lo que haces con Shye? ¿Reforzar?

Mi chica no parecía necesitar que le recordaran lo mucho que significaba para mí, pero aun así lo hacía. Todos los días.

—Maldita sea, sí que lo hago.

—Estás dominado.

—Que así sea. Soy feliz.

—¿Ves? Te dije que el azúcar te pondría de mejor humor. —Me sonrió antes de tomar otro sorbo del café y ajustar su rifle para ver por la mira. Cristo, el hombre tenía una actitud de sobra. Y yo era el cabrón más afortunado del planeta por tenerlo a mi lado.

Crees que Finn se mantendrá sobrio? —pregunté de repente cuando el sol comenzó a hundirse bajo las copas de los árboles. Habíamos estado todo el día observando, esperando, escuchando la nada de la vida de otro hombre. No habíamos aprendido nada nuevo, excepto que a Pistol le gustaban los limones en el agua y los cacahuetes con la cerveza. Vital, esta mierda. Totalmente vital.

Deacon, medio sentado bajo la ventana, encogido de hombros, se mantenía sin apartar la vista de la casa de enfrente.

—Depende de cuánto quiera.

—Parece quererlo mucho.

—Parece. Por ahora. —Se sentó un poco, crujiendo el cuello—. ¿Te preocupa algo en particular?

—Anabeth. —La chica de nuestro otro hermano. Bishop y Anabeth habían estado muy involucrados en la escuela, pero luego ella desapareció. Sabía lo mucho que eso lo había destripado porque fui yo quien lo sacó de las calles de Las Vegas después de que intentara localizarla. Había vuelto recientemente, y finalmente supimos que se había ido por su consumo de drogas y el de Finn. A Bishop le preocupaba que Finn la arrastrara de nuevo a esa vida, pero mis preocupaciones iban en la otra dirección.

—Ella no consume.

—Ya lo sé. —Lo sabía. Y sin embargo—... Pero hay un recuerdo allí con el que cada persona está tratando, y también está la ira de Bishop. Nunca le he visto tan enfadado como el día que golpeó a Finn.

—No para condonar la violencia... —Deacon me disparó una especie de sonrisa sarcástica—... pero Finn se merecía ese golpe. Aunque solo fuera por mantener su consumo de drogas en secreto a B. Finn sabía que Bishop quería casarse con esa chica, eso va más allá de la amistad. El código entre los casados lo supera todo.

—¿Incluso entre hermanos?

—Sí.

—¿Entre hermanos de armas? —Su rostro se puso serio.

—Sí, así es. Sé dónde me siento cuando se trata de Shye. Ella siempre me superará en rango contigo. Lo sé, lo acepto, y estoy encantado de que la hayas encontrado. Es parte de ti, y haré lo que sea para mantenerla a salvo por ti. —Se puso de pie y se estiró—. Excepto sentarse en este duro suelo por otro maldito segundo. Mi trasero nunca me va a perdonar esto.

El hombre era el rey del cambio de tema, pero sus palabras aún llamaban la atención.

—Sabes que me sentiría igual si las cosas fueran al revés.

—Sí. Por lo que me alegro de no tener a nadie todavía... serías muy exigente y una mierda para mantenerla a salvo. Me volvería loco. —Me dio una palmadita en el hombro al pasar—. Voy a agarrar una almohada para sentarme. Mi trasero se lo merece.

Sí. Lo hacía. Como el resto de él... se merecía lo mejor porque era el mejor amigo que un hombre podía pedir. Y siempre lo sería.

*I*ba a matar a Deacon.

—En serio, sin embargo. Shye es tan pequeña.

—Deacon.

—Simplemente no lo entiendo. Eres mucho más grande que ella. ¿Cómo funciona?

—Cristo. No voy a hablar de esto.

Deacon se puso de pie y salió de la habitación, dejándome solo por primera vez en varias horas. Volvió demasiado pronto, dejándome un papel y un rotulador en el regazo.

—¿Qué carajo es esto?

—Dijiste que no querías hablar de ello.

¿Mi vida sexual con Shye? Ni un poco.

—Sí. ¿Y qué?

—Así que no hables. Las figuras de palo servirán. Necesito entender la logística de cómo... Joder, hombre, eso duele.

Me quité el papel del regazo y sonreí, muy orgulloso de haber dado en el blanco.

—No eres el único con buena puntería.

Deacon se frotó la frente antes de bajar la mano para mirarla.

—Lo tiraste sin la tapa.

—Claro que sí.

—Es un marcador permanente.

En realidad, no. Al final se le quitaría esa barra negra.

—No preguntes nada sobre mi vida sexual.

l día dos pasó como el día uno, pero con un cambio importante. Pistol tenía compañía.

—¿Qué crees que está pasando? —preguntó Deacon después de que el tercer coche entrara y saliera.

—Sé lo que haces. —Lo cual no era nada. Nada. Los micrófonos seguían captando conversaciones, pero era como si los malditos hablaran en código. Todo lo que pude entender fue que algún tipo de cargamento venía en unas horas, por el que Pistol estaba emocionado—Podrían ser drogas.

—Mi apuesta es por armas.

—No parece su bolsa.

—Tal vez no, pero tampoco drogas.

—Ambos traen dinero.

—Eso definitivamente se parece más a lo suyo. Es un maldito oportunista.

Deacon no se equivocó. Pistol se preocupaba más por el dinero que el club recibía que lo que yo esperaba de alguien en su posición. No era un tesorero, era un ejecutor. El músculo de su equipo. Lo del dinero tenía que ser por algo interno de su club. Un evento o castigo o responsabilidad a la que nunca tendríamos acceso a menos que hablara de ello en casa, algo que dudaba mucho que pasara. Los tipos de los clubes de motos, especialmente los que crecieron en ellos como Pistol, eran notoriamente cerrados.

Aun así, algo en los planes de esta noche no me gustaba. Algo más que el aspecto del dinero. Me llevó un tiempo empezar a precisar lo que era, sin embargo.

—Esto parece más personal —dije finalmente—. Como algo que quiere, no algo para el club.

—Pero el club le está tendiendo una trampa con lo que sea.

Un presente. Un regalo. Una muestra de un trabajo bien hecho... eso es lo que era. La forma en que Pistol hablaba de ello, la forma en que los otros tíos habían venido y lo ofrecían. Pistol fue recompensado por algo.

—Ha hecho algo de lo que el club está contento. Eso es lo que es. Van a...

Justo entonces, un coche se detuvo fuera de la casa de Pistol. Deacon y yo apenas respirábamos mientras mirábamos por la ventana delantera. El sol casi se había puesto, las sombras crecían profundamente alrededor de nuestra propiedad y la de Pistol. Había suficiente luz para ver, sin embargo. Suficiente para ver a los cuatro tíos que salieron del vehículo. Grandes luchadores. Probablemente miembros del club.

Pero lo que hizo que se me enfriara la sangre fue cuando sacaron a una quinta persona del asiento trasero. Arrastrándola, en realidad. Y esa persona no encajaba con los otros. En absoluto.

Pequeña de estatura y complexión. Definitivamente femenina.

Atada.

Habían secuestrado a alguien.

Y ese alguien se parecía lo suficiente a mi mujer como para convertir mi sangre en hielo.

Treinta hombres o treinta latigazos.

—Bueno, mierda —dijo Deacon antes de tomar el teléfono desechable que tenía a su lado.

—¿Qué estás haciendo?

Mantenía los ojos en la pantalla mientras sus pulgares volaban sobre los botones.

—Asegurándome de que Finn y tu chica estén bien.

—Esa no es Shye. —Me encontré con su mirada muerta cuando sus ojos se dirigieron a los míos—. Conozco a mi chica... no es ella. Es más alta que Shye.

Deacon dejó el teléfono, mirando por la ventana otra vez. Casi podía ver la angustia en su rostro, la preocupación por esa chica. Ella cambiaba nuestros planes. Mucho. Una modificación con la que tendría que lidiar antes de que pudiéramos terminar lo que vinimos a buscar.

Me levanté y me dirigí a mi bolso de armas, mi mente se centró en el trabajo que tenía entre manos. En la misión que acababa de surgir frente a nuestro objetivo. La primera regla de la planificación era que las prioridades cambiaban, y había que ser capaz de cambiar con ellas.

Era hora de cambiar.

—¿Qué estás haciendo? —Deacon se quedó en el piso del frente de la casa, todavía mirando por la ventana. Aunque me prestaba atención a mí. Listo para respaldarme. Bien.

Me puse unos guantes de cuero y tomé las gafas de visión nocturna que había empacado y un par de granadas de mano. No las suficientes para volar la casa de Pistol por completo, pero lo justo para asustarlo si lo necesitaba. Tenía el presentimiento de que lo necesitaría.

—¿Alder?

Cargué mi arma y me aseguré de tener municiones extra. Tomé una pistola de reserva. Deslicé mi cuchillo de caza en la correa de mi muslo. Puse una caja de cerillas en otro bolsillo. Las cerillas siempre eran útiles en trabajos como este. Cuando terminé, cuando me sentí listo para enfrentar al enemigo, le presté atención a Deacon una vez más.

—Pensaste que era Shye.

—Sí.

—Podría haber sido. Probablemente lo fue una vez. —Deacon frunció el ceño.

—Aunque no es hoy.

No. Pero los pudiera haber, los era y los nunca más no iban a dejarme ir. El recuerdo de Shye alejándose de mi contacto y escondiéndose de mí, sus cicatrices, no dejaría mis pensamientos. Tenía la sensación de que sabía lo que iba a pasar en esa casa, a esa rubia, y no había manera de que pudiera sentarme y no hacer nada.

Así que era hora de moverme.

—No quiero que nadie más termine como mi chica, con cicatrices en el cuerpo y con un miedo tan profundo que sienta que tiene que esconderse del mundo. No me quedaré sentado sin hacer nada mientras esa basura humana haga sangrar a otra mujer. No puedo permitirlo.

Deacon se sentó en silencio por un momento antes de ponerse de pie. Dejó su rifle de largo alcance y cogió una pistola de su escondite, pasando por el mismo proceso de preparación que acababa de hacer. Bajó sus armas, metió munición extra en los bolsillos estratégicos y cogió las herramientas que creía que necesitaría para la batalla que se avecinaba.

La que no era realmente suya para luchar.

—¿Qué estás haciendo? —Se encogió de hombros.

—Lo que sea que me digas.

—Dijimos que no habría testigos, lo cual me pareció bien hasta ahora. La chica no estaba en el plan, pero no dejaré que sea un daño colateral.

—Entonces no lo será, y nos ocuparemos de cómo mantener las cosas tranquilas una vez que la saquemos de allí. —Sacó una manzana del bolso y le dio un gran mordisco—. Ensilla, vaquero. Es hora de rescatar a una damisela en apuros.

Solo había una cosa que decir a una declaración como esa.

—Sí.

Capítulo
6

Alder

Dos de los hombres que se detuvieron a la izquierda de Pistol poco después dejaron a la chica dentro de la casa, ahora estaban la chica y tres objetivos. Mientras no tuvieran mayor poder de fuego que Deacon y yo, o nos vieran venir antes de que estuviéramos sobre ellos, esta misión iría de camino al éxito. Eso no era ser engreído, arrogante o demasiado confiado; habíamos tratado con estos hijos de puta lo suficiente como para conocer sus habilidades, o la falta de ellas. Ya habíamos puesto a varios de rodillas. Teníamos esto.

Y al pensar en Shye y las cicatrices que le recorrían la espalda, supe que teníamos que hacerlo. No podía haber fallas.

Deacon y yo nos colamos por la puerta trasera y nos deslizamos por el costado de nuestra casa prestada. El sol se había puesto un poco más, y las sombras se habían profundizado. Las únicas luces de la calle en esta parte de la ciudad estaban en las intersecciones, lo que dejaría nuestro extremo de la manzana agradable y oscuro una vez que la noche hubiera caído por completo. Justo lo que necesitaríamos para cuando termináramos con lo que estaba por venir.

Limpiar cadáveres era más fácil en la oscuridad. Sin duda.

Los dos Soul Suckers restantes estaban sentados en el porche trasero, fumando cigarrillos y hablando en voz baja. Como si fuera una noche normal, una noche totalmente típica para ellos. Secuestrar a una mujer, dejarla para que Pistol hiciera lo que quisiera... ¿y luego qué? ¿La matarían? ¿La llevarían de regreso a su casa para que la drogaran y la usaran como coño de club? ¿Peor? Porque, por malo que fuera, en el mundo de la esclavitud sexual, siempre había algo peor.

Deacon y yo estábamos de pie en la esquina de la casa de Pistol, escuchando. Esperando nuestra oportunidad de eliminar a estos dos cabrones y despejar el camino hacia el interior. Sucedió más rápido de lo que cualquiera de nosotros probablemente había esperado.

—Necesito mear —dijo un Soul Sucker mientras se levantaba. Sin embargo, el sonido de sus pasos se movió hacia el patio. No hacia la casa. Algo que su compañero pareció confirmar por nosotros.

—Hay un váter dentro.

—Nah. No quiero interrumpir a Pistol. El hombre ha sido una pesadilla durante semanas, déjalo resolver algo de esa frustración.

El número dos se rio entre dientes cuando el número uno cruzó el patio hacia el garaje. Deacon me dio señales con la mano para exponer su plan: seguiría al número uno, y yo tendría que eliminar al número dos, antes de deslizarse por la cerca hacia el lado opuesto del garaje donde el uno había ido. Si el dos estaba mirando, tenía unos tres segundos para eliminarlo antes de que alertara a Uno y a Pistol de que estábamos allí. Si estaba prestando atención.

No lo hacía.

Deacon llegó a la esquina del garaje y desapareció a su alrededor, dejándome tiempo para acercarme al porche con cuidado en lugar de golpear la pared. El dos no me vio venir, no hasta el último segundo posible, que era exactamente lo que quería. Quería que sus ojos me miraran, quería tener una mirada sólida a mi objetivo antes de disparar. Un disparo. Un pequeño golpe rebotando en el aire mientras mi silenciador hacía su trabajo. Un gruñido silencioso fue el último sonido del dos.

Uno abajo, uno para deshacerse de él.

Normalmente, no dispararía a alguien en lo que consideraba un lugar público. Era muy desprolijo. Pero las balas que tenía en mi arma estaban destinadas a este tipo de trabajo. Perforarían la carne como una bala estándar, pero eso era todo lo que sería estándar. No habría disparos de la cabeza a los pies con estas, ni una segunda herida cuando la bala saliera del cuerpo. Entraban y luego explotaban como una pequeña bomba, desgarrando la carne y enviando metralla por toda el área inmediata. Efectiva para matar y menos limpieza. Algo que sabía que necesitaba mantener en primer plano y que Deacon se había asegurado de que estuviera preparado. Tenía que regresar a Shye y mantenerme allí, y los errores podrían llevar a las autoridades a mi puerta.

Arrastré a Dos hacia la parte trasera del garaje, imaginando que Deacon ya se había ocupado de su objetivo también. No me equivoqué al respecto. Encontré a mi compañero de pie en la puerta de la vieja estructura desmoronada, viéndose mucho más informal de lo que debería ser un hombre en una misión.

—Te tomó el tiempo suficiente —dijo, dándome una sonrisa—. ¿Necesitas ayuda con eso, viejo?

Si las miradas mataran, probablemente estaría muerto.

—Solo sal de la puerta, imbécil.

Dio un paso atrás, todavía sonriendo, y deslizó su brazo a un lado en invitación. Metí mi carga dentro y la dejé caer sobre el otro cuerpo ya tendido en el suelo.

—¿Cómo los manejaremos?

Deacon se acercó, mirando los dos cuerpos de los que definitivamente debíamos deshacernos.

—Digo que quememos el lugar. Fácil, efectivo, pero atrae atención inmediata al ataque.

Cierto. Y no queríamos estar en ningún lugar por aquí cuando saliera ese tipo de información.

—Primero tratemos con Pistol, luego tomemos la decisión final de limpieza.

No quiero encerrarme en una cosa si su situación se complica.

—Hay una chica ahí dentro. Una inocente, muy probablemente. Ya es desordenado.

Verdad. Pero no había mucho que pudiera hacer al respecto.

—¿Listo?

—Siempre. Vamos a romper el vínculo entre los Soul Suckers y tu mujer. —Mis pensamientos exactamente.

REPARACIÓN

Ni siquiera logramos entrar por la puerta trasera de la casa antes de escucharlo. Música fuerte y estruendosa, una especie de chasquido rítmico que no encajaba con el ritmo, y la chica. Gritando. Llorando.

Jodidamente rogando.

Todo en lo que podía pensar era en Shye; todo lo que podía imaginar era ella dentro de esa casa. Las lágrimas manchando su cara bonita. Angustiados ruegos para que Pistol, su propio hermanastro de varios años, dejara de lastimarla.

La ira dentro de mí que podría haber alimentado a todo el pueblo de Justice durante un año, ardía brillantemente. Me hizo moverme, hizo que mis pasos fueran fuertes y seguros, me hizo entrar a la casa sin pensar en guardar silencio. A la mierda eso. Hagámosle saber a Pistol que veníamos a por él. Si lo hacía, podría dejar de hacer lo que estaba haciendo allí, y la chica podría descansar. Tenía la sensación de que nadie le había dado un descanso a Shye.

—Alder, espera. —Deacon me agarró del brazo, subiéndolo a mi cara cuando lo aparté de mí—. Esa de allí no es tu chica.

—Lo sé.

—Entonces baja la velocidad.

La chica volvió a gritar, y escuché a Shye en su voz. Escuché a la mujer que amaba llorando por piedad. No podía ir despacio. Simplemente no era una opción.

Corrí por el pasillo, Deacon murmuró un *¡joder!* silencioso detrás de mí antes de seguirme. La puerta al final estaba cerrada, la música y otros sonidos proviniendo de detrás. Conocía la disposición de la casa, esa era la habitación libre de Pistol. Un espacio lleno de sus juguetes, sus armas. No era un lugar ideal para tratar de eliminarlo, pero no tenía otra opción. Había estado en una guarida de leones antes. Me las había arreglado para sacar mi trasero de ella. Lo volvería hacer y esta vez, tenía una gran motivación.

Shye.

La puerta se abrió tan pronto como la pateé, la madera que sostenía la manija se hizo añicos en miles de astillas y pedazos. Bien podría haber sido en cámara lenta por cómo mi cerebro lo procesó, porque tan pronto como tuve una imagen del interior de la habitación, mi mundo se volvió hacia un lado.

La chica estaba desnuda contra lo que parecía una cruz de San Andrés. Su espalda hacia mí. Pistol tenía un látigo en mano. Pero apenas lo vi, apenas lo miré, porque mis ojos estaban fijos en ella.

Rubia, como Shye.

Súper pequeña, como Shye. Asustada y temblando, como Shye. Llorando, como Shye.

Sangrando, como Shye.

Todos los planes que alguna vez había ideado, cada momento de entrenamiento militar que había atravesado, me golpearon en el cerebro en una fracción de segundo. Solo había una opción aquí. Una oportunidad para arreglar las cosas. Si perdía esta oportunidad, si no seguía con esto, si Pistol de alguna manera se me escapaba este sería el futuro de Shye. Su pasado volviendo de visita. Se agregarían más cicatrices a su cuerpo, más lágrimas mancharían su bonita cara. Se derramaría más de su sangre porque no pude mantenerla a salvo.

—De ninguna jodida manera. —Me lancé hacia Pistol, el mundo de repente ya no estaba en cámara lenta y, en cambio, pasaba a toda velocidad. Cogí al bastardo por la garganta y tiré de él hacia atrás, encerrándolo en mi agarre mientras Deacon irrumpía detrás de mí. Antes de que pudiera dar un paso en mi dirección, asentí hacia la cruz—. Cuida de ella.

Deacon reaccionó sin pausa, sin necesidad de discusión. Corrió hacia la cruz y comenzó a trabajar en las correas que sujetaban a la chica en su lugar. Susurrándole. Probablemente tratando de calmarla. No es que volviera a estar calmada alguna vez después de lo que había pasado. Había visto esos tipos de cicatrices de primera mano, tanto internas como externas. Mi Shye era una mujer fuerte, pero lo que su hermanastro le había hecho había roto algo que nunca podría ser reparado. La había dejado con traumas que aparecían en el momento más aleatorio. La había dejado con recuerdos que opacaban su felicidad.

La calma no la colmaría por un tiempo.

Tan pronto como Deacon liberó a la chica de sus restricciones, la dirigió fuera de la habitación, dejándome solo con Pistol. Probablemente se quedase lo suficientemente cerca para intervenir si necesitaba que lo hiciera. No era que lo fuera hacer. Este era mi momento, mi matanza. Mi momento para hacer que Pistol pagara por lo que había hecho.

—Parece que no estabas esperándome —dije, apretando mi agarre mientras él trataba de liberarse, luchando—. Eso no fue muy inteligente.

Pistol soltó una carcajada ahogada, aun peleando con fuerza contra mi agarre.

—Tú eres el que no tiene inteligencia. ¿Crees que estoy solo aquí?

—No, tienes a dos tíos contigo afuera. —Me incliné más cerca, asegurándome de que mis labios rozaran su oreja mientras susurraba—: O, al menos, tenías a dos afuera antes de que mi compañero y yo llegáramos a ellos.

Pistol se calmó durante un segundo, esas palabras probablemente se asentaron en su mente y agitaron a la bestia primitiva que mantenía viva a una escoria como él. La que peleaba, se esforzaba y se negaba a caer sin luchar. La que tenía que anticipar el final y probablemente haría todo lo posible para alejarse de mí.

No iba a pasar.

Reforcé mi postura y agarré a Pistol con más intensidad alrededor de la garganta, cortando la mayor parte del suministro de aire. La mayor parte, pero no toda. Tenía cosas que decirle, cosas que podrían necesitar una respuesta. Solo por diversión. Aun así, lo acerqué y mantuve fuerte mi agarre del cuello, para nada dispuesto a dejar que consiguiera de mí un solo respiro. Le quedaban muy pocos, de todos modos.

Aun así, Pistol lo intentó. Sus pies se deslizaron justo debajo de él cuando intentó liberarse de mi agarre. Intentó... y falló. Él no tenía nada más que ganas de vivir. Yo tenía años de entrenamiento detrás de mí, el conocimiento de que, aunque el acto de matarlo estaba mal, la motivación era correcta, y el amor de una buena mujer me guiaba. Él no tenía ninguna oportunidad.

Y él lo sabía. O lo haría. No sentía la necesidad de andar con rodeos en ese aspecto particular de mi plan.

Le di un poco más de espacio para respirar, pero el hijo de puta ni siquiera sabía que debía dejar caer la barbilla por aire, así que tuve que darle en bandeja esa liberación y dije:

—Eres hombre muerto, Pistol.

Y justo como esperaba, habló sin pensar, como si tuviera una oportunidad de salir vivo de esta habitación.

—¿Crees que vas a librarte de esto? Mis hermanos sabrán quién eres. Vendrán a por ti.

—No creo que lo hagan. No creo que seas tan valioso para ellos como crees que eres. Han enviado qué... ¿diez hombres a Justice? Algunos por tu petición, ¿verdad? Les ordenaste que me eliminaran, que raptaran a Shye, que tomaran a Katie. Sigues enviando hombres. ¿Cuántos han vuelto?

—Jódete. —Pistol volvió a sacudirse con las uñas clavándose en mi brazo—. ¿Qué mierda quieres?

Como si tuviera algo que intercambiar.

—Nada. No quiero nada de ti. Mira, esto no se trata de los Soul Suckers o los incendios o los hombres que siguen viniendo y causando problemas. Esto se trata de Shye y lo que le debes. La jodiste cuando le pusiste una mano encima. ¿O debería decir un látigo?

Rio con un pequeño sonido triste de asfixia.

—¿Estás haciendo todo esto por un coño? Hombre, y pensé que eras inteligente. Aunque sí la extraño merodeando por aquí. Era una buena víctima, no tienes idea de cuántas veces me corrí pensando en su sangre goteando en mi suelo. Aquí mismo.

Cuando buscaba una forma de matar con cero desprolijidad, un buen estrangulamiento centrado en impedir el flujo de sangre en lugar de la constricción de vías respiratorias, uno que mis compañeros soldados y yo llamábamos un mataleón, era una buena decisión. Rápido, simple, muy jodidamente difícil para defenderse sin haberse entrenado para ello, pues ese agarre era un ganador para asesinatos silenciosos. Sin embargo, se tenía que estar cerca. Se tenía que contar con fuerza en los brazos y poner el cuerpo justo en la posición correcta. Se tenía que saber con precisión cómo agarrar al objetivo alrededor de la garganta para bloquear el flujo de sangre al cerebro y debía arquear la espalda impecablemente.

Afortunadamente, tenía un exceso de entrenamiento.

La memoria muscular tomó control, años de repetición movían mis brazos en posición. Fijé mi agarre en la garganta del bastardo, la mano izquierda agarrando mi bíceps derecho, la derecha agarraba la parte trasera de su cabeza, antes de arquear mi cuerpo. Y luego conté. Cinco segundos hasta que la falta de flujo sanguíneo hacia el cerebro hiciera que los movimientos de Pistol se tornasen más lentos y torpes.

Diez segundos para que perdiera el conocimiento y colgara pesadamente en mis brazos.

Si hubiera sido un buen hombre, me habría detenido. Si hubiera sido un buen hombre, habría llamado a las autoridades para llevarlo a la cárcel por el secuestro de la chica. Si hubiera sido un buen hombre, no habría apretado la mano, continuando la cuenta regresiva mientras su cerebro moría rápidamente.

Hacía mucho que había dejado de considerarme un buen hombre.

Un último tirón fue el minuto de muerte y finalmente lo liberé. Pistol cayó como un trapo al suelo. Sin respiración. Muerto.

Y jamás me sentiría culpable por eso.

Salí y encontré a Deacon de pie en la sala con toallas ensangrentadas a sus pies y la chica envuelta en una manta en el sofá. Debía haberse ocupado del daño que Pistol le había hecho en la espalda mientras yo me ocupada de Pistol. Bien.

Ella lanzó una mirada llena de miedo en mi dirección, pareciéndose menos a Shye ahora que la bestia dentro de mí se había calmado. Sin embargo, fue testigo de lo que habíamos hecho. Algo de lo que tendríamos que encargarnos. Pero primero…

—Lo pondremos en el garaje con los otros dos, y luego los quemaremos. Quemaremos todo. Ya hemos terminado aquí.

Capítulo

7

Alder

La chica resultó ser más problemática de lo que esperábamos.

—Pero no tengo a dónde ir.

Pasé junto a ella arrojando otra bolsa en la parte trasera de la camioneta.

Estábamos cargándola para marcharnos, solo Deacon y yo.

—Te llevaremos a casa. Ahí es dónde irás.

—No tiene casa —dijo Deacon, de repente interponiéndose en mi camino. Había pasado más tiempo con ella que yo, así que la seriedad de su expresión no debería haber sido inesperada—. No tiene hogar ni familia. Creció en otro club, uno como los Soul Suckers. Sabes lo que eso significa.

Lo sabía. Probablemente la habían tratado como a una sirvienta: tenía que cocinar, limpiar y, lo más probable, abrirles las piernas. No era el tipo de vida al que alguien merecía ser forzado.

—¿De dónde eres, cariño?

La noche había caído pesadamente, pero incluso en la oscuridad podía verla. Con su piel pálida y cabello claro, prácticamente brillaba. Parecía pequeña y asustada mientras estaba de pie sobre el hormigón agrietado con los pies descalzos, pero respondió:

—De ninguna parte. Soy de ninguna parte. Los tipos que me llevaron hicieron que me quedara en una habitación sobre la casa club antes de que me trajeran aquí.

Bueno, joder.

—Estamos seguros de que no vamos a dejarte en su club. —Deacon se acercó, bajando la voz casi como un susurro.

—Los Soul Suckers se la ganaron en un juego de cartas contra otro club, hombre. Así fue como terminó aquí y el por qué se la dieron a Pistol. Es prescindible para ellos. ¿Y cuando el club se dé cuenta de que Pistol y sus dos guardias están muertos? La culparán. Ella no es una Soul Sucker, entonces dirán que fue su culpa…

¿Te suena familiar?

—Dijeron que la muerte del padre de Shye fue su culpa.

—Exactamente, y el club la conocía. No respetan a nadie fuera del club. ¿Si dejamos a la chica aquí? Estará muerta. La matarán por lo que hicimos.

Sí, lo harían. A los Soul Suckers no parecía importarles a quién lastimaban. La chica era el ejemplo perfecto de eso. Se la habían ganado en un juego de cartas. Ese nivel de depravación nunca me sorprendía. Eché un buen y duro vistazo a la chica, a la forma en que se sostenía, la caída de sus hombros y cómo sus ojos seguían dando vueltas como si esperara que alguien la atacara, ante el temor que prácticamente le irradiaba de los delgados hombros.

El cabello, la constitución, los ojos atormentados… se parecía mucho a mi Shye. No podíamos dejarla.

—¿Cuál es tu nombre?

Con las manos juntas y la voz temblorosa, murmuró:

—Jinx. Jinx Reid, señor.

La sonrisa de Deacon al notar que me llamó *señor* hizo que tuviera ganas de golpearlo. Lo señalé con un dedo.

—No digas nada.

Levantó las manos y lentamente sacudió la cabeza.

—No planeaba hacerlo. Señor.

—Joder. —No tenía la intención de tomar una fugitiva, no había anticipado esto en absoluto. Pero Deacon tenía razón: los Soul Suckers probablemente le atribuirían la muerte de Pistol. Necesitaba esconderse hasta que el desastre se olvidara, pero sin un hogar al que ir, era imposible. No había ningún lugar a salvo de ellos en este momento, quizás ni siquiera Justice. Pero al menos con nosotros tendría a alguien que la cuidara. Tendría un sitio que la respaldaría.

Deacon debió de haber estado pensando lo mismo.

—La dejaremos en mi motel. Le daremos una oportunidad de vivir lejos de estos hijos de puta. La han estado usando como sirvienta desde que todavía era una niña, no tiene ninguna posibilidad de vivir aquí. Como sucedió con tu mujer.

Lo odiaba por usar a mi Shye como ejemplo, aunque no estaba equivocado.

—¿Y si está de su lado en todo esto?

—No lo está. —Él palideció cuando lo miré fijamente—. No lo está, pero si lo está, si me equivoco, me encargaré de eso yo mismo.

Una mentira. Deacon nunca podría encargarse de eso. Tenía un corazón más grande que el horizonte y un punto débil para las damiselas en apuros. A menos que esta Jinx resultara ser un peligro para Justice, no tendría que encargarse de nada.

—Ella es tu responsabilidad.

—Hecho. —Sonrió y miró más allá de mí—. Sube, Jinx. Te vienes con nosotros.

El rostro de Jinx se iluminó con una sonrisa tan brillante que en realidad me dolió el corazón.

—Gracias. Oh, muchas gracias. Oye… ¿sabes que tienes algo en la frente? —Deacon parecía listo para matarme mientras yo sonreía.

—Sí. Lo sé. Gracias.

—Sí, claro. Yo solo… quiero ayudar. Haré cualquier cosa para escapar de aquí.

Y no soy perezosa, sé cómo ganarme la vida.

Esa frase me golpeó en el pecho y reverberó en mi mente. Shye la había dicho una o dos veces después de que se mudara conmigo, y cuando regresaba a casa ella había trabajado todo el día ocupándose de la limpieza. Siempre decía cómo sentía la necesidad de ganarse la vida.

Porque siempre tuvo que hacerlo.

Había aprendido a cocinar, a cuidar a los hombres de su familia, antes de que su madre muriera cuando solo tenía nueve años. Se había ganado la vida hasta que los Soul Suckers quemaron su remolque y amenazaron su vida. Esta Jinx se parecía a mi Shye más que un poco.

Y Cristo, quería irme a casa.

—Asegúrate de que tengamos todo y que la casa esté despejada —le dije a Deacon—. Una vez que estemos listos, prenderemos fuego el garaje. Quiero estar fuera de la ciudad antes de que realmente comience a arder.

—Hecho. —Sonrió, y supe lo que se avecinaba incluso antes de que dijera la palabra—. Señor.

*L*os incendios fueron relativamente fáciles de establecer. Las casas y garajes solían estar secos y llenos de cosas que a las llamas les gustaba devorar. Madera, papel, libros, telas, productos derivados del petróleo, todo alimento para las bestias. Sin embargo, había que ser paciente. Cuando te deshacías de la evidencia, deseabas que el fuego ardiera durante mucho tiempo, y se requería una acumulación lenta hasta que se extendiera lo suficientemente profundo en la estructura y lo suficientemente lejos a lo largo del perímetro como para ser casi imparable. Un poco de acelerador, una chispa y una combustión lenta a través de todo ese combustible. El fuego haría el trabajo.

Como el que se instaló en la casa de Camden unos meses antes. Habíamos llegado a un círculo casi completo.

Deacon manejó la configuración de los incendios. Sí, plural. Comenzó dos, uno en el garaje y otro en la casa, asegurándose de que los cuerpos estuvieran empapados en gasolina para que ardieran agradablemente. Entonces el calor y las llamas destruirían tanta evidencia como fuera posible. Y cuando estuvimos seguros de que los fuegos estaban sólidamente en su lugar y que arderían sin obstáculos, salimos en el Dodge.

—¿Ella está dormida? —preguntó Deacon desde el asiento del conductor. Miré hacia la parte de atrás donde, de hecho, Jinx dormía.

—Parece.

—¿Ves las cicatrices en los brazos?

Sus brazos, sus muñecas, su espalda, sus caderas, sus tobillos. La chica era una valla publicitaria ambulante por abuso, tanto infligido en ella como por ella.

—Sí.

Deacon siguió conduciendo, en silencio durante mucho tiempo, mirando la carretera a su paso. Finalmente, preguntó:

—¿Shye tiene cicatrices como esas?

Todos los músculos de mi cuerpo se bloquearon ante la sola idea.

—No como esas, no. —Lo suficientemente similares... al menos, algunas de ellas. ¿Pero el resto? Ni siquiera podía imaginarlo. Había cartografiado cada centímetro del cuerpo de mi chica, había tocado y probado cada parte de ella. Había visto los resultados de lo que Pistol le había hecho con mis propios ojos. Pero ella no era como Jinx—. Sin marcas de restricción. Y, eh... ella no... —Tragué saliva, con la garganta apretada por la imagen de mi chica lastimándose—. Ella no es una cortadora.

—Bueno. Eso es bueno.

¿Lo era? Porque la espalda de Shye estaba cubierta de cicatrices, las mismas que Pistol había agregado a la piel de Jinx, y ella tenía las marcas de eso hasta el día de hoy. Siempre lo haría. Había besado esa carne moteada miles de veces, y aun así, ella se alejaba de mí cada vez que intentaba tocar su espalda. Se escondía debajo de las camisas y detrás de las toallas cuando podía verlas. Es posible que esas marcas ya no lastimaran su piel, pero la quemadura, el dolor punzante, estaba incrustada en su mente.

Jinx probablemente sería de la misma manera, pero ella lidiaba con su dolor externamente mientras Shye giraba dentro de su propia cabeza. Tan jodidamente igual, y sin embargo opuesto. Pero Shye me tenía, y no la dejaría ir demasiado profundo. ¿Jinx? Ella no parecía tener a nadie.

Excepto a nosotros.

—¿Qué vamos a hacer con ella?

Deacon se encogió de hombros, todavía concentrado en el camino que tenía por delante.

—Dale un lugar donde quedarse y algo de trabajo que hacer. A ver si puede adaptarse a la vida fuera del club.

—¿Y si no puede?

—Cruzaremos ese puente cuando lleguemos a él.

Sí, supongo que lo haríamos. Y realmente, no había otra respuesta. No podríamos haberla dejado a su suerte con los Soul Suckers, y dejarla en la calle en algún lugar no hubiera sido mucho mejor. Deacon y yo podríamos haber sido los malos en la historia de la vida de Pistol, pero no éramos villanos. Solo hacíamos cosas malas por buenas razones. Proteger a Shye era una buena razón, aunque egoísta. Ayudar a Jinx parecía realmente altruista.

Deacon nos condujo de regreso a Justice, y solo se detuvo por gasolina y café una vez. Jinx se despertó cuando llegamos al pueblo, repentinamente nerviosa. Podía entenderlo: nuevo pueblo, nueva gente, nueva vida. Tenía que ser abrumador. Lamentablemente, no tenía nada para calmarla. Quería ir a casa, ver a mi Shye y asegurarme de que estaba a salvo. Acurrucarme en sus brazos y olvidar todas las cosas malas que yo había hecho, mientras simplemente estaba agradecido de tener una mujer tan increíble en mi vida. Perderme en ella durante unas horas.

Deacon tenía otros planes.

—Te necesito para un trabajo rápido —dijo tan pronto como aparcó mi camioneta—. La habitación para Jinx aún no está preparada, y necesito ayuda para mover los muebles.

—Me tienes por cinco. —Salí de la camioneta, mirando por encima del aparcamiento de The Jury Room. Se me heló la sangre cuando vi una moto junto a la puerta principal—. Deac.

Él siguió mi mirada, concentrándose en la moto de la misma manera que yo.

Pero él no parecía tan enfadado o preocupado como yo.

—Esa es la moto de nuestro amigo. —La mirada que me dirigió tuvo peso, y no me llevó mucho tiempo entender lo que quería decir. La moto solo podía pertenecer a una persona. Parris, el ex marine que nos ayudó a obtener información sobre los Soul Suckers en los últimos meses. Quien no tenía razón para estar en Justice. Y aunque había confiado en que fuera un activo y un informante, todavía llevaba los colores del club. No los colores de los Soul Suckers, sino el club de motos. No podía confiar plenamente en él por eso.

—Vamos a ver qué quiere. —Metí una pistola en la funda debajo del brazo y me puse la chaqueta de cuero. No tenía sentido molestar a quien pasara. Todavía no, al menos—. Y patear su trasero fuera del pueblo si es necesario.

—¿Qué hay de mí? —Jinx estaba de pie al lado de la camioneta, luciendo tan pequeña y asustada—. No quiero quedarme sola aquí.

Deacon se encogió de hombros.

—Ven, entonces. Te mostraré el bar.

—Deac…

—Estará bien. —Me lanzó una sonrisa—. Y si no es así, estoy bastante seguro de que ha visto cosas peores.

—Probablemente —dijo Jinx, su tono completamente casual. Como si las amenazas y los hombres con armas fueran completamente normales.

Demonios, probablemente eran completamente normales para ella.

—Vas a ser un problema, ¿no? —pregunté. Jinx se encogió de hombros.

—No intencionadamente, pero tiendo a estar a la altura de mi nombre. Maravilloso.

Los tres nos dirigimos hacia el interior, una pequeña y triste compañía tropezando en una situación que podría volverse peligrosa o incluso mortal. Deacon lideró el camino, y seguí detrás de Jinx. Asegurándome de que tuviera protección en ambos extremos en caso de que fuera algún tipo de configuración.

El hombre en cuestión estaba sentado en el bar con los colores del club y bebiendo una cerveza. Se giró cuando entramos, con los ojos fijos en Jinx durante un segundo demasiado largo.

—He estado esperando por vosotros.

Su escrutinio de la chica no pasó desapercibido por mí o ella. Con los hombros rígidos y la cabeza erguida, Jinx se acercó lentamente a Deacon, luciendo feroz y asustada al mismo tiempo. Nuestro eslabón más débil exudaba valentía. Chica inteligente.

Me quité la chaqueta, asegurándome de que nuestro supuesto amigo tuviera una buena mirada al hecho de que estaba cargado.

—¿Algo que necesites?

—Ya no, pero podría tener algo que tú necesitas.

—¿Y qué es eso?

Se recostó contra la barra, abriendo los brazos.

—Yo.

—¿Y por qué mierda te necesitaría? —Parris sonrió.

—Porque sé que eliminaste al alguacil del condado.

Técnicamente, Gage eliminó al alguacil Baker. No es que necesitara decirle eso.

—No tengo idea de lo que estás hablando.

—Sí, imaginé que eso es lo que dirías. Pero mira, un hombre en mi posición escucha cosas. También recibe mensajes de texto aleatorios de tus hombres. O, más bien, sus mujeres.

Le di una mirada a Deacon, que parecía tan desprevenido como yo.

—No te sigo.

Parris sacó su teléfono, deslizando varias veces antes de leer:

—«Gage disparó y hubo una explosión. APÚRATE». Esa última parte estaba en mayúsculas. Ella realmente lo decía en serio.

Hijo de puta. Katie había enviado eso la noche en que el alguacil Baker había atacado la casa de Gage. La noche en que Gage había matado al bastardo mentiroso. Ese mensaje de texto no era detallado, pero ciertamente podría generar preguntas sobre cosas que no queríamos mencionar.

Hora de fingir.

—¿Recuerdas alguna explosión, Deacon? —Mi hermano de armas resopló.

—Sí. En el restaurante. Una especie de olla a presión explotó.

—¿Y qué? —dijo Parris, recostándose y luciendo demasiado presumido—. ¿Gage recibió un disparo?

Me encogí de hombros.

—No podría decirte. No estaba allí.

—Tal vez no. —Parris movió el pulgar contra la pantalla de su teléfono antes de volver a leer en voz alta—. «Baker no está. Justice tiene la culpa. Momento de eliminarlos. Trayendo al gran Prez».

—¿El gran Prez? ¿Cómo pretzel? —Deacon golpeó a Jinx con el codo, casi tirando a la chica—. Podría ir por uno ahora mismo. ¿Tienes hambre, querida?

—Como presidente —dijo Parris, fulminando con la mirada a Deacon—. Como el presidente del club Soul Suckers local dirigiéndose hacia aquí. Y traerá a todo su grupo con él. No estamos hablando de cuatro o cinco tíos, estamos hablando de cien motociclistas que llegarán al pueblo a la vez.

Eso me sonaba a muy malas noticias.

—¿Por qué estás diciéndonos esto?

—Solo iba a proporcionarles información, pero he cambiado de opinión. — Miró directamente a Jinx, ladeando la cabeza—. Tengo un trato para ti.

Algo en la forma en que miró a la chica, en la expresión de su rostro, sacó a relucir mi lado protector. Me puse delante de ella, sabiendo que había tomado la decisión correcta cuando Deacon se unió a mí para bloquear a Jinx de él.

—No voy a aceptar un trato de un motociclista. Déjalos que vengan.

—No puedes ganar contra ellos.

—¿Vienes aquí para amenazarme?

—No, vine aquí para salvarte el culo. No puedes ganar contra ellos. Pero yo puedo. —Se puso de pie y arrojó un billete que había sacado de su bolsillo en la barra—. ¿Vas a quedarte para esta mierda, Jinx?

El mundo se desaceleró, y me volví para mirar a la posible víbora en nuestro medio.

—¿Lo conoces?

No parecía demasiado emocionada.

—Desafortunadamente.

—¿Algo que necesitemos saber?

Jinx levantó un hombro, lanzándole una mirada casi preocupada a Parris.

—Solía ser mi carcelero.

—Era tu guardaespaldas.

—No lo hiciste muy bien, ¿o sí?

Parris se estremeció, sus palabras causando una reacción física imposible de perder.

—Sí, bueno... estoy aquí ahora. Y voy a quedarme.

—¿Quedarte? —pregunté—. ¿Cómo mudarte a Justice?

—Eso parece. Mejor cambia esos letreros de Bienvenido a Justice, hijo. La población va a aumentar en uno.

—Dos —dijo Jinx, con los brazos cruzados sobre el pecho y los ojos duros—. Y a diferencia de estos tipos, sé exactamente qué tipo de hombres provienen de los clubes. No te atrevas a pensar en traicionarlos.

—No lo soñaría. —Caminó tranquilamente por la habitación, manteniendo sus ojos en los de ella incluso cuando suavizó su tono—. Estaba en camino a Boulder.

Capté la mirada de Deacon, viendo la misma sorpresa que sentía reflejada allí, antes de revisar la reacción de Jinx. Parecía... cabreada.

—Sí, bueno... llegaste tarde. —Ella asintió hacia Deacon y luego hacia mí—.

No los decepciones.

—Como desees. —Parris asintió una vez antes de fruncirle el ceño a Deacon—.

Tienes algo pequeño en la frente.

Deacon solo podía fulminar con la mirada mientras yo reía entre dientes.

—Sí, lo sé.

Parris se encogió de hombros, encontrándose con mi mirada fija y ofreciendo una mano.

—Te lo debo.

No estaba seguro de por qué, pero tenía una buena idea de que tenía algo que ver con la mujer a mi lado. Y aunque no confiaba tanto en Parris como en mis hombres, necesitaba la ayuda. Camden se había ido, Bishop prácticamente estaba viviendo en Las Vegas y todavía teníamos a Soul Suckers con que lidiar. El que Parris apareciera en la ciudad podría haber sido un golpe de suerte. Tal vez Jinx no estaría haciendo honor a su nombre, después de todo.

—Bienvenido a Justice —dije, estrechando la mano que ofreció—. Trata de no joder nada.

Tosió con una carcajada.

—Lo haré lo mejor que pueda. Deacon. Voy a necesitar una habitación.

—Puedo manejarlo. —Deacon levantó las cejas y la barbilla hacia mí—.Tengo ayuda ahora. Puedes ir a casa con tu mujer.

Mi Shye.

—¿Estás seguro? —pregunté a pesar de que ya me dirigía a la puerta.

—Has sido un bastardo de mal humor desde que nos fuimos. Me alegra deshacerme de ti.

Eché un último vistazo hacia atrás antes de irme. Deacon, Parris y Jinx estaban de pie juntos, pareciendo algún tipo de servicio heterogéneo de protección. O una operación criminal realmente de mala calidad. Tal vez ambos.

—Tengo la sensación de que vamos a tener muchos más problemas en The Jury Room   —dije.

Deacon sonrió.

—Apuesta tu trasero que sí. Maravilloso.

Pero esas eran cosas con las que podía lidiar en una fecha posterior. En ese momento, solo había una cosa que quería.

Y ella probablemente estaba esperándome.

Los límites de velocidad podrían irse al carajo, tenía una mujer por quien llegar en casa.

Y una promesa que cumplir.

Capítulo

8

Alder

Incluso después de tres días, tres asesinatos, dos incendios, un motociclista que se mudaría al pueblo y una especie de refugiada bajo la vigilancia de Deacon, el último tramo del camino de vuelta a casa parecía llevarme una eternidad. Solo quería a mi chica. Quería verle la cara, olerle el pelo y sentir sus brazos a mi alrededor.

También tenía una promesa que cumplir, y finalmente pondría en uso uno de los anillos que mi padre me había dejado.

Le envié un mensaje a mi hermano para avisarle que estaba en camino, así que no fue una sorpresa que Finn estuviera en el porche cuando llegué. Parecía listo para irse con la mochila colgada al hombro, listo para darme espacio para que pudiera estar a solas con Shye. Un hombre inteligente.

Le sonreí todo lo que pude cuando salí de la camioneta.

—¿Cómo van las cosas, hermano?

—Bien. ¿Te divertiste en Las Vegas?

La mentira tenía que ser muy compleja para ser creída.

—La avenida principal estaba repleta de gente, pero lo pasamos bien.

Me miró fijamente, probablemente sabiendo que esas palabras eran pura mierda. También sabiendo que nunca lo admitiría. Con el potencial revés de la misión que acabábamos de completar y las potenciales ramificaciones legales si alguien lo supiera y no alertaba a las autoridades, todos en mi círculo estaban en la necesidad de saberlo. Y Finn no necesitaba saber una mierda.

Mi hermano finalmente cedió.

—Te ha echado de menos.

Esas palabras podrían haber sido una puñalada al corazón, pero también calmaron algo dentro de mí. Shye y yo éramos un conjunto, no queríamos estar separados. Demasiado enamorados para soportar las separaciones por mucho tiempo. Sabía que me echaba de menos porque me sentía vacío sin ella a mi lado.

—La he echado mucho de menos también.

—Bien. —Me ayudó a sacar mis maletas de la parte de atrás y a dejarlas en el porche, los dos trabajamos juntos hasta que la parte de atrás estuvo descargada. Cuando terminamos, me dio un puñetazo—. Me alegro de que hayas vuelto. Si no me necesitas más, entonces me iré. Quiero ir a casa de Deacon para ver si necesita algo antes de volver a casa.

—Suena bien. —Me tomó un segundo sacar la cabeza del culo y recordar que Deacon ahora también se trataba de Parris y Jinx. No estaba seguro del tipo de mi hermano cuando se trataba de mujeres, pero Jinx era linda… y puro problemas—. Oye, Finn.

Se giró y levantó sus cejas.

—¿Sí?

—Hay un par de personas nuevas en el pueblo. Deacon puede contarte lo que sucede, pero para que lo sepas. Una es una mujer. Se llama Jinx.

—¿Jinx? ¿Cómo *maldición*?

—Sí. Supongo que sí. Dijo que también hace honor a su nombre. —Sonrió.

—Me aseguraré de saludarla y darle una bienvenida a Justice cuando la vea.

—Hazlo. Luego aléjate de ella.

Silencio. Bajó las cejas, frunciéndolas profundamente, y ladeó un poco la cabeza. En ese momento, con esa mirada en su rostro, me recordó mucho a un joven Finn. De niño.

Aunque ya no era un niño.

—¿Por qué necesito alejarme?

Porque eres frágil. Porque tu sobriedad es importante para todos nosotros. Porque una mujer puede ser tu mayor fortaleza o tu mayor debilidad. Porque no puedo lidiar con más problemas.

Todas las cosas que nunca podría decir.

—Estaba mezclada en alguna mierda que podría volver algún día. Es mejor mantener la distancia.

—Distancia. De acuerdo. —Sonrió lentamente cuando se abrió la puerta principal y Shye salió al porche—. Parece que nuestro tiempo se ha ahotado. Pasad una buena noche.

Pero no pude responderle, ni siquiera pude darle sentido a sus palabras. Mi chica estaba allí, de pie en un rayo de luz que la bañaba en una especie de brillo etéreo. Mi ángel se veía absolutamente radiante. Y tan condenadamente feliz de verme.

—Estás en casa.

Tres palabras. Eso fue todo lo que se necesitó para abrirme el corazón de par en par. El vacío dentro de mí desapareció, llenándose con el calor que siempre me dio el ser amado por esta mujer. La casa, la tierra, todo el maldito pueblo… nada de eso me ancló como lo hizo ella. No estaba en casa hasta que estuve con ella. Así que, sí, estaba volviendo a casa.

—Te he echado de menos, cariño.

Sus labios se estrujaron en una sonrisa que me robó el aliento.

—También te extrañé, mi dragón.

Su dragón. Una vez me dijo que yo era su dragón protector. No un príncipe, sino un dragón listo para quemar el mundo por ella. Encajaba… acababa de quemar el mundo de Pistol por ella. Por nosotros. Para nuestro *para siempre*.

Y no quería perder ni un segundo más antes de empezar.

Subí las escaleras, deteniéndome solo cuando me paré justo delante de ella. Prácticamente temblando con mi necesidad de tocarla, probarla y sentirla. De tenerla. Pero después de los últimos tres días, después de ver de primera mano el daño que ese cabrón le había hecho a Jinx, no podía soportarlo. Shye se merecía algo mejor que tenerme dominándola, aunque ella quería que lo hiciera. Ahora mismo, en este momento, necesitaba que me lo diera. Que se rindiera de verdad, completamente, sin ninguna coacción por mi parte. Necesitaba su consentimiento, y lo esperaría. Esperaría por siempre si tenía que hacerlo. Siempre y cuando fuera feliz y estuviera a salvo y siguiera siendo mía.

Ese labio inferior que me encantaba morder prácticamente me llamó cuando le pregunté:

—¿Estás bien?

—Lo estoy ahora que estás en casa. —Me rodeó con los brazos por la cintura y me acercó. Tomándome. Enterrando la cabeza contra mi pecho mientras yo temblaba por mi necesidad—. Realmente te extrañé.

—Demasiado. —Su cuerpo se sentía tan pequeño contra el mío, tan frágil, aunque sabía que era una de las personas más fuertes que había conocido.

Y de repente, no quería dejarla ir. No entonces, ni nunca. La tenía exactamente donde pertenecía, la tenía dándome su toque y su corazón como quería, y necesitaba mantenerla allí. Mantenerla en mis brazos, segura y protegida pero también amada. Apoyada. Feliz.

Quería que fuera mía de una manera en la que nunca había querido otra cosa.

—¿Recuerdas lo que dije antes de irme? ¿Sobre lo que haría en cuanto llegara a casa?

—Has estado en casa durante más de un segundo. Fiera, mi chica.

—Cásate conmigo, Shye.

Se puso tiesa en mis brazos, así que me encargué de darle espacio. Listo para darle mi corazón. Ya lo tenía, pero esto lo haría oficial. Solo necesitaba hacerlo bien, porque exigirle que se casara conmigo no era la forma en que debía haberlo hecho.

—Lo siento… todo eso estuvo mal. No la pregunta sino la ejecución porque casarme contigo es todo lo que quiero hacer ahora. Realmente pensé en planear este momento y tener todas las palabras en mi cabeza para preguntarte de la manera en que mereces que te pregunten algo así, pero en vez de eso, lo dejé correr. Te veías tan bonita y me moría por preguntarte durante mucho tiempo y el momento parecía perfecto, así que dije las palabras en vez de hacerlas todas floridas y mierda…

—No necesito que sea toda florida ni nada de eso —dijo, sonando sin aliento.

Parecía que está lista para llorar—. Solo te necesito a ti.

—Me tienes. Cristo, mujer, me tienes. Solo... Espera un segundo.

Corrí a la casa, golpeando los suelos de madera hasta la sala de estar. En la estantería, donde guardaba cosas como la Biblia de la familia Kennard y los libros de historia de la región, había una pequeña caja de madera con una tapa que mi padre había hecho. Se lo había dado a mi madre para que guardara sus joyas, y después de su muerte, me lo dio a mí para que me lo quedara. Me dijo que usara los anillos si alguna vez encontraba a alguien que amara tanto como él a su esposa. Bueno, lo hice. Y estaba listo para asegurarme de que todo el mundo lo supiera.

Después de recuperar el anillo que necesitaba, me apresuré a salir con mi Shye. Antes de que pudiera preguntarme qué estaba haciendo, me arrodillé y me tembló la mano mientras sostenía el anillo para que pudiera verlo. Ver la banda de oro y el diamante. Sabiendo lo que se avecina.

—He estado pensando en darte esto durante semanas, tratando de averiguar cómo pedírtelo para que no te rieras en mi rostro. Sé que es rápido... es muy rápido... pero tú lo eres todo para mí. Lo has sido para mí durante tres años, cariño. Desde la primera vez que te vi. Y tenerte aquí, que se me permita amarte, es un gran regalo. Uno que no doy por sentado. Y solo quiero...

—Alder.

—Espera. Tengo algo que preguntarte, pero necesito encontrar las palabras porque hay muchas, y tú eres... eres mía. Quiero que seas mía. Para siempre, Shye. Lo deseo mucho.

—Pregúntame —susurró, mirándome con lágrimas en los ojos y la mayor la sonrisa que había visto en su rostro—. Solo pregúntame, gran tonto.

Preguntarle. Sí, podría hacerlo. Podría hacerlo todo el maldito día.

—¿Te casarías conmigo, Shye Anderson?

—Sí —dijo, asintiendo con la cabeza. Tan segura, fuerte y verdad en su declaración. Robando mi corazón y mi aliento de una sola vez. Y entonces ella estaba allí, arrodillada para envolverse a mi alrededor. Para entregarse a mí. Plantando un beso infernal en mis labios mientras la arrastraba contra mí. Mientras sostenía a mi futura esposa, mi maldita prometida, contra mí.

—Dios mío, te sientes bien. —Le deslicé el anillo en el dedo, era importante y enorme entre nosotros. Un momento distinto a cualquier otro cuando vi por primera vez mi reclamo físico sobre ella. Mía. Toda mía. Pronto sería oficial, y a ese anillo se le uniría otro. Dejando que todos supieran que alguien la amaba, que tenía a alguien en casa que la cuidaba. Que pertenecía a alguien y que le pertenecía, porque este matrimonio sería un ida y vuelta. Puse mi reclamo en su dedo, y en algún momento en el futuro cercano, pondría el suyo en mí. ¿Y ese pensamiento? Me destruyó y me reconstruyó como alguien dedicado únicamente a la mujer en mis brazos. Joder, necesitaría algo más permanente que un simple anillo. Necesitaría algo que no se pudiera quitar, que no se pudiera dañar o perder. Necesitaría una declaración verdadera de por vida.

Pero primero, la necesitaba a ella.

Incliné su cabeza y asalté su cuello, queriendo probar cada centímetro.

Saborearla. Para volver a aprender su cuerpo de nuevo. Para entregarme a ella y aceptar con gratitud lo que me dio. Para adorarla. Era mía de una manera tradicional ahora. Sería mía oficialmente en la forma moderna en poco tiempo.

Necesitaba serlo pronto, al menos.

—No quiero esperar.

Suspiró y se agarró a mis hombros, sosteniéndome mientras me movía para recorrer mis labios a lo largo de su clavícula.

—¿Esperar a qué?

—Esto. Nosotros. —Me eché para atrás, necesitando mirar esos ojos oscuros que tanto amaba. Necesitaba asegurarme de que me entendía—. Estoy seguro de que tienes ideas y planes para la boda, pero no quiero esperar demasiado. Quiero...

—Quiero hacer la ceremonia aquí en Justice —dijo, interrumpiéndome de la mejor manera—. Eso es todo. Quiero casarme contigo en el lugar que significa tanto para los dos. Dame eso, y seré la chica más feliz de la Tierra.

—Te lo daré. Te daré cualquier cosa.

—Octubre —dijo—. Casémonos en octubre antes de tu cumpleaños.

—¿Estás segura? Eso sería en menos de un mes. —Lo que me pareció demasiado tiempo, pero podría ser paciente si tenía que serlo. Podía esperar para darle el día que quisiera.

—Un mes suena muy lejano —se quejó prácticamente, verbalizando mis pensamientos—. Pero nos dará tiempo para planear la boda. Pequeña e íntima. Algo verdaderamente para nosotros.

Me encantó la idea, pero, aun así.

—Puedo darte una gran boda si lo deseas. Te daría cualquier cosa.

—Te lo dije. No necesito una gran boda. Me casaría contigo hoy, pero me gustaría mucho que tu familia estuviera allí. Y quiero que Katie se ocupe de la comida, pero aún tiene mal las manos, así que necesita un poco de tiempo para sanar. Y para el resto de las personas, será el tiempo suficiente para tener todo listo y asegurarnos de que tendremos a la gente que queremos a nuestro alrededor.

Sí, así sería.

—Eres increíble. Y tan mía.

Una dulce sonrisa le iluminó el rostro antes de inclinarse para robarme un beso.

—Y tú eres mío.

—Lo soy totalmente. Siempre lo he sido.

Esa sonrisa se volvió un poco diabólica, y deslizó una mano por mi estómago para tirar de la cintura de mis jeans. Para ponerme duro como una piedra mientras susurraba:

—¿Qué tal si me llevas dentro para que pueda mostrarte cuán tuya soy?

Consentimiento... verdadero, puro e inflexible. No podía pedir nada más.

La recogí, la llevé a través del umbral como si ya hubiésemos dicho las palabras que nos unirían de por vida. Como si ya hubiera pasado la ceremonia oficial. Todavía no. Octubre, dijo. En algún momento de las próximas cuatro semanas, básicamente.

Tenía el presentimiento de que serían las cuatro semanas más largas de mi vida.

Epílogo

Alder

stás listo para esto? —Deacon me dio una palmada en la espalda,
con una cerveza en la mano y una sonrisa sarcástica en la cara.

—¿Ya estás bebiendo? La ceremonia no ha comenzado. —
Miró la cerveza y se encogió de hombros.

—La necesitaba para calmar mis nervios.

—¿Por qué estás nervioso? Es el día de mi boda. —Gracias por eso.
Habían pasado cuatro semanas desde que le pedí a Shye que fuera mía,
o exigido, en realidad. No me había equivocado ese día. Habían sido las
cuatro semanas más largas de mi vida.

También habían sido unas de las más felices. Cada vez que veía el
anillo en su dedo, cada vez que le decía a alguien que era su prometido
o que nos íbamos a casar, mi corazón se hinchaba y me sentía como un
verdadero rey.

Pero gracias a Dios la espera terminaría en unas pocas horas.

Deacon tomó un trago de su cerveza antes de mirar a la multitud.

—Sé muy bien que es el día de tu boda, y pareces sólido como una
roca. Pero no sería tu mejor amigo si no te hiciera la pregunta. Así que, sí,
estoy nervioso porque solo hay una respuesta correcta aquí.

Ah, mierda. ¿Qué diablos podría querer en un momento como éste?

—Pregunta.

—¿Estás listo para esto?

Lo miré fijamente a los ojos, viendo ahí que mi amigo trataba de ocultar demasiado. Sabiendo que me estaba dando una salida en caso de que la necesitara. No lo hice.

—Estoy más preparado para esto que para cualquier otra cosa que haya hecho en mi vida.

La tensión dejó sus hombros, y su sonrisa creció.

—Bien. Porque si te echabas atrás, yo iba a ocupar tu lugar.

—¿Me robarías a mi chica?

—No sería robar si la abandonaras.

—Nunca la abandonaría.

—Sin embargo, estaba listo. Soy el padrino, me imagino que es como esos concursos de Miss América. Si el ganador no puede cumplir con sus obligaciones, el padrino tiene que dar un paso adelante. Soy como... el marido de respaldo de Shye.

Cristo, este tío.

—No quiero volver a oír: tú como marido y Shye en la misma frase. Nunca.

—Úsalo como inspiración para hacer siempre lo correcto por ella. Si te equivocas... —Sonrió y me palmeó en el brazo—... ella me tiene.

—Nunca le haría eso a ella.

Mi respuesta inexpresiva le hizo reír y me dio un golpe con el puño. Dejé a Deacon con los planes de marido de respaldo, saludando a nuestros invitados y asegurándome de que todo se veía como yo pensaba. Shye había planeado el evento con Mercy Bell y Katie Baker, las tres mujeres que se encargaban de planear todo, desde lo que llevaríamos puesto hasta lo que comeríamos y lo que diríamos. Yo no me había involucrado demasiado, así que no sabía qué esperar, pero Mercy caminaba con un portapapeles en mano y una confianza en su forma de andar que me decía que todo estaba bien.

Lo que significaba que podía escabullirme para ver a mi chica un momento.

*T*odo bien?

Parris, que parecía una especie de portero mientras bloqueaba la puerta de la ferretería, asintió con la cabeza.

—¿Hay algún problema?

REPARACIÓN

—No. Solo necesitaba ver a mi chica.

—Pensé que era mala suerte ver a la novia el día de la boda.

—No creo en la suerte.

Su risa me siguió adentro y subió las escaleras traseras, finalmente se apagó cuando la puerta se cerró de golpe entre nosotros. La suerte podía jugarme en contra. Había pasado la noche en el hotel de Deacon después de mi despedida de soltero, mientras Shye había estado en nuestra casa con Katie, Anabeth y Mercy. La echaba de menos. No quería esperar hasta la ceremonia para verla.

Deacon me llamó. Estaba muy orgulloso de estar de acuerdo con él.

—Shye —grité cuando abrí la puerta del apartamento.

Apareció al final del pasillo, sonriendo brillantemente mientras se ajustaba el lazo de la bata alrededor de la cintura.

—¿Qué estás haciendo aquí?

—Necesitaba ver a mi chica. —Asentí con la cabeza mientras Jinx, con aspecto fuerte y saludable parecía una persona diferente a la que habíamos traído a Justice hacía unas semanas. Ella venía por la esquina detrás de Shye—. ¿Puedes darnos unos minutos?

Jinx parecía saber exactamente por qué había aparecido.

—Claro. Estaré abajo. Shye, llámame cuando estés lista para que termine.

Shye asintió con la cabeza de la que se había hecho buena amiga y la vio alejarse. Las mejillas de mi chica se colorearon con ese rubor que tanto me apetecía cuando se llevaba la mano al cabello.

—Soy un desastre ahora mismo. —Mentira.

—Eres hermosa.

—Ni siquiera estoy vestida.

En cuanto escuché que la puerta principal se cerraba detrás de Jinx, crucé la distancia entre nosotros y deslicé mis manos sobre la curva de su cintura, tirando de ella.

—Lo veo como algo positivo, cariño.

Sus labios se estrujaron en una especie de sonrisa tímida.

—Eres encantadora.

—Lo intento.

—Tienes éxito. —Se levantó sobre los talones de sus pies, estirándose para rozar sus labios contra los míos—. Siempre tienes éxito.

Joder, ella era cálida. Cálida, suave, envuelta alrededor de mí y oliendo tan condenadamente bien. No pude resistirme. ¿Por qué demonios querría hacerlo?

La acompañé hacia atrás, moviéndonos a lo que era probable el dormitorio y cerrando la puerta detrás de mí.

—¿Qué estás haciendo? —me preguntó con una risa y una expresión en su rostro que me dijo que sabía exactamente lo que estaba haciendo.

—No pude tocarte anoche.

—No, no lo hiciste.

—Tampoco pude probarte. —La empujé contra la pared y luego me arrodillé. Ya estaba subiendo su bata cuando levanté su pierna y la puse sobre mi hombro—. ¿Estás ansiosa, cariño?

Me agarró el cabello y tiró, obligándome a mirar su bonita cara.

—Te he echado de menos anoche.

—Yo también. —Deslicé mis manos sobre sus caderas, levantando lo suficiente para pasar mis labios por sus muslos—. Te he extrañado mucho, joder.

Y lo hice. Demasiado. Aunque no me sumergí en su coño. Este momento, este día, significaba algo para mí. Quería disfrutarlo, saborearlo, así que empecé despacio. Lamiendo, besando, provocándola mientras suspiraba y movía las caderas. Mientras se aferraba a mi cabello y gemía mi nombre. Mientras me cubría los labios y la lengua con su humedad y se acercaba a mi boca.

Mientras me alejaba de su coño.

—Te necesito.

¿Cómo podría decirle que no a la mujer que amaba más que nada? Me levanté y me desabroché los pantalones, dejándolos deslizarse hasta los tobillos mientras recogía a Shye del suelo. Un beso, dos tirones en los hombros y un poco de maniobra fue todo lo que se necesitó para abrirme camino hacia su dulce calor. No podía ir rápido, sin embargo. Todavía no. Su coño me tomó fuerte, así que me llevó un poco de tiempo profundizar. Enterrarme dentro de ella. Tiempo que pasé luchando por no correrme.

—Joder, cariño. Te sientes tan bien.

Gimió y se inclinó más cerca, sus labios rozando mi oído mientras susurraba:

—Sí. Muy bien. Y todo mío. Para siempre. Hoy serás mi marido, Alder Kennard. Y yo voy a ser tu esposa.

El control... se fue.

La embestí con fuerza, la llené de mí y me zambullí mientras la follaba contra la pared. El pensar en ella como mi esposa hizo que mis bolas se apretaran y mi corazón latiera. Y cuando me corrí, cuando tuve el orgasmo más grande y fuerte de mi vida; mi futura esposa se rio de mí.

—Lo hiciste a propósito.

—Lo hice. —Me besó la frente—. Me gusta saber qué puedo hacerte perder el control.

Tenía que probar esa boca una vez más, tenía que disfrutar de esos segundos aún envueltos en su calor con su cuerpo flexible contra el mío. Así que lo hice... besé a mi chica con largos y medidos golpes de lengua. Le follé la boca como había planeado follar su coño. De la manera que querría cuando la ceremonia terminara y el predicador nos anunciara como marido y mujer.

—Tú eres mi mundo —susurré cuando finalmente rompí el beso—. Haré todo lo que pueda para hacerte feliz.

—Ya lo haces.

Con escuchar eso, ver la alegría en su rostro y saber que había destruido la mayor amenaza para ella, no había nada mejor. Bueno, había una cosa mejor.

—Tan pronto como nos declaren marido y mujer, te traeré aquí para levantarte el vestido de novia.

—Tendremos invitados que saludar.

—Y tendré una esposa para satisfacer. Además, he estado soñando con este día durante tres largos años. Quiero empezar nuestro matrimonio con mi cara entre estos muslos y tus manos en mi cabello.

—Suena perfecto —dijo con una risa. Y lo sería. Me aseguraría de ello. Todos los días por el resto de mi vida.

Bienvenido
JUSTICE

En el oeste de los Estados Unidos, el escarabajo trajo una plaga a los bosques. Este escarabajo produce un hongo que mata los pinos y deja una distintiva mancha azul ahumada en la madera. Algunos ven esto feo, pero hay momentos en nuestras vidas en los que debemos tomar lo negativo y convertirlo en positivo.

Bienvenido a Justice, Colorado, donde un aserradero de un pequeño pueblo ha hecho precisamente eso.

VENGANZA

DESQUITARSE

DISCULPAR

PENITENCIA

SABOTAJE

DIEZMAR